Illustration C

2

토야
Illustration chibi

전생한 대성녀는
성녀임을 숨긴다

줄거리

300년 전.
과거 수많은 여성이 성녀로서 치유의 마법을 사용하던 시대.
대성녀라 불리는 세계 최고이자 최강이자 유일한 여성이 있었다.

왕녀이기도 한 그녀는 그 힘으로 사람들을 위해 마왕마저 봉인하였으나,
그곳에서 형제인 왕자들의 배신으로 비참한 죽음을 맞게 된다.

그리고 현재———.
기사를 꿈꾸는 15살의 소녀, 피아는 최강의 마물 흑룡의 공격을 받았다가
전생에 대성녀였다는 것을 떠올린다.

흑룡을 사역마로 삼을 만큼 말도 안 되게 강력한
성녀의 힘을 발휘하여 목숨을 건졌지만,
전생한 것이 알려지면 마왕의 오른팔이 죽이러 올지도 모른다.
그렇게 생각한 피아는 성녀임을 숨기고 기사가 되겠노라 결의한다.

성녀의 힘을 조절하면서 어찌어찌 입단시험을 돌파,
당당히 제1기사단에 입단한 피아였으나
마물 토벌 때 보인 신입 기사에 걸맞지 않은 지식과 정확한 지시로 인해
빠르게 이목을 끌게 되었다.

그리고 시릴 제1기사단장의 명령으로
사역마의 생명력을 파악하기 위해 제4마물기사단에 파견되는데…….

총장 사비스 나브

기사단	기사단장	부단장	단원
제1기사단 (왕족 경호)	시릴 서덜랜드		피아 루드, 파비안 와이너
제2기사단 (왕성 경비)	데즈먼드 로난		
제3마도기사단 (마도사 집단)	이노크		
제4마물기사단 (마물사 집단)	퀜틴 아거터	기디온 오크스	파티
제5기사단 (왕도 경비)	클라리사 애버네시		
제6기사단 (마물 토벌, 왕도 부근)	재커리 타운젠트		
제7기사단 (마물 토벌, 북방)			
제8기사단 (마물 토벌, 동방)			
제9기사단 (마물 토벌, 남방)			
제10기사단 (마물 토벌, 서방)			
제11기사단 (국경 경비, 북쪽 끝)			
제12기사단 (국경 경비, 동쪽 끝)			
제13기사단 (국경 경비, 남쪽 끝)			
제14기사단 (국경 경비, 서쪽 끝)		돌프 루드	
제15기사단 (국경 경비)			
제16기사단 (국경 경비)			
제17기사단 (국경 경비)			
제18기사단 (국경 경비)			
제19기사단 (국경 경비)			
제20기사단 (국경 경비)			

CONTENTS

The Great Saint who was
incarnated hides being a holy girl

19 제4마물기사단 3

"......................"

대형 육식동물처럼 유연한 몸가짐의 퀜틴 단장님은 내가 내민 퍼펫에 시선을 내린 채 잠시 한마디의 말도 하지 않았다.

……어라? 내가 한 말이 대답하기 어려운 내용이었던가?

대화를 되짚어보다가 불현듯 자빌리아에게 들은 이야기를 떠올렸다.

……아, 그래. 먼저 이 퍼펫에 대해 설명부터 하라는 조언을 들었지.

나는 다시금 퀜틴 단장님을 마주 본 뒤 생글생글 입을 열었다.

"이 퍼펫에는 사실 두 가지 용도가 있답니다. 즉 블루 도브를 본뜬 퍼펫과 블루 도브의 방한복이라는 두 가지 역할을 겸비하고 있는 거죠!"

그래도 퀜틴 단장님은 여전히 침묵을 지키고 있다.

어라? 혹시 퀜틴 단장님은 과묵한 타입이신가?

그렇다면 나는 물러나야겠네.

'뭐, 그런 겁니다……' 하고 말을 흐리면서 뒤로 물러나려고 한 그때, 갑자기 퀜틴 단장님이 입을 열었다.

"이것은 마치 살아있는 것처럼 대단한 완성도군요. 예술에 조예가 깊은 분은 모든 면에 그러한 경향이 드러난다고 들었습니다. 그렇다면 당신은 언어유희에도 뛰어나실 터. '파랑새'를 모티브로 삼으시다니 탁월한 아이디어입니다. 파란색과 검은색의 오묘한 대조지요."

"......................."

어쩌지. 퀜틴 단장님이 무슨 말을 하는 건지 전혀 모르겠다.

난감해하면서도 이제 와서 다른 사람들이 잇는 곳까지 물러날 수도 없어 대답을 고민하고 있었더니, 기디온 부단장님이 얼빠진 목소리를 냈다.

"다, 단장님. 이 녀석은 그냥 일반 기사입니다. 왜 존댓말을 쓰시는 겁니까? 게다가 옷감 덩어리로밖에 보이지 않는다면 솔직하게……."

하지만 기디온 부단장님은 본인의 말을 끝까지 발언할 수 없었다.

왜냐하면 말하는 도중에 퀜틴 단장님이 발을 쾅! 하고 세게 밟아버려서 고통에 몸부림치는 표정을 지어야만 했기 때문이다.

……어라라. 기디온 부단장님. 시릴 단장님에게 혼나서 기죽어 있을 줄 알았는데, 벌써 평소대로 돌아오셨나요.

그보다 남이 모처럼 만든 제품에 무슨 말을 그렇게 하시는 건지.

그러니까 직속 상사이자 신사인 퀜틴 단장님에게 혼나는 거라고요.

퀜틴 단장님의 행동을 긍정하면서 시릴 단장님을 돌아보자, 어째서인지 이쪽도 고개를 갸웃거렸다.

"왜 그러시는 거죠? 퀜틴. 그런 겉치레라니, 당신답지 않은데요. 장기 원정으로 어딘가 상태가 안 좋아진 겁니까? 이 경우 어딘가라는 건 뇌가 되겠군요."

시릴 단장님이 발언하자마자 퀜틴 단장님은 아주 흉악한 표정을 지으면서 시릴 단장님을 향해 몸을 돌렸다.

"시릴, 네게 할 말이 있다."

그러더니 단장실 구석까지 시릴 단장님을 데려간 후 멱살을 잡고 작은 목소리로 추궁했다.

"잘 들어, 몬스터를 다루는 법은 내가 제일 잘 알아. 목숨이 아깝거든 내 방식에 참견하지 마라!"

"당신은 무슨 이야기를 하는 건가요? 설마 블루 도브를 흉악한 마물로 오인하고 있는 건 아닐 테죠? 마물기사단장인데, 그건 아니죠?"

"그러니까! 아 그냥, 너는 닥치고 있어! 무슨 말이 자극이 될지 알 수 없으니까 경솔한 발언은 일절 하지 마!"

벽에 등을 붙이고 서게 되어버린 시릴 단장님은 의아하다는 듯 퀜틴 단장님을 바라보았지만 일단 따르기로 한 모양이었다.

"좋습니다. 전혀 영문을 모르겠지만, 당신의 놀이에 맞춰드리죠."

"큭, 너는 정말 불감증이로군! 내 고생을 전혀 이해하지 못해!!"

그 후 시릴 단장님과 함께 돌아온 퀜틴 단장님은 다시 나를 마주 보고는 이번에는 자빌리아를 칭찬하기 시작했다.

"시릴은 똑똑해 보이지만 아무것도 모릅니다. 이 파란 듯하면서도 검은 듯한 마물이 얼마나 강력하고 아름답고 고고한지 말이죠. 실례되는 말씀을 드려서 참으로 면목이 없습니다."

시릴 단장님은 웬일로 미소를 지우고 조금도 이해할 수 없다는 얼굴로 고개를 기웃거렸다.

……괜찮습니다, 시릴 단장님. 저도 전혀 이해하지 못하겠거든요.

시릴 단장님이 이해하지 못하시는 것도 지극히 평범한 반응일 거예요.

퀜틴 단장님은 생글생글 웃으면서 소파를 가리켰다.

"계속 서 계시는 것도 피곤하실 테죠. 우선 앉으시지 않겠습니까?"

하지만 시선을 소파에서 로우 테이블로 옮긴 순간 퀜틴 단장님은 미소를 거두고 몸을 움츠렸다.

"잠깐만! 왜 테이블이 두 동강이 나 있는 거지? 너냐, 시릴!!"

퀜틴 단장님은 확신을 갖고 시릴 단장님을 규탄했다.

반면 시릴 단장님은 불만 어린 표정으로 대꾸했다.

"'의심스럽다면 벌하지 않는다'는 법률 속담을 모르는 겁니까? 범죄의 증거가 없는 자를 공연히 의심해서는 안 됩니다. 설령 제가 범인이었다고 해도 이 비난은 불쾌하군요."

"아니, 이거 블랙 아이언 우드로 만들었거든? 아주아주 단단하거든? 기디온이나 파티가 쪼갤 수 있을 경도가 아니야!! 너 말고 누가…… ."

물 흐르듯 시릴 단장님을 비난하던 퀜틴 단장님이 별안간 흠칫 놀란 듯 말을 중단했다.

그러고는 겸연쩍은 표정으로 나를 돌아보았다.

"……혹시 당신이 부수신 겁니까?"

"네'?"

나, 나 말이야?

……아니, 저는 신인 기사인데요. 저런 두꺼운 테이블을 부술 수 있을 리가 없지 않나요.

하지만 무언가를 오해한 듯한 퀜틴 단장님은 어색한 미소를 짓더니 나를 향해 말을 걸었다.

"……으음, 당신이었습니까. 오히려 잘 되었군요. 이 테이블은 다소 커서 난처해하던 참이었습니다. 평소 절반 크기가 되면 딱 쓰기 좋을 것이라고 생각했죠. 반으로 잘라주셔서 감사합니다."

시릴 단장님은 점점 으스스한 것을 보는 눈빛으로 퀜틴 단장님을 바라보았다.

"퀜틴, 당신 뭐라도 잘못 먹은 것 같습니다. 본인은 눈치채지 못한 것 같지만 당신의 그것은 완전한 이상행동이에요."

"입 다무시게나, 시릴 군. 정말로, 내년까지 목숨을 부지하고 싶다면 내가 하는 말을 들어."

"당신, 평소 익숙하지 않아서 말투가 이상해졌거든요? ……네, 확실히 당신의 놀이에 맞춰주겠다고는 했지만 저는 아직도 이 놀이의 규칙을 이해하지 못했는데요."

"그럴 테지. 솔직히 나 자신도 내가 뭘 하고 있는 건지 제대로 이해하지 못하고 있으니 네가 알 턱이 없다."

"……당신의 말은 지리멸렬합니다. 역시 장기 원정 때문에 뇌의 상태가 이상해진 것 아닙니까?"

……으으음.

나는 난감해하면서 두 단장님의 언쟁을 지켜보았다.

시릴 단장님과 퀜틴 단장님의 사이가 좋다는 건 알겠지만, 이 황당한 대화는 언제까지 이어지는 걸까.

나는 슬슬 샬롯을 만나러 가야 하는데.

난처해하면서 꼼지락거리고 있었더니 시릴 단장님이 알아채고 말을 걸었다.

"왜 그러죠? 피아. 무언가 마음에 걸리는 일이라도 있습니까?"

"저기, 샬롯과 약속한 시각이 오고 있으니 괜찮다면 잠시 자리를 비우고 싶어서요……."

"샬롯이 누구죠? 제4마물기사단의 기사입니까?"

"아뇨, 왕성에 거주하는 성녀님이에요. 오늘은 같이 다친 마물에게 회복약을 투여하기로 약속했거든요."

솔직하게 대답하자 시릴 단장님은 순간 말문이 막힌 것 같았다.

"……당신은 성녀님에게 이름을 부를 수 있는 허가를 받은 겁니까? 그리고 성녀님과 동행하는 것도 허락받았습니까?"

"어음, 뭐, 그렇네요. 샬롯은 가족과 떨어져서 사는 게 외로웠던 모양이라, 저를 어머니처럼 생각하고 있는 게 아닐까요?"

샬롯이 이름을 불러 달라고 했을 때의 일을 떠올리면서 대답하자, 시릴 단장님은 아주 신 과일을 삼킨 듯한 표정이 되었다.

"그 성녀님의 연령은 모르겠지만, 아무리 어리다고 한들 곧 10살이 되는 나이일 테죠. 당신이 5살의 나이에 아이를 낳을 수 있어 보이진 않으니 언니처럼 따른다고 보는 게 적확하다고 보는데요……. 만약 당신을 따른다면 그렇다는 말이지만요. 그리고 언니인 게 저도 안심이 됩니다. 당신이라는 어머니에게 교육을 받은 성녀님이라니, 무시무시해서 가까이 다가가고 싶지도 않군요."

"어머나, 시릴 단장님도 참. 강력한 힘을 자랑하는 제1기사단 장님답지 않은 재미있는 농담이네요. 그렇게 어린 성녀님을 무서워하시다니."

나는 웃겨서 시릴 단장님의 농담에 후후후 웃었다.

하지만 웃으면서 중요한 사실을 떠올리고 시릴 단장님을 다시 마주 보았다.

"시릴 단장님, 소개하겠습니다. 제 귀여운 사역마 자빌리아예요. 이 아이야말로 0살에 제 사역마가 되었으니, 실질적으로 제가 어머니 같은 존재랍니다."

자빌리아의 머리를 쓰다듬으며 그렇게 말하자, 자빌리아가 기분 좋다는 듯 눈을 가늘게 떴다.

자연스럽게 후후후 웃고 있었더니 퀜틴 단장님의 갈라진 목소리가 들렸다.

"피, 피, 피아 님. ……사, 사역마님을 부르실 때 이니셜로 칭하시는 게 어떻습니까?"

"네? 이니셜이요?"

나는 무언가가 떠오를락 말락 하는 기분에 기억을 더듬었다.

……그러고 보면 기디온 부단장님의 사역마도 알파벳으로 불리고 있었던 것 같은데.

그리고 파티 부단장 보좌님이, 제4마물기사단의 사역마는 전원 알파벳으로 불린다고 했던 것 같다.

"그, 그렇습니다. 직접 이름을 부르면 주위에서 우연히 이름을 들은 자가 사역마님의 이름을 불러버릴지도 모릅니다. ……하하, 불경하게도 순간 상상하고 말았습니다만, 등골이 오싹해질 정도로 무시무시하군요…….”

퀜틴 단장님이 앞머리를 쓸어넘겼다.

“사역마는 계약자가 아닌 사람이 이름을 부르는 것을 싫어하니, 저희 기사단의 마물은 다들 그렇게 하고 있습니다. 아, 아니, 하지만 사역마님께선 이름을 자랑스럽게 여기실지도 모르니, 그렇다면 알파벳으로 부르는 건 권해드릴 수 없군요. 그런 경우에는 절대로, 반드시, 무슨 일이 있어도 타인 앞에서 사역마님의 이름을 부르시면 안 됩니다.”

어마어마한 기세를 담아 역설하는 퀜틴 단장님이었다.

흠흠, 역시 마물기사단장인 만큼 마물을 대하는 법에는 일가견이 있군요. 멋있어요, 퀜틴 단장님!

“그렇군요. 듣고 보니 그 말씀이 맞아요.”

순순히 수긍하면서 고개를 주억거리고 있자, 기디온 부단장님이 무시하는 듯한 목소리를 냈다.

“단장님, 이런 운으로 사역마를 손에 넣은 녀석에게까지 우리의 규칙을 알려줄 필요는 없습니다! 애초에 이런 최약체 마물의 이름을 불렀다고 별다른 문제가 일어날 리 없잖습니까. 기껏해야 부리로 좀 찌르고 끝일 텐데. 그렇지? 자빌…… 커헉!!!!”

기디온 부단장님은 말을 끝까지 마칠 수 없었다.

왜냐하면 퀜틴 단장님이 어마어마한 기세로 부단장의 복부에 무릎을 꽂았기 때문이다.

"……무슨, 큭……, ……다, 다, 단장님……?"

고통스러워하는 표정으로, 영문을 알 수 없다는 양 퀜틴 단장님을 올려다보며 기디온 단장님은 바닥으로 침몰했다.

그런 기디온 부단장님을 차갑게 일별한 퀜틴 단장님이 격양하여 소리쳤다.

"다들 불감증이냐고! 너희들 전부 입 열지 마!! 아니면 고깃덩어리냐? 너희들 모조리 고깃덩어리가 되고 싶은 거냐?!"

……어라, 대형 짐승이 포효하기 시작했습니다. 배고픔이나 뭐 그런 이유로 기분이 안 좋은 건가?

나는 고개를 갸웃거리면서도 슬그머니 출구로 향했다. 그 후 문에 한쪽 손을 올린 뒤 작은 목소리로 말했다.

"이제부터는 바빠지실 것 같으니 저는 이만 물러나겠습니다. 시릴 단장님, 업무 진척 상황을 확인하러 와 주셔서 감사합니다. 진도가 확실해지면 다시 연락드리겠습니다. 파티 부단장 보좌님, 회복약 투여에 진전이 있다면 또 보고드리겠습니다. 퀜틴 단장님, ……피곤하신 모양이니 배부르게 식사하시고 푹 주무시는 것을 권해드립니다. 기디온 부단장님, 바닥에서 주무시면 감기 걸려요. 그럼 피아 루드, 실례합니다!"

마지막 한 마디만 크게 외친 후 무슨 말을 듣기 전에 재빨리 문밖으로 나왔다.

그 후 빠르게 닫아버린 문에 기대어 성대한 한숨을 쉬었다.

하아……, 위험해라. 샬롯을 기다리게 할 뻔했어.

나는 자빌리아를 어깨에 올린 채 최대한 빨리 걸었다.

걸으면서 퀜틴 단장님의 조언에 대해 물어보았다.

"퀜틴 단장님은 그렇게 말씀하셨는데, 자빌리아는 이니셜로 불리는 거 어떻게 생각해?"

"피아가 부르고 싶은 대로 불러도 돼. 하지만 오랫동안 아무도 내 이름을 부르지 않았으니까, 이름을 불러주는 게 기뻐."

……그렇구나. 그렇다면 나는 자빌리아의 선호에 맞춰야지.

"그럼 자빌리아는 자빌리아로 가자."

나는 생긋 웃은 뒤 자빌리아와 함께 사역마 우리로 향했다.

◇ ◇ ◇

사역마 우리 앞에는 이미 샬롯이 기다리고 있었다.

"샬롯, 미안해! 기다리게 했지?"

미안해하며 샬롯에게 달려가자 그녀는 생긋 웃었다.

"으으응, 피아는 꼭 올 거라고 알고 있으니까 기다리는 것도 즐거웠어. 피아, 기다림이란 즐겁구나."

"세상에, 뭐니 이 귀여운 말은. 샬롯, 나 훌륭한 언니가 될게!"

나는 두 손으로 입을 틀어막은 뒤 뺨을 붉히며 나를 올려다보는 샬롯을 바라보았다.

샬롯이 너무 사랑스러운 나머지 순식간에 흐물흐물 녹아버릴 것 같다.

생글생글 웃는 샬롯은 품에 병을 안고 있었다. 안에는 녹색 액체가 들어있다.

"어머, 샬롯. 샘에서 회복약을 퍼온 거야? 고마워!"

고맙다고 인사하자 샬롯은 기뻐하며 웃었다.

한층 더 웃게 해주고 싶어서 왼손에 낀 퍼펫으로 자빌리아 흉내를 내 보았다.

"안녕, 샬롯. 나는 자빌……."

말을 하던 도중에 남들 앞에서는 자빌리아의 이름을 꺼내지 말라는 퀜틴 단장님의 조언을 떠올렸다.

"자빌링링 링고스키야! 파랑새형 마물이지. 나는 행복의 상징이니까 만나면 행복해질 수 있어. 와아, 해피☆"

열심히 두 손을 흔들면서 퍼펫을 써 봤는데, 샬롯의 미소가 난처한 듯한 표정으로 바뀌었고 자빌리아는 드물게도 질색하는 표정이었다.

……어, 어라. 불발? 그, 그렇구나. 하지 말자.

나는 분위기를 파악할 줄 아니까 깊게 파고들지 않는 타입이라고…….

심기일전하여 샬롯과 함께 사역마 우리에 들어가 다친 마물을 보고 돌아다녔다.

샬롯은 전부터 사역마 우리에 자주 드나들었던 건지, '이 마물은', '저 마물은' 하고 각 마물에 대해 자세히 설명해주었다.

샬롯의 이야기를 들으면서 첫 번째, 두 번째, 세 번째…… 하고 순서대로 마물을 보는 사이에 생글생글 웃고 있던 샬롯의 얼굴에서 점점 미소가 사라졌다.

그러더니 네 번째 마물 앞에 왔을 때 샬롯은 입술을 꾹 다물더니 내 옷을 붙잡았다.

샬롯이 걸음을 멈췄기에 나도 멈췄다.

"왜 그래? 샬롯."

의아해져서 물었더니 샬롯은 눈썹을 찡그리며 입을 열었다.

"피아, 마물의 상처가 나았어……."

"응? 회복약을 줬으니까 당연히 낫지?"

……그러고 보면 샬롯은 이 녹색 회복약의 효능에 의문을 품고 있었지.

경과를 본 마물들은 다들 회복된 것 같았으니, 샬롯도 녹색 회복약의 효능을 믿을 마음이 든 게 아닐까? 하고 생각하며 대답했다.

"……전혀 당연한 게 아니야. 이렇게, 이렇게 빨리 낫지 않는다고. 어떤 마물도 앞으로 일주일이나 열흘, 완치까지는 더 많은 시간이 필요한 상처였어. 어째서 거의 모두가 다 나아버린 거야……?"

"녹색 회복약은 사용자가 본래 지닌 회복력을 높여주거든. 마물은 원래 회복력이 높으니까, 그래서 빠른 게 아닐까?"

지극히 진지하게 대답하자 샬롯은 두 손으로 내 옷을 꽉 움켜쥐었다.

샬롯의 입술이 부들부들 떨렸다.

"……이 녹색 물은, 정말로 회복약이야?"

"응, 맞아."

내가 싱긋 웃자 샬롯이 뚝뚝 눈물을 흘렸다.

"어? 샤, 샬롯? 왜, 왜 그래?"

"이 회복약, ……대단해. 아무도 아파하지 않고 상처가 금방 나아.

17

……나는 이런 회복약을 계속, 계속 원했어."

나는 샬롯을 꼬옥 끌어안은 뒤 등을 토닥토닥 두드렸다.

"후후후, 그럼 내가 제1기사단에 돌아간 뒤엔 샬롯이 마물기사단의 기사에게 녹색 회복약에 대해 가르쳐줘. ……아까 우리 단장님이 내 상태를 보러 오셨으니까, 머지않아 제1기사단에 돌아가게 될 거야."

내 말에 샬롯이 얼굴을 번쩍 들어 올렸다.

"피아, 가 버리는 거야?"

"나는 제1기사단 소속이니까, 원래 소속으로 돌아가는 것뿐이야. 제1기사단의 건물도 왕성 안에 있으니까 만나려고 하면 언제든 만날 수 있어."

생긋 웃은 뒤 나는 샬롯의 눈높이에 맞춰서 몸을 숙였다.

"샬롯에게 부탁이 있어. 녹색 회복약이 된 샘에 대한 건데. 그 샘에는 늘 새 물이 샘솟으니까, 그냥 두면 회복약이 희석될 거야. 그러니까 매일 한 번, 샬롯이 연습 겸 샘에 회복마법을 흘려주지 않을래? 양은 지난번에 같이 연습했을 때 정도면 돼. 너무 많이 넣으면 마력 고갈이 일어나니까 조심해."

부탁해도 될까? 하고 샬롯에게 물어보자 그녀는 말없이 나를 바라보았다.

"피아는, ……성녀님이야?"

"어?"

"나는 미숙한 성녀니까, 상위 성녀님께 때때로 지도를 받아. 그때 성녀님이 내 손을 잡고 회복마법을 주입하는 방법을 가르쳐주

시는데, 나는 매번 잘 이해하지 못해서, 결국 아무것도 배우지 못
했어."

그러더니 무언가를 떠올리듯 샬롯은 시선을 조금 위로 올려 허
공을 쳐다봤다.

"지난번에 샘에서 회복약을 만드는 연습을 했을 때, 피아는 내
손을 잡아주었잖아. 그때 나는 처음으로 몸속에서 마력의 흐름을
느꼈어. 피아가 성녀님일 리 없다는 선입견 때문에 그때는 눈치
채지 못했지만, 그 후에도 왼손에서 방출되는 마력의 양이 많다
는 등 조절해줬잖아. ……상위 성녀님들의 가르침과 피아의 가르
침이 너무 달라서 몰랐는데, 이 녹색 회복약의 대단함을 보니까
알겠어. 피아는 성녀님이야. 그것도 내가 여태껏 본 그 누구보다
강력한 성녀님."

"어————……, 샬롯……."

"샘을 통째로 회복약으로 바꿔버리다니, 상위 성녀님이 10명
모여도 불가능해. ……있지, 피아. 교회에는 전설의 대성녀님 초
상화가 걸려있어. 무릎까지 내려가는 선명한 심홍색 머리카락에
금색 눈동자를 지닌 대성녀님. 피아와 같은 색이야."

"…………."

"피아가 성녀님이라는 게 알려지면, 그 강력한 힘과 전설 속 대
성녀님과 같은 색의 외모를 보고 지고한 존재라면서 신전 깊숙한
곳에 숨겨두고 추앙할 거야."

"어————……. 아니, 그건, 좀……."

사양하고 싶은데……, 라는 뒷말을 삼키며 무심코 떨떠름한 표

정을 지었다.

전생에서도 그렇게 제한된 생활은 보내지 않았는데.

샬롯은 무언가를 결의한 듯 단호한 얼굴로 입을 열었다.

"나는 피아의 아군이야. 피아가 원하지 않는 건 안 해."

그렇게 말하며 작은 두 손으로 내 손을 꼭 붙잡았다.

"다친 마물을 위해 회복약 샘을 만들고, 나에게 올바른 성녀의 힘을 이끌어주고, 피아의 말과 행동은 성녀 그 자체야. 그런데 성녀님이라는 걸 숨기는 건 마땅한 이유가 있겠지. 그러니까 나는 아무에게도, 아무 말도 안 해."

거기까지 말하더니 샬롯은 나를 똑바로 응시했다.

"고맙다고 하게 해줘, 피아. 나를 성녀로 만들어줘서 고마워. 나는 계속 성녀로서 힘을 갖고 싶다고, 성녀의 힘으로 다들 구해주고 싶다고 생각했어. 그러니까 성녀가 되어서 정말 기뻐. 고마워, 피아."

샬롯의 말이 내 가슴속에 퍼져나갔다.

"천만에, 샬롯. 훌륭한 성녀가 된 걸 축하해. 내 마음을 존중해줘서 고마워."

은은하게 퍼지는 감상에 잠겨있을 때 자빌리아가 작게 중얼거렸다.

"현명하네, 작은 성녀. 만약 피아가 원하지 않는 일을 하려고 했다면 내가 상대해줬을 텐데."

……자빌리아의 말에서 뒤숭숭한 분위기를 느꼈지만, 무사히 해결된 문제인 것 같았기에 끼어들지 않기로 했다.

"그럼 샬롯. 남은 마물의 용태도 살펴보러 갈까?"

기분을 전환하기 위해 일부러 밝은 목소리를 냈다.

그렇게 샬롯과 함께 남은 마물의 상태를 돌아보자, 거의 모든 마물이 회복된 것 같아 나는 안도로 가슴을 쓸어내렸다.

마지막 한 마리만 남았을 때 샬롯이 작게 중얼거렸다.

"이 녹색 회복약은 정말로 대단해. 딱 한 번 만에 거의 모든 상처를 치유하고, 사용한 마물은 다들 우호적으로 변하다니……."

듣고 보니 어제 아침엔 이빨을 드러내던 마물들이 오늘은 얌전하게 말을 듣고 있었다.

"피아……. 피아에게는 놀랍지 않은 일일 수도 있지만, 이 회복약은 현재 쓰이는 투명한 회복약과 비교하면 완전히 다른 약으로 보일 만큼 효능이 너무 달라. 이건…… 이런 회복약이 있다는 게 알려지면 큰일이 일어나게 될 거야."

"어? 그 정도야?"

……듣고 보니 확실히 투명한 회복약을 복용했을 때는 믿어지지 않을 만큼 극심한 통증에 시달렸지.

다만 그건 내가 회복마법을 쓸 줄 알기 때문에 그만큼 더 고통스러웠던 거니까, 평범한 사람이 썼을 때는 그렇게까지 아프진 않을 텐데…….

아, 하지만 회복 속도는 투명한 회복약보다 한참 빠르려나?

내가 마셨을 때는 효과가 나오는 걸 기다리지 않고 알아서 치유했기 때문에, 그 부분은 여전히 불명이었다.

으음. 무언가를 개선할 때는 현상 파악이 기본이라고 하니까, 역시 그 투명한 회복약을 한 번은 끝까지 직접 체험해봐야 했을까?

으으으. 아프다는 걸 알면서 하는 건 내키지 않는데…….

생각이 다른 방향으로 흘러가기 시작했을 때 샬롯이 흐름을 되돌려놓았다.

"저기, 피아. 당분간 이 녹색 회복약은 여기에 있는 마물 전용으로 하는 게 좋을 것 같아. 마물 전용이니까 색이 탁하다고 하면 다른 사람들도 수긍할 거야."

"그럴싸하네. ……샬롯은 어린데도 생각이 깊구나."

나는 조금 놀라면서 동의했다.

자빌리아도 그렇고 샬롯도 그렇고, 아이들은 똑똑하구나.

나도 노력해야지!

긍정적으로 의욕을 불태우고 있었더니 자빌리아가 작게 중얼거리는 게 들렸다.

"피아는 그대로가 좋아. 네가 의욕을 내면 어마어마해지는 미래밖에 안 보여……."

어머나, 자빌리아. 나도 꽤 도움이 된다고!

내가 '두고 보라고' 하고 중얼거리자 자빌리아에게서 **"살살 해 줘"**라는 대답이 돌아왔다.

"으억, 피, 피아 님!"

샬롯과 헤어진 뒤 잠시 걸어가던 도중, 또다시 퀜틴 단장님과 마주쳤다.

아무래도 갓 샤워를 마치고 나온 건지 퀜틴 단장님의 머리카락이 젖어 있었다.

옷까지 갈아입은 걸까. 조금 전에는 어쩐지 축축하고 구깃구깃해 보였던 기사복이 뽀송뽀송해 보였다.

그러고 보면 퀜틴 단장님은 장기 원정 중이었다고 들었는데, 귀환하자마자 바로 기디온 부단장님을 비롯한 기사단의 상황을 보러 온 걸까?

그렇다면 부하를 위하는 좋은 단장님이겠구나.

"어디에 볼일이 있으신 건가요? 퀜틴 단장님."

그를 올려다보자 물어보자, 퀜틴 단장님은 조금 떨어진 건물을 가리켰다.

"네, 네. 한동안 제대로 된 식사를 하지 못했기 때문에 배가 고파서 식당으로……."

"어머나, 우연이네요! 저도 지금부터 점심시간이거든요. 같이 가도 괜찮을까요?"

"네?! 가, 같이? ……호, 호랑이굴에 들어가야 호랑이를 잡을 수 있다고는 하지만, ……아니. 애초에 이분은 호랑이인가? 용? 아니, 흑룡을 사역하고 계시니까 용을 초월했지. 아아, 어차피 나에게는 애당초 거절한다는 선택지가 주어지지 않았는데……."

퀜틴 단장님은 작은 목소리로 한참 중얼중얼한 뒤 경직된 미소를 지었다.

"물론입니다, 씨아 님. 대단한 영광입니다."

한창 붐빌 시간은 아니기 때문인지 식당의 손님은 적었지만, 그래도 퀸틴 단장님을 알아본 기사들은 다들 놀란 듯이 쳐다보며 인사했다.

오오, 아무래도 유명인인 모양입니다.

먹고 싶은 요리를 골라서 돌아오자 퀸틴 단장님은 이미 자리 옆에 서 있었다.

"죄송합니다, 기다리셨죠?"

내가 자리에 앉자 퀸틴 단장님도 의자에 앉았다.

우와, 신사잖아요. 아녀자보다 먼저 의자에 앉지 않는 신사를 발견했습니다!

하지만 그 신사의 접시를 본 나는 고개를 갸웃거렸다.

"어라? 어째서 물밖에 없는 건가요? 조금 전에 배가 고프다고 말씀하셨잖아요."

"하하, 실은 지금 상당히 긴장한 상태인지라 부끄럽지만 식사가 목을 넘어갈 것 같지 않습니다."

"아하, 그렇군요. 퀸틴 단장님께서는 장기 원정에 가 계셨죠. 오랫동안 긴장 상태였으면 일상으로 돌아와도 한동안은 몸이 긴장 상태를 유지하기도 하니까요."

"하하하하하, …………하아아아."

어째서인지 메마른 웃음소리와 성대한 한숨이 돌아왔다.

으음? 나와는 사고방식이 조금 다른 사람인가 보네.

언동을 이해하기까지 시간이 걸릴 것 같다.

식사를 시작하자 퀸틴 단장님이 내 왼쪽 손목에 힐끔힐끔 시선을 보냈다.

무언가가 마음에 걸리는 것 같지만, 내가 쳐다보면 바로 시선을 돌려버리기 때문에 잘 모르겠다.

"퀜틴 단장님? 제 왼쪽 손목이 신경 쓰이세요?"

그렇게 말하며 왼손을 단장님 쪽을 향해 내밀었다.

"네? 어? 보여주셔도 괜찮으신 겁니까?"

"네? 딱히 특이한 건 없는데요. 아, 사역마의 증표는 있지만 많이 보셨을 테고요."

퀜틴 단장님은 입을 꾹 다물고는 내 손목을 뚫어지게 쳐다보기 시작했다.

팔을 휙 뒤집어보기도 하고, 증표 부분의 피부를 문질러보기도 하는 등 아주 진지하다.

음음, 이해하지. 나도 회복마법과 엮이면 이런 느낌이 되니까.

후후후, 퀜틴 단장님은 어느 의미로 동지구나.

동질감을 느끼고 호의적인 감정을 품고 있을 때, 퀜틴 단장님이 배 속 깊은 곳에서 끓어오른 듯한 성대한 한숨을 쉬었다.

"놀라워라. 이런 훌륭한 사역마의 증표는 처음 봤습니다! 완전한 한 가닥의 선을 이루며 전혀 끊어짐이 없다니!!"

퀜틴 단장님은 기사복의 왼팔 부분을 팔꿈치 위까지 걷어 올리더니 내 앞으로 내밀었다.

"보십시오! 제 사역마의 증표입니다! 80명의 기사가 힘을 모아 A랭크의 마물을 포위한 뒤 사역마로 삼았을 때 생긴 것입니다."

단장님의 왼팔에는 손목에서부터 팔꿈치까지, 마치 뱀이 달라붙어 있는 것 같은 대각선의 선이 빙글빙글 휘감겨 있었다.

폭은 약 3cm에서 시작해서 팔꿈치 부분까지 가면 그 두 배 이상은 굵어졌다.

기사복으로 가려져서 보이지 않지만 증표는 팔꿈치 위까지 이어지는 모양이었다.

증표 자체도 멀리서 봐도 비늘처럼 생겨서, 하나의 선으로 매끈하게 이어져 있는 내 것과는 전혀 달랐다.

"하하, A랭크의 마물을 복속시키는 것이니 증표가 이렇게 긴 것도 당연하다고 여겼습니다만, 당신의 증표를 보니 왠지 힘이 쭉 빠져버리는군요. 이토록 가느다랄 수 있다니."

퀜틴 단장님은 허탈한 듯 중얼거렸다.

"딱 한 가닥. 그것도 1mm. 그럼에도 끊어진 곳 하나 없이. 완전 복종이잖아."

그렇게 말하며 커다란 몸을 테이블 위로 추욱 늘어트렸다.

그러고는 '하아……', '진짜' 같은 말을 중얼거렸다.

한바탕 자신의 세계에 빠져있다 나온 퀜틴 단장님은 몸을 벌떡 일으키더니 두 손으로 내 왼손을 붙잡았다.

"대답하실 수 있는 부분만이어도 괜찮으니 가르쳐주십시오! 이렇게까지 완전한 증표인 경우, 사역마는 얼마나 동조하는지! 이야기하실 수 있는 부분만이라도 제발 부탁드립니다!!"

단장님의 얼굴은 지극히 진지해서 그 감정이 전해졌다.

음, 이해해. 마물기사단의 단장이 될 정도인 사람인걸. 분명 마물이나 사역마의 구조 등에 대한 지식은 남들보다 더 많을 거다.

하지만 그것만으로는 만족하지 못하고, 더 많이 알고 싶다는 마음으로 흘러넘치는 거겠지──…….

"으음, 이 아이를 사역마로 삼은 건 우연이었어요. 어쩌다가 이 아이가 크게 다치고 죽어가고 있는 걸 보고 갖고 있던 회복약으로 치유해줬죠. 그랬더니 이 아이가 먼저 사역마가 되겠다고 제안해서 계약까지 맺게 되었습니다. 맞다, 종족 특성으로 목숨을 구해준 사람에게 자기의 목숨을 바친다는 이야기도 했어요."

"이럴 수가. 아무리 유생체라고는 해도 흑……, 당신의 사역마 님께서 죽어갈 정도로 심각하게 다치는 상황이라니 상상이 안 갑니다! 게다가 그걸 치유했다고요?! 자기치유능력이 최대한으로 높은 이 개체가 치유 불가능한 상처를, 외부에서 치유했??……이런. 내 상식으로는 무엇 하나 이해하지 못하겠어."

퀜틴 단장님은 한쪽 팔꿈치를 짚고는 그 손으로 머리카락을 마구 헝클어트렸다.

"그래서, 동조상태는 어느 정도입니까?!"

"동조상태요? 아무리 멀리 있어도 부르면 오고요. 하는 말은 전부 들어주고, 말하지 않은 것도 생각을 읽은 것처럼 제 희망 사항에 따라서 행동해줍니다. 스스로 판단해서 제가 불리해지지 않도록 행동해주는 것 같기도 하고. 그리고……, 같이 지내게 된 것은 최근 일인데요, 이따금 떨어져 있는 동안에 있었던 일을 아는 듯한 언동을 할 때가 있더라고요……."

내 이야기를 듣던 퀜틴 단장님이 무언가 번뜩인 듯한 표정을 짓고는 손가락을 딱 튕겼다.

"그렇구나! 그 공간을 가르고 나타났다는 건 당신이 불렀기 때문에!! 다만 동조 내용은 기의 불명인데. ……큭, 피아 님께선 자신이 너무나 강대하셔서 이렇게 대단한 사역마님이어도 큰 관심은 없는 거겠지. 피아 님, 괜찮으시다면 당신의 사역마님께 직접 질문을 할 수 있겠습니까? 물론 이야기할 수 있는 만큼만 대답해주시면 됩니다!"

"네? 음, 물어볼게요."

고정 좌석이 된 내 기사복 안에 있던 자빌리아에게 말을 걸자 목깃 사이로 얼굴을 불쑥 내밀었다. 머리만 기사복 밖으로 뺀 상태로 퀜틴 단장님을 힐긋 쳐다보더니 기사복 밖으로 쑥 나와 내 무릎 위에 올라왔다.

"사역마님께선 성대를 다쳐서 울음소리가 사람의 말처럼 들린다고, 파티에게서 들었습니다. 부디 그 울음소리로 이야기해주십시오!!"

퀜틴 단장님은 필사적인 얼굴로 거듭 청했다.

음──? 어째 이거, 들킨 거 아니야?

나는 자빌리아를 쓰다듬던 손을 멈춘 뒤 퀜틴 단장님을 빤히 쳐다봤다.

퀜틴 단장님은 진지한 얼굴로 마주 바라보았다.

……혹시 퀜틴 단장님은 자빌리아가 겉보기와는 달리 강한 마물이라는 걸 알고 있는 게 아닐까?

흑룡이라는 것까지는 모를 테지만, ……어라?

하지만 공간을 가르고 나타났다거나, 유생체라거나, 흑룡과 관

련된 단어가 나왔었지.

으음——……?

생각해 보면 퀸틴 단장님은 마물기사단의 단장이니까 마물에 관련된 정보는 누구보다 자세한 것을 입수할 수 있으리라.

그걸 조합하면 자빌리아가 흑룡이라는 것도 눈치챌 수 있는 걸까?

그리고 눈치챈 거라면, 여기서 시치미 떼는 것과 실상을 밝히고 단장님께 가르침을 받는 것 중 어느 쪽이 더 좋을까?

퀸틴 단장님을 힐끗 바라봤지만 역시 묵묵히 마주 바라볼 뿐, 답을 알 수 없었다.

끙끙 고민하던 도중 퍼뜩 깨달았다.

그래. 퀸틴 단장님께서 침묵하시는 게 답일지도 몰라.

이렇게 티를 내면서도 흑룡이라고 특정하지 않는 건, 명확하게 밝히지 않는 게 좋다는 뜻 아닐까.

서로 흑룡임을 인정해버리면 둘 다 거기에 매여버릴 테니까.

안다는 입장을 명확하게 하면 보고 의무가 발생할 테고, 행동도 제한될 것이다.

역시 그런 거죠? 퀸틴 단장님!

퀸틴 단장님의 방침에 따라 물어보지 않으신 건 인정하지 않기로 하겠습니다!

아무리 블랙에 가깝다고 해도 그레이는 그레이지 블랙이 아니니까요.

여기서 중요한 건 블랙이 아니라는 점이죠!

나는 퀸틴 단장님을 향해 싱긋 웃었다.

"이 아이가 대답하고 싶어 한다면 알아서 이야기할 거예요. 궁금한 게 있으시다면 물어보세요."

내 발언을 듣자 자빌리아는 귀찮다는 듯 퀜틴 단장님을 바라보았다.

"나에게 뭘 물어보고 싶은데?"

"네, 넵. 먼저 사역마님의 목소리를 들려주셔서 기쁘기 그지없습니다. 사역마님의 목소리는 뭐라고 말씀드려야 할지, 비유한다면 하늘의 천사가 연주하는 나팔 소리라고 해야 할까, 사막 한복판에 솟아나는 샘에서 인어가 튀어 오르는 소리라고 해야 할까……."

"응, 무슨 소릴 하는 건지 전혀 모르겠거든. 나는 피아 말고 다른 사람과는 잡담할 마음이 없으니까, 본론으로 들어가 주지 않을래?"

자빌리아가 귀찮아하며 퀜틴 단장님의 말을 가로막자, 몸을 앞으로 바싹 내밀고 있던 퀜틴 단장님이 허둥지둥 자세를 바로잡았다.

"네, 넵. 실례했습니다! 그럼 사역마님과 피아 님의 관계를 여쭤봐도 괜찮겠습니까?"

"피아와의 관계라면 열렬해. 그쪽의 표현대로라면 완전 복종이거든. 예를 들어, 생명력과 마력은 완전히 이어져 있어. 나에게서 피아로 일방통행이지만, 피아의 생명력과 마력이 줄어들면 내 쪽에서 흘러가게 되어있지. 그래서 내가 죽지 않는 한 피아는 죽지 않고, 내 마력이 고갈되지 않는 한 피아도 마력이 고갈되지 않아. 나는 죽는 순간까지 피아와 함께 있을 수 있지."

"푸흡───!"

놀라운 이야기가 튀어나오는 바람에 나는 무심코 입에 머금고 있던 물을 뿜어버리고 말았다.

불쌍하게도 내 입에서 날아간 물은 퀜틴 단장님의 얼굴에 정통으로 흩날렸지만, 그는 아랑곳하지 않고 자빌리아의 다음 말을 기다렸다.

"아, 아니, 퀜틴 단장님, 그 축축하게 젖은 머리를 조금은 신경 써주세요. 으아아, 수건, 수건——!"

"피아 님, 모처럼 마음을 써주시는데 죄송하지만, 저에 대해서는 방치해주십시오. 그보다 사역마님, 이렇게나 대단할 수가! 그런 일이 가능한 겁니까? 하지만 일방통행이라면, 피아 님에게서 사역마님 쪽으로는 생명력도 마력도 흘러가지 않는다는 뜻입니까?"

"그럴 의도가 없다면. ……반대로 피아 쪽에서는 피아의 행동이나 생각, 감정이 흘러들어와. 아무리 떨어져 있다고 해도. 주인이 처한 상황이나, 주인이 주위에 보이는 감정을 파악해두는 건 내 행동을 결정하기 위해 필요하니까."

"콜록——!!"

또다시 생각지도 못한 이야기가 튀어나오는 바람에 진정하기 위해서 물을 마시던 나는 다시 한번 분수 쇼를 벌이고 말았다.

그리고 이것 또한 역시라고 해야 할지, 눈앞에서 상반신을 내밀고 있던 퀜틴 단장님의 머리로 그 물이 쏟아져 내렸다.

"두, 두 번이나! 퀘, 퀜틴 단장님, 저, 정말 죄송합니다! 이, 이번에야말로 수건——!"

"피아 님, 지금 중요한 대화 중이니 방치해주십시오. 하지만 사역마님, 좀처럼 믿기 어려운 이야기입니다. 떨어져 있어도 계약자가 어떻게 행동하는지, 그때 어떤 생각을 하는지, 그리고 눈앞의 상대에게 보이는 감정까지 전부 파악할 수 있다는 겁니까?"

"아니, 반대로 물어보고 싶은데. 그렇게 안 하고 어떻게 주인의 마음을 헤아릴 수 있는 거야? 주인에게 물어봐? '지금 건방진 소리를 한 이 기디온이라는 남자, 죽여버릴까? 아니면 반만 죽일까?' 하고?"

거기까지 들은 퀸틴 단장님은 별안간 전신이 뻣뻣해지더니 부자연스러울 만큼 높은 목소리로 웃었다.

"기, 기, 기디온 말입니까? 하, 하, 우연히 저희 기사단에도 같은 이름의 부단장이 있습니다만."

"당신은 멍청하지 않으니까 알 거 아냐. 그 빌어먹을 부단장 이야기하는 건데."

"그, 그러시겠죠! 우리 빌어먹을 기디온 이야기죠, 그럼요. 정말로 죄송합니다! 피아 님께 건방진 소리를 지껄인 것을 진심으로 사죄드립니다!!"

퀸틴 단장님이 그렇게 말하며 머리를 깊이 숙였다.

아니, 아니요. 퀸틴 단장님은 전혀, 아무것도 잘못하신 거 없으니까요!

그러니까 고개를 들어주세요!

고명하신 기사단장님께서 공공장소에서 머리를 숙이시면 주목을 팍팍 끌어모은단 말입니다.

보세요. 다들 식사하던 손을 멈추고 놀라서 쳐다보고 있잖아요!

어떻게든 고개를 들게 하려고 당황하며 허둥지둥하고 있었더니 구세주처럼 누군가가 퀜틴 단장님의 어깨에 손을 올렸다.

"이런 곳에 있었느냐, 퀜틴. 가자."

갑작스럽게 난입한 사람의 목소리에 꿈에서 깬 듯 눈을 몇 번 깜빡거린 퀜틴 단장님은 어깨에 손을 올린 기사를 올려다보았다.

"어, 어? 아, 그래. 기사단의 어전회의가 있었지."

그렇게 퀜틴 단장님은 급히 일어났지만, 미련이 남은 건지 나와 자빌리아를 돌아보았다.

"피, 피아 님. 불경한 요청이라 죄송하지만 만약 시간이 되신다면 저와 동행해주실 수는 없겠습니까?"

"네? 저라도 괜찮다면요."

대답하면서 일어나자 퀜틴 단장님의 어깨에 손을 올린 기사는 그제야 내 존재를 알아차린 듯 놀라서 이쪽을 바라보았다.

"피아잖아. 너 뭐 하는 거야?"

"……안녕하세요, 데즈먼드 제2기사단장님. 오랜만에 뵙습니다."

나는 퀜틴 단장님을 부르러 온 데즈먼드 단장님에게 생긋 웃으며 인사했다.

20 기사단장 회의

데즈먼드 제2기사단장님은 나를 보고는 무어라 말을 하려고 했지만, 생각을 바꾼 건지 고개를 내저었다.

"왜 퀜틴이 축축하게 젖은 건지, 어전회의에 빠질 뻔하면서까지 피아와 하는 식사를 우선시한 건지, 의문은 산더미처럼 많지만 시간이 없어. 우선 서두르자. 하지만 나중에 제대로 물어볼 거니까!"

데즈먼드 단장님은 한 손으로 식당 입구를 가리키더니 먼저 빠른 걸음으로 걸어갔다.

"큭, 무슨 단장이 답지 않은 행동을 한다 했더니 또 피아가 엮여있잖아……."

내 이름이 들린 것 같았지만 데즈먼드 단장님의 중얼거림이 너무 작아서 잘 들리지 않았다.

별수 없이 퀜틴 단장님과 함께 데즈먼드 단장님의 뒤를 쫓아갔다.

자빌리아는 고정 좌석인 내 기사복 안에 쑥 들어가더니 배 부근에 머리를 비볐다.

잘 생각이구나…….

옷 위로 자빌리아를 가볍게 토닥토닥 두드리며 한동안 걸어가자, 기사단 본관에 도착했다.

많은 기사가 오가는 긴 복도를 안쪽으로 쑥쑥 들어가다가 유독 호화로운 문 앞에서 멈춰 섰다. 좌우로 대기하고 있는 두 명의 기사가 문을 열어주었다.

문 안에는 널따란 방이 있었다.

안뜰과 인접한 한쪽 면에는 천장에서부터 바닥까지 커다란 유리창으로 되어있어 밖에서 빛이 반짝반짝 쏟아졌다.

방 중앙에는 반들반들하게 닦인 커다란 원탁이 놓여있는데, 주위에 놓인 의자에는 몇 명의 기사가 앉아있었다.

"퀜틴, 너 치고는 아슬아슬한 시각이잖아."

착석 중인 기사들 중 적갈색 머리카락의 기사가 일어나 말을 걸었다.

그 적갈색 기사는 몇 걸음 걸어오더니 퀜틴 단장님 뒤에 있던 나를 알아보고는 말을 건넸다.

"피아잖아! 여전히 잘 지내나 보군."

"어어, ……."

어디선가 만난 적이 있었던가……? 하고 기억을 더듬으면서 대각선으로 걸친 어깨띠의 색을 힐끔 확인했다.

아, 그래. 플라워 혼 디어를 토벌한 날 밤에 열린 고기 파티에서 부하를 노려보던 단장님이구나.

"안녕하세요, 재커리 제6기사단장님. 네, 잘 지냈습니다."

누군가와 착각해서 친근하게 말을 걸어온 것 같지만, 고기 파티 때 얼핏 본 게 전부인 단장님이다. 대화를 나눠본 적도 없으니 무난한 대답을 돌려주었다.

"하하하, 지난번처럼 재커리라고 편하게 부르진 않는 거냐?"

재커리 단장님이 내 머리카락을 마구 헝클어트렸다.

잠깐만요, 하지 마세요. 머리가 엉망이 되잖아요.

그리고 누구와 착각하신 건지는 모르겠지만, 저는 기사단장님을 덜렁 이름으로만 부를 만큼 무뢰배가 아니니까요!

내가 마음속으로 열심히 반박하고 있었더니 재커리 단장님은 허리를 숙이고 내 목에 팔을 감아 몸을 바싹 붙인 뒤 귓가에서 속삭였다.

"총장님의 개인 에로 정보를 공유하는 사이잖냐. 너라면 나를 편하게 불러도 용서하마."

세상에, 개인 에로 정보라니. 뭔가요, 그 멍청해 보이는 단어는!

아니, 진짜로. 터무니없는 인간으로 착각하고 계시잖아?

급히 반박하려고 했지만 이미 재커리 단장님은 퀜틴 단장님에게 시선을 옮겨 그 축축한 머리카락을 보고 놀란 모양이었다.

"이게 뭐야, 퀜틴. 물에 젖은 섹시한 남자다 이건가? 무슨 일이 있었길래 이렇게 젖었어?"

반면 퀜틴 단장님은 '아아' 하고 짧게 감탄사를 뱉더니 별것 아니라는 양 대답했다.

"이거 말인가? 피아 님께서 입에 머금은 물을 뿌리셨다."

순간 재커리 단장님은 어마어마한 기세로 나를 돌아보더니 크게 괴성을 질렀다.

"피아! 너 그런 취향이 있었냐!!"

"없습니다!!"

뜬금없는 트집에 반사적으로 부정했다.

대, 대체 무슨 말씀을 하시는 거예요. 퀜틴 단장님!

그리고 큰 소리를 내서 주목을 끌지 말아주세요, 재커리 단장님!

견딜 수 없는 오해에 허둥지둥 설명을 시작했지만, 재커리 단장님의 큰 목소리에 묻혀버렸다.

"그럼 왜 퀜틴의 머리도 얼굴도 이렇게 축축한 건데?! 어지간히 노려서 뿌린 게 아니면 이렇게 되진 않을 거라고!"

그러더니 재커리 단장님은 내 대답을 기다리지 않고 퀜틴 단장님을 돌아보았다.

"그보다 퀜틴, 너도 말이다! 왜 물기를 닦지 않는 건데! 그 상태가 쾌적한 거냐?!"

쾌적할 리 없잖아요!!

재커리 단장님, 생각을 하고 말씀해주세요!

웅성거리기 시작한 주위의 기사들이 상대방 여성을 님을 붙여서 부르다니, 퀜틴 단장님은 완전히 마조히스트구나! 하고 수군거리는 게 들렸다.

잠깐, 잠깐만! 멈춰!

이 상황에 퀜틴 단장님의 평판은 됐다 치고, 이대로는 한 쌍으로 묶여버린 내 평판도 나빠지는 거 아니야?

안 돼, 안 돼. 그랬다간 올리아 언니에게 혼날 거야!

그전에 시선이 마주치지 않도록 하고 있어서 확실하지는 않지만, 저 대각선 오른쪽에서 냉기를 발산하고 있는 사람은 시릴 단장님이고 그 시릴 단장님이 이쪽을 매섭게 노려보고 있는 것 같은 느낌이 드는데.

아, 안 돼. 안 돼. 여기서 만회하지 않으면 시릴 단장님에게도 설교를 들을 거야!

"잠깐만요, 퀘, 퀜틴 단장님. 그건 불가항력이었잖아요? 식사하던 도중에 어쩌다 보니 사레들린 제가 물을 뿜어버린 거였는걸요?"

필사적으로 주장하자 재커리 단장님이 놀라서 물어보았다.

"뭐? 퀜틴, 너 피아와 같이 식사했어? 설령 부하라고 해도 여성과는 식사하지 않는 거 아니었느냐?"

어? 잠깐, 잠깐만!

뭐야. 그 퀜틴 단장님 전용 규칙은! 그런 걸 나중에 알려주지 말라고!

어떻게든 이 화제를 진정시키고 싶어 다음에 할 말을 찾는 내 마음도 모르고, 퀜틴 단장님은 황홀한 표정이 되어 떠들어대기 시작했다.

"피아 님께서 권하셨으니 나에게 거절할 권리는 없다. 게다가 정확하게 말하자면 식사는 안 했다. 피아 님과 동석해놓고 식사가 목을 넘어갈 리가. 하지만 함께하길 정말 잘했지. 그 식사 시간은 천금과도 같았다. 그런 시간을 가질 수 있다면 무엇을 희생하든 바라는 바야. 뭐니 뭐니 해도 피아 님의 왼팔을 마음껏 만질 수 있도록 허락을 받았으니까. 머리에 물을 뿌리셨을 때도 마침 중요한 순간이었기 때문에 정신을 차리게 해주신 것에 진심으로 감사드린다."

수위 기사들은 퀜틴 단장님의 몽롱한 표정과 맛이 간 발언에 공포를 느낀 건지, 소름 돋는 표정을 지으면서 몸을 뒤로 물렸다.

네, 그렇죠! 그 오싹한 기분 이해합니다!

듣기에 따라서는 내 왼팔을 만지고 기뻐하는, 혹은 입에서 뿜은 물을 맞고 기뻐하는 이상한 성향의 기사단장님으로 보이겠죠!

나는 무심코 한 걸음 앞으로 나서서 퀸틴 단장님을 비난했다.

"아이참, 진짜. 이제 그만해주세요! 퀸틴 단장님, 단장님의 단어 선정 센스는 엉망이에요! 어떻게 해야 이렇게까지 무시무시한 이야기가 되는 건데요! 정말이지, 단장님의 이야기를 들으면 제 왼팔을 만지고 기뻐하는 이상한 성향의 기사단장님이 되어버리잖아요!!"

별안간 나에게 비난을 듣게 된 퀸틴 단장님은 안절부절못하며 사죄의 말을 입에 담았다.

"피, 피아 님. 화내지 말아 주십시오! 진심으로 사죄드립니다!!"

"그러니까 그 단어 선정이 최악이라니까요! 아아, 정말. 이 이상 말하지 마세요!! 저야말로 미치겠다고요!"

필사적으로 소리치고 있을 때 뒤에서 낮은 목소리가 울렸다.

"여전히 즐거워 보이는군, 피아. 떠들썩하다 싶으면 늘 네가 있어."

뒤를 돌아보자 방 안으로 들어온 사비스 총장님과 눈이 마주쳤다.

아무래도 참석자가 전원 모인 뒤에 안내받은 모양이었다.

"사, 사비스 총장님!"

나는 구세주를 발견했다는 양 사피스 총장님의 이름을 불렀다.

총장님은 한쪽 눈썹을 까딱 움직이며 뒷이야기를 재촉했다.

"무슨 일이지?"

이야기를 들어줄 것 같은 분위기에 나도 모르게 총장님 앞까지 달려갔다.

신입 기사가 총장님께 상담이라니 주제 파악이 안 되는 게 아닌가 하는 생각이 들었지만, 지금의 나를 구해줄 수 있는 건 총장님뿐이기 때문에 필사적으로 매달렸다.

그리고 불경하다고 누군가에게 혼나기 전에 힘차게 호소했다.

"들어주세요, 사비스 총장님! 우연히 시간이 맞아서 퀜틴 단장님과 점심을 같이 먹었거든요! 그리고 식사 중에 너무 당황스러운 이야기가 나와서 그만 마시던 물을 퀜틴 단장님을 향해 뿜어버렸습니다. 물론 물을 뿜은 제가 잘못한 것은 알지만요. 어째서인지 퀜틴 단장님께서 그 이야기를 재현하자 퀜틴 단장님과 제가 변태 일당 같은 식이 되어버렸거든요! 이대로는 이야기를 들은 기사들이 다 저에게 이상한 취향이 있다고 착각할 겁니다! 이 마물기사단장님의 표현력을 어떻게 좀 해주세요!!"

사비스 총장님은 묵묵히 내 이야기를 들어주었지만, 다 듣고 난 뒤에는 지금 들은 이야기를 소화하듯이 고개를 살짝 기울였다.

"네가 엮이면 유능한 기사들이 전부 이상한 행동을 한다는 건 익히 알고 있다. 처음 경험하는 자극으로 인한 반응이겠지. 뭐, 퀜틴도 피로가 쌓여서 이상한 방향으로 폭주해버린 것일 테니, 잠시 두면 원래대로 돌아갈 거다."

"감사합니다, 사비스 총장님!!"

원하는 대답이 돌아오자 나는 득의양양하게 사람들을 돌아보았나.

들으셨죠? 여러분!

퀜틴 단장님의 기행은 장기 원정에 의한 피로가 원인일 것이라고, 사비스 총장님께서 말씀해주셨답니다.

"당신이 수긍할 수 있는 방향으로 정리된 모양이군요. 그럼 이쪽으로 오세요."

힘이 쭉 풀린 그때, 청량한 목소리가 울려 퍼졌다.

목소리가 들린 쪽을 돌아보자 시릴 단장님이 조용히 미소 지으면서 손짓하고 있었다.

"어전회의에는 부하를 한두 명 동행시키는 법이지만 이번에 저는 한 명만 데려왔거든요. 당신은 제1기사단 소속이니까 이쪽으로 오세요."

그 말에 주위를 둘러보자 원탁 주위에 착석한 사람은 각 기사단의 단장뿐이고, 그런 단장의 뒤에는 한두 명의 기사가 서 있었다.

시릴 단장님의 말에 수긍한 내가 발을 옮기려고 한 그때, 퀜틴 단장님이 팔을 붙잡았다.

"무슨 말을 하는 거냐, 시릴. 피아 님은 내가 모셔왔다. 그리고 현재진행형으로 우리 기사단의 업무를 보고 계시지. 나와 함께하는 게 도리 아닌가."

퀜틴 단장님의 말을 들은 시릴 단장님은 미소 짓는 얼굴 그대로 눈을 가늘게 떴다.

대, 대단하시네요. 시릴 단장님!

웃고 있는데도 불쾌함이 전해지다니, 무척 고도의 테크닉이에요!

"하하, 누굴 따라가도 분란이 생길 것 같으니까 나한테 와라,

피아!"

재커리 제6기사단장님이 말을 걸었다.

······어, 어라?

소동을 겨우 진정시킨 줄 알았는데, 또 새로운 소동에 휘말린 것 같은 느낌이 드는데요? ······어느새??

상황을 이해하지 못하고 우두커니 서 있는 나에게 사비스 총장님이 재미있다는 듯 말을 던졌다.

"그럼 피아. 너는 어디에 가고 싶지?"

······좋은 질문입니다, 총장님.

솔직하게 말씀드리자면 돌아가고 싶습니다.

어느 단장의 뒤에 설 것인지 질문을 받은 나는 마음을 가다듬고 다시금 주위를 한 바퀴 둘러보았다.

원탁 주위에는 많은 의자가 놓여있지만, 반도 채워져 있지 않았다.

여기에 있는 의자의 수는 기사단장 및 총장님이 앉을 만큼 있을 테지만, 오늘 모인 인원은 왕도 근교에서 근무하는 기사단의 단장뿐인 모양이었다.

내 주위에 서 있는 사비스 총장님, 퀜틴 제4마물기사단장님, 재커리 제6기사단장님 외에 의자에 앉아있는 기사단장은 고작 네 명밖에 없다.

이미 만나본 단장님은 두 명. 시릴 제1기사단장님과 데즈먼드 제2기사단장님.

처음 보는 단장님도 두 명. 기사복 위에 걸친 어깨띠의 색으로 보아 장발의 남성 기사가 이노크 제3마도기사단장님이고, 여성 기사가 왕도 경호를 담당하는 클라리사 제5기사단장님일 것이다.

그런데 마지막으로 시선이 간 여성 기사단장님을 본 순간 나는 충격으로 눈을 부릅떴다.

큰 키에 근육질인 기사단장들 사이에서 혼자 이채를 발하고 있었기 때문이다.

얼굴 주위를 부드럽게 감싸는 분홍색 머리카락이 하얀 피부에 잘 어울렸다.

호박색의 커다란 눈동자는 마치 보석처럼 반짝반짝 빛났고, 도톰한 입술은 머리카락과 같은 분홍색으로 윤기가 흘렀다.

기사단장이라는 고위 기사가 어마어마한 미소녀라는 사실에도 놀랐지만, 가장 경악한 것은 소녀로 보이는 외모를 부정하는 것 같은, 기사복으로 덮여있는 상반신이었다.

데즈먼드 단장님조차 단정하게 목까지 채우고 있는 기사복의 단추를 몇 개씩 풀어헤쳤고, 밑에 받쳐 입는 셔츠도 위쪽 단추는 채우지 않았다.

그리고 그 틈새로 굉장한 계곡이 보였다!

……아, 그래. 이건 단추를 풀고 있다기보다는 채워지지 않았다는 게 정답이겠구나.

대체 뭐지. 겉보기엔 미소녀인데 몸은 글래머러스하다니.

내가 지향하는 최종형태잖아⋯⋯!

"와, 미소녀⋯⋯."

나는 그렇게 중얼거리면서 비틀비틀 빨려 들어가듯 제5기사단장님에게 다가갔다.

와아. 가까워질수록 좋은 향기까지 나는데?

그러자 뒤에서 재거리 단장님의 당황한 목소리가 들렸다.

"자, 잠깐. 피아, 속지 마! 홀리지 마! 그건 기사단에서 최고로 잔인하고 가차 없고 강철의 멘탈을 지닌 최강의 생물이다! 그러면서 가련한 외모를 내세워 약자로 의태하지. 기사단장으로서 있어서는 안 될 태도라고! 그리고 실제로는 겉으로 보이는 만큼 어리지도 않아! ⋯⋯즉 네가 오해하는 것처럼 소녀라고 불릴 나이는 절대 아니라고!!"

"재커리의 말이 맞습니다. 피아, 그분은 '분홍 암사마귀'예요! 마지막엔 잡아먹힐 게 자명함에도 젊은 기사들이 줄줄이 희생되고 있는, 참으로 무시무시한 생물입니다. 젊은 남성은 물론이고 여성도 접근해서는 안 됩니다! 끔찍한 악영향을 받을 거예요!"

시릴 단장님도 일어나서 경고했다.

저런, 보기 흉해라. 동료 기사단장을 비난하다니 기사답지 못한 행동 아닙니까.

솔직히 저는 근육이나 땀에 식상해졌거든요.

이렇게 포근하고 좋은 냄새가 나는 사람이 단연코 취향입니다!

"저는 제5기사단장님에게 가겠습니다!"

"""아니, 너와는 아무런 연도 없는 사람이잖아!!"""

전원에게 지적을 받았지만 신경 쓰지 않겠습니다.

나는 제5기사단장님에게 기사의 예를 취한 뒤 인사했다.

"제1기사단의 피아 루드입니다. 기사단장 회의 동안 뒤에 서 있는 것을 허락해주십시오."

제5기사단장님은 긴 속눈썹이 드리운 커다란 눈을 깜빡거린 뒤 꽃이 벌어지듯 고아하게 웃었다.

"어머나, 기뻐라. 제5기사단장인 클라리사 애버네시야. 잘 부탁해."

하으웅. 미소녀는 목소리마저 사랑스러워.

말끝이 올라가는 독특한 말투에 중독될 것 같습니다.

내가 클라리사 단장님 뒤에 서자 일단 상황이 종결되었다고 본 건지, 총장님을 시작으로 전원이 원탁에 착석했다.

"그럼 지금부터 기사단장 회의를 개최합니다."

사회가 회의 개최를 선언했다.

아무래도 기사단장 회의는 정기적으로 개최되는데, 이번에는 퀜틴 단장님의 귀성에 맞춰서 급히 열리게 된 모양이었다.

처음에는 단장급 이상의 이번 달 일정, 기사단의 예산 등 정례적인 사안이 몇몇 올라왔다 들어가고, 그 후에 오늘 개최된 이유인 본론으로 넘어갔다.

"그럼 검은 왕 포획에 관한 사안입니다만."

의사 진행을 담당하는 시릴 단장님이 새로운 의제를 꺼내 들었다.

"본래 계획으로는 검은 왕이 유생체인 지금을 포획할 절호의 기회로 보고 왕이 어디에 있는지 특정하는 즉시 제4마물기사단과 제6기사단을 중심으로 300명의 기사를 편성하여 대응하기로 되어있었습니다. 하지만 '별내림 숲'의 목격정보에 따르면 왕이 우리의 상정보다 성장해있다는 보고가 들어왔습니다. 퀜틴, 이 건에 대한 당신의 의견은 어떻습니까?"

"계획은 변경이다. 보고에 따르면 검은 왕은 이미 유생체가 아니야. 그렇다면 포획은 불가능하다. 주위 생태계 교란을 막기 위해서도 검은 왕을 신속히 둥지인 영봉흑악에 돌려보내는 것이 최선이겠지."

그 말을 들은 재커리 제6기사단장님은 아쉬워하는 목소리를 냈다.

"오랜만에 성대한 포박극을 벌이나 했는데, 김이 빠지는군. 그래서? 몇 명이 필요하지?"

퀜틴 단장님은 생각에 잠긴 듯한 자세로 긴 손가락을 머리카락에 찔러 넣었다.

"너무 많은 인원은 부적절할 거다. 검은 왕에게 적으로 인식되면 공격당할 우려가 있어. 왕을 제압할 수 있을 만한 인원을 갖추는 게 반대로 위험을 부르게 되지. 적으로 인식하지 못할 정도의 인원, ……으음. 마물기사단 15명, 제6기사단 35명 정도?"

왕도 경호 담당인 클라리사 제5기사단장님이 끼어들었다.

"무섭기도 해라. 실수라도 검은 왕이 왕도로 넘어오지 않도록 해줘. 내 귀여운 왕도민들을 위험에 처하게 한다면 내 기분이 아주 나빠질 거야."

"……선처하지."

재커리 단장님은 짧게 대답한 뒤 말을 이었다.

"환생한 직후는 기억이 정착되지 않는다고 하니까, 검은 왕이 혼란스러워서 '별내림 숲'에까지 오게 된 건지도 모르겠군. 퀜틴, 너 검은 왕의 둥지에서 동굴의 돌이나 유체의 일부 같은 걸 가지고 돌아왔지? 그걸 검은 왕에게 보여주면 혼란스럽던 기억이 돌아와서 둥지로 돌아가 주지 않을까?"

"……시도해보지."

퀜틴 단장님은 시선을 내리깔며 대답했지만, 아주 잠깐 그 시선을 올려서 나를 보았다.

──알겠습니다, 퀜틴 단장님.

기사단이 숲을 수색할 때 흑룡이 나타나면 퀜틴 단장님이 돌을 던지고, 흑룡이 둥지가 있는 방향으로 날아간다. 이런 뜻이죠?

목깃 틈새로 자빌리아를 들여다보자 내 배 부근에서 새근새근 평온하게 잠들어있었다.

후후후, 아가라니까. 하지만 분명 자빌리아도 반대는 하지 않겠지.

나는 알겠다는 신호로 생긋 웃어 보였지만, 그걸 알아차린 시릴 단장님이 쓴소리를 날렸다.

"퀜틴, 회의 중에 우리 단원에게 추파를 던지지 말아 주시죠. 풍기가 문란해집니다."

"단순한 신호다, 시릴. 검은 왕 수색에 피아 님의 동행을 요청하고 허락을 받았을 뿐이다. ……핫! 나는 오늘 처음으로 피아 님을 뵈었는데 시선만으로 의사소통이 가능한 모양이군. 너는 몇 배나 더 긴 시간을 보내놓고 아직 그런 수준인 거냐."

퀜틴 단장님이 내려다보듯이 대답했다.

그 순간, 시릴 단장님은 미소 지은 채로 눈을 가늘게 휘었다.

잠깐만요. 어휴, 애도 아니고 일일이 트집 잡는 것도, 그걸 받아치는 것도 자중해주세요!

팽팽한 분위기에 어떻게 해야 할지 난처해하고 있었더니 클라리사 단장님이 즐겁다는 듯 쿡쿡 웃었다.

"인기가 대단하구나, 피아. 하지만 좀 더 애달프게 만들렴. 그렇게 말리려고 조마조마해 하는 걸 보면 인내심이 부족하구나. 더 많이, 잔뜩 애태워서 견딜 수 없을 때까지 두 사람을 몰아세워야지."

시릴 단장님과 퀜틴 단장님을 즐겁게 번갈아 바라보는 클라리사 단장님을 앞에 두고 데즈먼드 단장님이 못 해 먹겠다는 양 탄식했다.

"그거 봐! 재앙을 부르는 건 늘 여자라니까."

"......................"

이노크 제3마도기사단장님은 침묵을 지켰다.

재커리 단장님은 주위를 빙 둘러보더니 쿵 소리를 내며 원탁을 두드렸다.

"너희들, 사비스 총장님 앞에서 뭐 하는 거야. 그쯤 해둬!"

그렇게 입을 꾹 다문 단장들을 쏘아본 뒤 '그럼' 하고 입을 열었다.

"다른 의견이 없다면 출발은 내일 아침. 제6기사단에서 35명을 뽑아올 테니까 퀜틴, 너도 15명을 선발해와. 나와 너는 반드시 출격. ……자, 이의 있는 사람?"

잠시 기다려서 의견이 나오지 않는 걸 확인한 뒤 단장님들은 전원 사비스 총장님을 우러러보았다.

총장님이 고개를 한 번 끄덕인 뒤 입을 열었다.

"그거면 되겠지. ……다들 무리하진 마라."

총장님의 승인이 떨어지자 내일 출발이 확정되었다.

그 순간 단장님들이 절도 있는 동작으로 일어나더니 주먹을 반대쪽 어깨에 올렸다. 나를 포함해 뒤에 대기하고 있던 기사들도 똑같이 따라 했다.

총장님은 마지막에 일어나 우리를 바라보면서 낭랑한 목소리로 읊었다.

"하늘과 땅의 모든 것은 나브 왕국 흑룡 기사단과 함께."

"하늘과 땅의 모든 것은 나브 왕국 흑룡 기사단과 함께!"

총장님의 목소리에 이어 입을 모아 외치는 우리에게 총장님이 가볍게 손을 들어 올려 화답한 후 퇴실했다.

──이리하여 기사단장 회의가 막을 내렸다.

21 흑룡 수색 1

다음 날 아침, 나는 여느 때보다 일찍 눈을 떴다.

물론 흑룡 수색이라는 이름의 '별내림 숲' 수색이 기대되어서 자연스럽게 눈이 떠졌기 때문이다.

지난번 토벌과 마찬가지로 신입 기사이기 때문에 전력으로 취급되진 않지만, 퀜틴 제4마물기사단장님이 나를 지명했으니 참가에 불평하는 사람은 없을 것이다.

기사단 내부에서 훈련하거나 마물을 돌보는 것도 중요하지만, 역시 기사는 현장이 중요하니까!

수색 일정이 급히 정해졌기 때문에 교회에 성녀 파견 의뢰를 보낼 시간이 없어서, 왕성 내에 머무는 성녀가 오기로 했다고 들었다.

그리고 마물기사단에서는 15명의 기사가 15마리의 사역마를 데리고 참가한다고 하니 처음 보는 사역마의 전투가 너무나 기대되었다.

전생에선 마물은 그저 쓰러트릴 상태였다.

그걸 아군으로 삼아 함께 싸운다는 발상은 정말 대단하다고 감탄이 나온다.

내 준비가 끝나자 다음으로는 자빌리아를 준비시켰다.

뭐니 뭐니 해도 오늘의 주역은 자빌리아니까, 평소보다 더 멋지게 꾸며야지.

"……저기, 피아. 목에 리본을 다는 건 그렇다고 쳐도, 머리에 꽃을 다는 건 좀 그렇지 않아? 나는 어딜 향하고 있는 거지?"

"물론 최고로 강하고 깜찍한 사역마지! 오늘은 마물기사단에서 엄선된 15마리의 사역마가 참가하는 날이니까 약점을 잡히지 않도록 해야 해!!"

"피아가 원한다면 마물 15마리 정도는 순식간에 쓰러트릴 수 있는데."

"어——, 그건 안 돼. 그럼 그냥 강한 마물인걸. 귀여움도 어필해야지."

"……그래. 여러모로 생각해야 하는구나."

그리하여 나는 목에 새빨간 리본을 달고 노란 화관을 쓴 자빌리아를 어깨에 올린 뒤 방에서 나왔다.

집합 장소에는 예정 시각보다 한참 일찍 도착했는데도 이미 몇 명의 기사가 모여있었다.

그중에 제6기사단의 아는 얼굴을 발견해 말을 걸었다.

"좋은 아침입니다. 오늘은 잘 부탁드립니다!"

"피아잖아! 하하, 네가 같이 간다니 든든한데. 이쪽이야말로 잘 부탁해."

그렇게 아는 기사들과 대화하는 사이에 어느새 기사 대부분이 집합을 마쳤다.

기사는 가로 · 세로 · 높이가 다 크지만, 재커리 제6기사단장님과 퀜틴 제4마물기사단장님은 특히 더 커서 압도적인 존재감을 발했다.

으음, 나무를 숨기려면 숲에 숨기라고 하지만 이건 안 될 것 같다. 이렇게 큰 나무라면 어떤 숲에 숨겨도 눈에 확 띄겠지.

동종 속에 숨기면 들키지 않는다는 말은 조금 더 평균일 경우에 적용되고, 이 정도로 특출나면 반대로 차이가 두드러진다는 새로운 발견을 했다.

나는 작은 나무라서 다행이라며 가슴을 쓸어내리고 있었더니 퀜틴 단장님이 모여 있는 기사들을 가르며 내 앞으로 똑바로 걸어왔다.

"좋은 아침입니다, 피아 님, 사역마님. 이른 아침부터 잘 와 주셨습니다."

"좋은 아침입니다, 퀜틴 단장님. 거리가 있었는데 용케 제가 어디 있는지 알아보셨네요? 키가 큰 기사들 사이에 있으면 멀리서는 보이지 않을 테니 눈치채지 못하셨을 텐데요."

신기해서 물어보자 이상한 이야기를 듣는다는 양 퀜틴 단장님이 크게 웃었다.

"하하하, 재미있는 농담이군요! 당신의 존재는 압도적이기 때문에 아무리 멀리 있어도 알아볼 수 있습니다. 괜찮으시다면 추후 잠시 회의해주실 수 있겠습니까?"

내가 고개를 끄덕인 것을 확인하자 퀜틴 단장님은 다시 재커리 단장님 옆으로 돌아갔다.

퀜틴 단장님이 떠난 것과 동시에 주위에 있던 기사들이 놀라서 물어보았다.

"피아, 너 퀜틴 단장님과도 아는 사이야?! 아니, 그분은 마물 밖에 관심이 없는 거 아니었어? 다른 기사단의 기사에게 말을 거는 모습은 처음 봐!"

"그보다 널 피아 '님'이라고 부르시는 것 같았는데?! 대체⋯⋯."

"피아는 퀜틴의 여왕님이거든!"

재커리 단장님이 불길한 말을 하며 대화에 끼어들었다.

퀜틴 단장님도 그렇고 재커리 단장님도 그렇고, 기사단장의 표현력은 대체 왜 이 모양인 거지?!

"그, 그렇구나. 여왕님⋯⋯."

"퀜틴 단장님은 크고, 강하고 압도적이시니까. 너 같은 정반대의 타입이 취향이셨나⋯⋯."

재커리 단장님의 알 수 없는 발언을 제대로 된 설명도 없이 전력을 다해 받아들이려고 하는 기사들에게 짜증이 일었다.

기사단이 수직 사회인 건 충분히 이해하고 있지만, 이렇게까지 고지식하게 대응할 것까진 없지 않아?

그렇게 생각하며 재커리 단장님의 뒤를 따라가자 퀜틴 단장님 옆으로 갔다.

기디온 제4마물기사단 부단장님도 옆에 서 있었다.

"피아 님! 부르셨다면 제 쪽에서 찾아갔을 것을, 번거롭게 해드렸습니다!"

⋯⋯새삼 들어보면 퀜틴 단장님의 말투는 이상하다니까.

수직 사회의 부당함에 불만을 갖고 있던 나는 상하 관계에 민감해진 건지 평소엔 신경 쓰시 않는 말투가 걸리기 시작했다.

애초에…….

훨씬 상위 직급인 기사단장의 행동에 일개 기사인 내가 간섭하는 것도 주제넘은 것 같아서 넘겨왔지만, 이 퀜틴 단장님의 언동이 모든 원인 아니야?

시릴 제1기사단장님처럼 모든 사람에게 존댓말을 쓰는가 했더니 그렇지도 않은 모양이었고.

……아, 그러고 보면 퀜틴 단장님과 처음 만났을 때 시릴 단장님이 퀜틴 단장님에게 새로운 놀이가 어떻다는 이야기를 하셨지.

이거 퀜틴 단장님의 놀이인 거야?

……정말 퀜틴 단장님은 나와 감성이 너무 달라서 잘 모르겠다.

작게 한숨을 쉬었지만 재커리 단장님의 큰 목소리에 묻혀버렸다.

"퀜틴, 피아 한정으로 나오는 그 이상한 말투는 아직 안 고쳐졌어? 시릴이라면 이해하겠지만 네가 총장님 말고 다른 사람에게 그렇게 말하는 건 너무 징그러운데. 나쁜 일이 일어날 징조가 아닌지 오한이 들어!"

"흥, 너도 불감증이냐. 재커리! 왜 아무도 피아 님의 위대함을 눈치채지 못하는 거지?!"

"어, 그래……. 확실히 나는 불감증인 모양이야. 피아의 위대함이라는 걸 조금도 모르겠어."

재커리 단장님은 퀜틴 단장님에게 동의하면서 기디온 부단장님에게 손짓했다.

그러더니 작은 목소리로 물었다.

"이봐, 기디온. 퀜틴 녀석 괜찮은 거야? 퀜틴을 힘껏 흔들어서 눈을 뜨게 하는 것과 못 본 척하고 방치하는 것 중 어느 쪽이 정답인데?"

"흔들어도 눈을 뜨진 않으실 겁니다. 저도 이런 단장님은 처음 봤기 때문에 대처법이 완전히 불명입니다."

그 기디온 부단장님이라고 해도 재커리 단장님에게는 정중한 말투로 대답하고 있다.

재커리 단장님은 머리를 한 번 내저은 후 체념한 목소리를 냈다.

"……좋아, 방치다! 우선 너희들 앉아! 작전 회의다."

집합 장소의 한구석에 설치되어 있는 간이 테이블과 의자를 가리키더니 재커리 단장님은 그중 하나에 앉았다.

그렇게 재커리 단장님과 퀜틴 단장님, 기디온 부단장님, 나라는 멤버로 작전 회의를 개시했다.

재커리 단장님이 첫말을 뗐다.

"일주일 정도 야영할 것을 내다보고 짐을 꾸렸어. 제6기사단에서 선정한 35명은 다들 정예다. 설령 검은 왕과 조우한다고 해도 제대로 대처할 수 있을 법한 녀석들이니 안심해."

"그래. 나는 사역마를 기준으로 기사를 선정했다. 사역마는 날개 달린 녀석이 10마리, 없는 녀석이 5마리. 검은 왕이 둥지에 돌아갈 때 선두 역할을 맡기기 위해 날개 달린 마물이 많은 게 좋으리라고 판단했다."

"그렇군. 그런데 네가 봤을 때 검은 왕과 조우할 확률은 어느 정도지? 1할? ……아니, 그 이하려나. 저 넓은 숲속에서 딱 한 마리의 마물을 찾는 것이니, 사막에서 바늘 찾기나 마찬가지잖아.

애초에 이미 숲에서 나갔을 가능성도 있고."

재커리 단장님이 턱을 쓰다듬으면서 퀜틴 단장님에게 물었다.

"10할이다."

"…………뭐?"

"10할의 확률로 검은 왕과 조우한다."

퀜틴 단장님은 확신을 담아 단언했다.

"아니, 네가 애타게 찾던 검은 왕을 만나고 싶다는 마음은 이해하지만! 그, 뭐냐. 지나친 기대는 하지 말고, 꿈이 이뤄지지 않아도 우울해하지 마!"

재커리 단장님이 퀜틴 단장님의 어깨를 찰싹 때린 뒤 말을 이었다.

"그럼 검은 왕과 조우했을 때는 공격을 받지 않을 거리에서 마주 보고. ……이 경우 적의를 보이지 않기 위해서도 포위는 하지 않는 게 좋겠는데. ……배치가 잘 끝나면 네가 검은 왕에게 둥지에 돌아가 달라고 설득해. 검은 왕쯤 되면 당연히 인간의 말을 알아듣겠지? 네 성의가 전해져서 이해해준다면 둥지의 돌인지 검은 왕의 유해 조각인지를 사역마가 물고 영봉흑악 방향을 향해 날아간다는 시나리오면 될까? 뭐, 어차피 이대로 술술 풀리지는 않을 테니까 실제로는 그 자리에서 조절하게 되겠지만……."

"이론은 없다."

퀜틴 단장님은 짧게 대답한 뒤 재커리 단장님을 바라보았다.

"검은 왕이 아닌 다른 마물과는 최대한 접촉을 피한다. 검은 왕의 갑작스러운 출현으로 영역을 침범당한 마물의 행동반경이 뒤

틀렸을 거다. 평소엔 볼 수 없는 심연의 마물이 나타날 가능성이 있어. 검은 왕이 떠나면 원래대로 돌아갈 테니 괜한 싸움은 피하는 게 상책이다."

"그래. 색적 담당자에게 말해두마."

재커리 단장님은 그렇게 말하며 일어난 뒤 내 머리카락을 슥슥 헝클어트렸다.

"뭐, 그렇게 말해도 마물을 완전히 피하고 지나갈 수는 없을 테니까, 몇 번 전투를 하면서 제6기사단과 제4마물기사단 기사들의 포지션을 조절해가자고. ……피아, 너는 지난번 토벌 때 활약했던 모양이지만 오늘은 얌전히 있어. 평소엔 볼 수 없는 상위 마물과 조우할 가능성이 있으니까."

……확실히 제 검술 실력은 변변치 않죠.

네, 얌전히 있겠습니다.

순순히 고개를 끄덕였는데 어째서인지 어깨 위의 자빌리아는 작게 한숨을 쉬었다.

……뭐야. 왜 이렇게 처음부터 믿지 않는다는 태도인 건데?

"우후후후후후, 자빌리아. 너 정말 귀엽구나."

지난번과 마찬가지로 성녀가 늦어지는 모양이라 '성녀 기다림'이라는 여유 시간이 생긴 나는 다른 사역마들에게 인사하러 가기로 했다.

사역마의 세계에서 자빌리아는 신입이다. 신입이 인사하러 가는 게 기본이지.

다른 사역마들보다 뒤처져 보이지 않도록 자빌리아의 리본을 매만져주었는데, 새삼 자빌리아를 다시 보니 너무 귀엽다는 것을 깨달았다.

"원래도 사랑스러운데 리본과 화관을 조금 추가한 것만으로도 흉악스러울 만큼 귀여워지다니. 너무 대단해!"

"고마워. 나도 오래 살았지만 사랑스럽다거나 귀엽다고 표현해주는 건 피아가 처음이야."

"후후후, 무슨 소릴 하는 거야. 0살이잖아? 다른 사람에게 뭔가 들을 만큼 오래 살지도 않았으면서."

그렇게 말하며 자빌리아를 어깨에 올린 뒤 사역마들이 있는 곳으로 향했다.

"와……."

사역마들을 보고 무심코 감탄사가 나온 것도 어쩔 수 없다. 모든 마물이 다 크고 아름다웠기 때문이다.

퀜틴 단장님이 진지하게 골랐다는 게 전해졌다.

그중에서도 유독 크고 아름다운 마물이 내 눈길을 끌었다.

황금색의 날개를 지녔고 머리는 매이지만 하반신은 사자인 흉악한 마물, 그리폰이다.

……아, 이게 퀜틴 단장님의 사역마구나.

슥 둘러봐도 그리폰 혼자 다른 마물보다 유달리 강하다. A랭크라는 이름에 부끄럽지 않은 아름다운 마물이야…….

한번 그리폰을 보고 나자 그 아름다움에서 좀처럼 시선을 뗄 수가 없었다.

그러고 보면 인사는 윗사람부터 먼저 해야 하는 거지.

"처음 뵙겠습니다, 제1기사단의 피아 루드입니다. 이 아이는 사역마인 자빌……."

그리폰에게 자기소개를 시작하긴 했는데, 자빌리아의 이름을 밝혀도 되는 건지 알 수 없었다.

……으으음?

퀜틴 단장님께 자빌리아의 이름을 밝히지 말라는 조언을 들었는데, 그건 다른 사역마에게도 해당되는 건가?

……모르겠으니까 그만두자.

"사역마고, 통칭 행복의 B 드래곤입니다."

그리폰 정도면 인간의 말을 알아들을 수 있을 테니 최대한 정중하게 인사했다.

그 후 적의가 없다는 걸 보여주기 위해 두 팔을 벌리고서 접근했다.

그리폰은 신중하게 이쪽을 쳐다보았지만 공격해올 기색은 보이지 않았다.

그러고 보면 퀜틴 단장님도 처음 만났을 때 이런 식으로 경계하며 쳐다봤었다는 게 떠올랐다.

주인을 쏙 빼닮은 사역마라는 생각에 웃음이 나오는 걸 느끼면서 가까이 다가가자, 자세가 이상하다는 걸 깨달았다.

어라? 다쳤네.

뒷다리 하나에 힘이 들어가지 않았고 날개도 일부가 꺾여있었다.

어제 퀜틴 단장님과 함께 원정에서 막 돌아온 참이니까 다친 걸까.

회복이 덜 된 상태로 또 수색에 따라오다니, 헌신적인 사역마네. 아니면 퀜틴 단장님이 부려먹는 타입일까?

그리폰은 어제 돌아본 사역마 우리에는 없었으니까 녹색 회복약을 마시지 않았다는 걸 떠올리면서 다리에 손을 올렸다.

"회복."

발광 효과를 죽이고 치유마법을 발동했다.

음, 이러면 내가 그냥 그리폰을 쓰다듬는 평범한 광경으로 보일 거야.

"피아가 전생에 쓰러트린 마물 중에서는 소형으로 분류될지도 모르겠지만, 그리폰은 상위 마물이거든? 가까이 가서 만지는 것부터 이미 평범한 광경이 아니야. 게다가 그렇게 간단히 회복시키면……."

자빌리아가 충고하듯이 입을 열었다.

응, 미안해. 자빌리아. 다친 걸 보면 반사적으로 치유해주고 싶어지거든.

상대가 마물이라면 그리 이상하지도 않을 테고.

내가 무슨 생각을 하는지 이해할 수 있다는 자빌리아에게 속으로 말을 걸고 있을 때, 그리폰이 응석을 부리듯이 커다란 머리를 비벼왔다.

어라? 하고 의아해하고 있었더니 다른 사역마들에게서 위협음과도 같은 불만 어린 소리가 났다.

시선을 옮겼다. 음, 다른 사역마들도 몇몇 다친 아이가 있구나.

다들 사역마 우리에서는 보지 못했으니, 퀜틴 단장님의 원정에 동행한 기사들의 사역마인 걸까?

이쪽도 돌아오자마자 바로 동원된 거라면 피곤할 테지.

나는 한쪽 손을 들어 다른 사역마들에게도 회복마법을 걸었다.

크든 작든 다쳤으니까, 건강해져서 나쁠 거 없지.

마법을 다 걸고 난 후 상태를 보기 위해 마물들을 둘러보자 어째서인지 사역마들이 거리를 좁혀왔다.

놀라는 사이에 발치에 바싹 다가오거나 몸을 비비기도 했다.

뭐, 뭐지? 이건.

커다란 덩치에는 어울리지 않지만, 귀엽다고 하자면 귀여운 것 같기도 하고…….

"그렇게 간단히 회복시키면 마물들이 잔뜩 따르게 될 거야. ……라고 말하려고 했는데, 이미 늦어버린 모양이네. 피아는 변함없이 마물에게 인기가 많구나."

고개를 홱 돌린 자빌리아가 중얼거렸다.

아, 삐졌구나.

나는 자빌리아를 쓰다듬으며 열심히 달랬다.

"자빌리아가 제일 귀여워. 뭐니 뭐니 해도 강하고 귀여운 우리 애인걸! 제일 강하고, 제일 귀여워! 내가 리본이나 화관으로 꾸며주고 싶어 하는 건 자빌리아 뿐이야!!"

그러자 자빌리아는 썩 싫지만도 않다는 듯 '흐응' 하고 중얼거렸다.

그래, 그래.

어린아이는 금방 질투한다고 했었지. 조심해야겠다.

수습하기 위해 곁에 모여든 마물들을 쓰다듬어주고 있을 때, 뒤에서 경직된 목소리가 날아왔다.

"피, 피아 님……."

그쪽을 돌아보자 목소리와 마찬가지로 경직된 표정이 된 퀜틴 단장님과 기디온 부단장님이 서 있었다.

무슨 일인지 의아해하며 고개를 갸웃거리다 퍼뜩 떠올리고 나도 모르게 소리쳤다.

"앗! 혹시 다른 기사의 사역마는 만지면 안 되는 건가요? 죄송합니다, 조심성 없이 만지고 말았습니다!"

두 사람의 얼굴이 굳어있는 이유를 넘겨짚고 허둥지둥 사역마들에게서 떨어졌다.

마물들이 불만 어린 목소리를 냈지만, 혼날 것 같은 분위기니까 회피하게 해주렴!

마물기사단의 단장, 부단장이 나란히 얼굴이 굳어있다니. 어지간한 일인 거겠지.

나는 부리나케 물러난 뒤 신중하게 두 사람과 거리를 벌렸다.

하지만 위험해지면 잽싸게 도망칠 수 있도록 충분히 벌려둔 줄 알았던 거리를 퀜틴 단장님은 고작 몇 걸음 만에 좁혀버렸다.

그리고 그대로 나의 두 손을 붙잡았다.

"힉. 죄, 죄송……."

"피아 님의 손은 황금의 손인가?!"

"……………………허?"

무슨 말을 들은 건지 이해하지 못하고 퀸틴 단장님을 올려다보자, 이글거리는 눈빛이 돌아왔다.

"히익! 여, 역시 화나셨어……!!"

필사적으로 손을 빼고 도망치려고 했지만 역시 기사단장.

가볍게 잡고 있는 것처럼 보이는데, 아무리 힘을 줘도 안 풀려! 크으윽!!

"제 상식으로는 사역마는 계약자만을 따른다고 생각했습니다. 그런데 모든 사역마가 애완동물처럼 애교를 부리다니……! 저는 마물기사단장으로서 제 얄팍함이 부끄럽습니다!!"

"네? 저기, 잘 모르겠지만 그런 거창한 게…….."

항상 그렇지만 퀸틴 단장님의 이야기는 너무 갑작스러워서 이해할 수 없다.

하지만 본인의 말대로 수치스러운 듯 얼굴을 일그러트리며 고개를 숙인 퀸틴 단장님을 보고 반사적으로 위로해야 한다는 생각에 입을 열었다.

그러면서도 무언가 도움이 될만한 게 없는지 주위를 둘러보다가 기디온 부단장님과 눈이 마주쳤다.

그 순간 기디온 부단장님은 흠칫 놀란 듯 눈을 부릅뜨고는, 조금 전 퀸틴 단장님과 마찬가지로 성큼성큼 걸어와 거리를 좁혔다.

평소보다는 우호적인 분위기였기 때문에 도와줄 생각인 걸까? 하고 기대했다.

하지만 기디온 부단장님은 무슨 생각인 건지 내 눈앞에서 멈추더니 별안간 허리를 푹 숙였다.

"그동안 죄송했습니다, 피아 씨!!"

".....................네?"

퀜틴 단장님에 이어 알 수 없는 행동을 하는 기디온 부단장님 때문에 맥 빠진 목소리만 튀어나왔다.

"단장님께 피아 씨가 우리 기사단에 오신 것은 기사단 총장님의 지시였다는 이야기를 들었습니다! 총장님께서 직접 지시하셨다니, 깊은 의도가 있으셨던 게 분명합니다!! 그런데도 바로 지금, 사역마들이 계약자도 아닌 피아 씨를 따르는 초월적인 광경을 볼 때까지 그 사실을 떠올리지 못하다니! 저는 제가 부끄럽습니다!!"

"아니, 저기…………."

"총장님께선 우리 기사단에 최고의 기사를 파견하여 주셨는데, 저는! 저는 평소 다른 기사단이 우리 기사단을 우습게 보는 것에 앙심을 품고, 그 감정 때문에 피아 씨에게 부당한 대우를 했습니다!! 이렇게 된 이상 부단장직을 사임하는 것으로 사죄의 뜻을 보이겠습니다!!"

"잠깐만요!!!!"

나는 허둥지둥 기디온 부단장님 쪽으로 몸을 틀었다.

잠시 진정해주세요, 기디온 부단장님!

모든 말이 다 이상했지만 마지막 말이 특히 이상했다고요!!

확실히 기디온 부단장님에게 비아냥을 듣긴 했죠. 하지만 그렇게 뼈아픈 비아냥도 아니라서 별다른 타격은 받지 않았거든요.

그래서 기디온 부단장님이 부단장직을 사임한다고 하면 죄에 비해 벌이 너무 무겁단 말입니다!

애초에 사임 이유를 뭐라고 하시게요?

'신입 기사를 괴롭혔기 때문에 사임하겠습니다.'가 되나?!

……너무 허접하잖아!!

기디온 부단장님의 생각을 바꾸기 위해 입을 열었지만, 그보다 전에 뒤에서 목소리가 날아왔다.

"너희들, 뭐 하는 거야?"

뒤를 돌아보자 기가 막힌다는 표정으로 팔짱을 낀 재커리 단장님이 서 있었다.

"퀜틴은 피아의 손을 붙잡고 무언가 호소 중이고, 기디온은 무릎을 꿇고 무언가를 구걸하고 있고. ……뭐냐, 피아. 널 두고 싸우는 거야?!"

재커리 단장님의 말에 퍼뜩 놀라 퀜틴 단장님을 보자 그의 두 손은 여전히 내 두 손을 잡고 있었다. 이어서 기디온 부단장님을 보자 사죄를 위해 머리를 숙였던 게 어느새 내 발치에 무릎을 꿇는 자세로 바뀌어 있었다.

"헉, 어느새……?!"

놀라는 나를 무시하고 재커리 단장님은 황당하다는 듯 고개를 내저었다.

"여왕님의 신봉자가 증식 중인 거야? 피아, 너 수완이 대단한데!"

"아, 아니, 잠깐만요, 재커리 단장님!!"

"그래, 알았어. 어느 쪽을 선택해도 문제가 될 것 같다면 나한테 와라."

그렇게 말하며 재커리 단장님은 퀜틴 단장님과 기디온 부단장님에게서 나를 떼어놓아 주었다.

"성녀님들께서 도착하셨어. 최상의 대우를 하지 않으면 기분이 상하실 거야. 즉, 성녀님들을 피아라고 생각하면서 대해. 알았지?"

비유는 참으로 이상했지만, 재커리 단장님은 덜렁 남아버린 두 사람에게 충고하듯 당부한 뒤 다른 사람들이 있는 곳으로 유도해 주었다.

사역마들에게 자빌리아를 소개하는 것이 어중간하게 끝나버렸다고 아쉬워하면서도 재촉하는 대로 재커리 단장님을 따라갔다.

이번에 온 성녀는 7명으로, 샬롯은 없었다.

뭐, 그렇겠지. 샬롯은 전투에 동행시키기에는 너무 어리니까.

다 함께 뭉쳐서 행동하는 건 너무 많다는 이유로 15명, 15명, 20명의 소대로 갈라져서 행동하게 되었다.

정기적으로 호각을 불어 서로 거리를 확인하면서 이동한다고 했다.

각 소대를 지휘하는 퀜틴 단장님과 기디온 부단장님은 나를 대원에 넣고 싶다고 주장했지만, 재커리 단장님의 독단으로 재커리 소대에 들어갔다.

재커리 단장님, 멋진 영단이십니다!

그리하여 기마와 마차로 '별내림 숲'에 이동한 뒤, 도착한 순서대로 숲속으로 들어갔다.

숲을 걸으면서 최근 이 숲에 자주 온다는 생각을 하고 있을 때문득 떠올랐다.

……어라? 잠깐만.

그러고 보면 이 행군은 흑룡이 나타나면 종료되는 거잖아?

어느 타이밍에 나타나야 하지?

지금 당장…… 은, 너무 이르겠지?

이런. 퀜틴 단장님과 타이밍을 맞추는 걸 잊었어!

끙끙 고민하다가, 점심때 합류할 테니까 그때 물어보기로 생각을 바꿔먹었다.

재커리 단장님은 일주일 정도 머물 생각으로 준비하셨으니까, 그렇게 당장 나타나지 않아도 괜찮을 것이다.

그렇게 숲에 들어온 지 10분.

처음 조우한 마물은 예쁜 무지개색의 새였다.

"뭐야, 몽견조(夢見鳥)가 이런 숲 입구 근방에 있다니. 어떻게 된 일이야?"

재커리 단장님이 놀란 듯 입을 열었다.

나는 빨강, 파랑, 노랑 등 일곱 색의 깃털을 지닌 화려한 새를 바라보면서 재커리 단장님이 놀랄 만도 하다며 동의했다.

몽견조는 환각을 보여주는 성가신 마물로, 보통은 숲속 깊은 곳에 서식한다.

전투력은 높지 않지만 환각을 보여주는 능력은 몹시 뛰어나서, 환각에 당해버린 적은 거리감이나 크기를 제대로 인식하지 못하게 되어 제대로 공격을 맞추지 못하게 된다. 모든 거리감이 망가지기 때문에 자칫 잘못하면 몽견조를 공격할 생각이었는데 동료 기사를 공격해버리는 사태가 일어날 수도 있다.

재커리 단장님의 지시에 따라 4명의 궁수와 3명의 마도사가 원거리 공격을 시작했지만, 치명상을 입히지는 못한 모양이었다.

나는 얌전히 있으라는 지시와 함께 성녀 호위로 임명되었기 때문에 네 명의 성녀 근처에 서서 전투를 방관하고 있었다.

그러고 보면 마도사는 제3마도기사단에만 배속되는 줄 알았는데, 기사단마다 골고루 섞여 있다는 걸 새삼스럽게 떠올렸다.

지난번 토벌 때는 마도사가 색적을 담당했기 때문에 공격마법을 쓰는 기사가 토벌에 동행했다는 인식이 없었다.

누가 지휘하냐에 따라 기사의 배치가 바뀌고, 전투방법도 바뀐다는 건 참 흥미롭다.

……그보다 이런 생각을 할 수 있을 만큼 한가하다는 것도 좀 그렇지 않아? 하고 얼굴을 찌푸리면서 전투 중인 재커리 단장님을 쳐다봤다.

몽견조는 B랭크의 마물이었던가?

기사들에게서 일정 거리를 유지하며 사뿐사뿐 날갯짓하는 몽견조를 보며 토벌 방법을 떠올렸다.

……이 마물은 최대한 빨리 쓰러트리는 게 철칙이다.

왜냐하면 원을 그리듯이 주위를 한 바퀴 다 돌고 나면 그 원 안에 있는 인간은 환각을 보기 시작하기 때문이다.

그렇게 환각 공간이라는 안전한 장소를 확보하면 일곱 빛깔의 깃털을 지닌 몽견조의 몸이 모조리 녹색으로 물들기 시작한다.

완전히 녹색이 되면 몽견조는 몽록(夢綠)으로 격상하며 A랭크가 된다.

환각을 보여주는 능력은 그대로에, 공격력과 방어력이 대폭으로 상승한다. 평범한 기사로는 생채기도 내지 못할 것이다. 따라서 최대한 빨리 치명상을 줘야 하는데!

그렇게 걱정하는 내 시야 안에서 몽견조가 둥실둥실 오르내리며 원을 그리듯 날아갔다.

……아아, 틀렸어.

치명상을 주기 전에 한 바퀴를 돌고 말았다.

입술을 깨무는 내 눈앞에서 기사들이 환각에 사로잡히기 시작했다.

───기사들의 시각, 청각, 후각이 미쳐버린다. 거리감과 방향감각이 망가진다.

그리고 기사들이 바라보는 가운데 몸집을 부풀리며 거대화하는 몽견조.

안타깝게도 이쪽은 환각이 아니다. 실제로 몸이 커지고 힘이 강해진다.

그렇게 조금씩 몸의 색이 변해갔다.

깃털로 뒤덮여있던 몸이 녹색 비늘로 바뀌어간다.

───그렇게 얼마 지나지 않아.

눈앞에는 왕도마뱀보다 훨씬 거대한, 녹색 비늘로 뒤덮인 흉악한 마물 '몽록'이 나타났다.

◇　◇　◇

몽록은 딱 한 번 드높이 울부짖은 후 길고 두꺼운 다리로 땅바닥을 박찬 뒤 기사들을 향해 돌진했다.

몸이 딱딱하고 무거운 비늘로 덮여버린 대신 몽록은 하늘을 날 수 없게 된다. 그것만이 유일하게 다행인 점이리라.

다만 기사들의 시각, 청각, 후각이 망가져 있는 상태이기 때문에 본체를 잡는 게 어렵다.

재커리 단장님께선 어떻게 하실 생각이지?

나는 기사들을 바라보면서 생각했다.

재커리 단장님께선 몽록의 특성을 알고 계실까?

마물의 특성을 알고 싸우는 것과 모르고 싸우는 것은 천지 차이다.

몽견조는 그냥 환각을 보여주는 마물이지만 몽록은 커다란 몸과 딱딱한 비늘, 날카로운 이빨과 발톱을 지녔다.

저 흉포한 마물을 환각 공간에 풀어놓는 건 무시무시한 공포인데…….

자빌리아가 흑룡으로서 이 숲에 나타났기 때문에 숲에 살던 마물의 행동반경이 이상해져 입구 근처에 몽견조가 나타났지만, 본래 플라워 혼 디어와 마찬가지로 심연에 서식하는 마물이다. 숲속 깊이 들어가지 않는 한 마주칠 일이 없다.

아마도 300년 전과 비교하면 마물의 수가 줄어들었지 않을까.

플라워 혼 디어를 토벌했을 때의 경험밖에 없으니 판단하기에는 조금 섣부른 느낌도 들지만, ……마왕은 봉인되었으니 마물이 감소했다는 건 앞뒤가 맞다.

그렇다면 기사들의 전투 경험은 전생의 기사들보다 적지 않을까.

그리고 몽록으로 격상되는 걸 간단히 허락하다니, 재커리 단장님은 이 마물과 처음 싸워보는 게 아닐까?

한 번이라도 토벌 경험이 있다면 어떻게든 격상을 저지했을 테니까.

시릴 제1기사단장님이라면 '이 숲의 '서식마물 리스트'를 읽었을 테니 전투법 정도는 알 수 있잖아요?'라고 하실 것 같지만, 그렇게 쉬운 일이 아니니까······.

보아하니 재커리 단장님의 지휘하에 마도사들이 서쪽에서 동쪽으로 일렬이 되도록 지면 위에 함정 마법을 설치하고 있었다.

마물이 함정을 밟으면 폭발하는 기본적인 마법이다.

아무래도 몽록의 위치를 파악하기 위해 사용하는 모양이다.

기사들은 함정 마법의 5m 정도 후방에 똑같은 간격으로 흩어져서 검을 거머쥐고 있다.

기사들이 도열한 채 검을 들고 있는 모습은 장관이었지만, 몽록은 기다리는 기사들은 아랑곳하지 않고 어마어마한 속도로 돌진, ······한 것처럼 보였다.

그 대담한 마물의 모습을 보고 몇몇 기사가 긴장하여 몸에 필요 없는 힘이 더해졌다.

몽록이 땅을 박찰 때마다 느껴지는 진동. 뭉게뭉게 피어오르는 흙먼지의 냄새. 번들번들 빛나는 손톱과 이빨.

영격을 위해 서 있는 것만으로도 무척 두려울 것이다.

─────그리고 몽록이 함정 마법이 있는 곳을 밟았다.

그 순간, 정면에 위치한 기사들은 검을 든 팔에 힘을 줬다!

─────하지만 폭발은 일어나지 않는다!

순간적으로 얼이 빠져 경직한 듯 움직임을 멈춘 기사들.

폭발이 일어나지 않는다는 건, 기사들의 눈앞으로 짓쳐들어오는 몽록은 환각이고 실체는 다른 장소에 있다는 뜻이다.

그러나 기사들은 자신의 시각을 우선시키고 만 건지, 몽록의 환각을 향해 마구잡이로 검을 휘두르기 시작했다.

어디에 있는지 알 수 없다는 미지가 기사들을 겁먹게 하고 있다.

일대가 공포에 지배당한 직후, 몽록의 환각에서 10m 정도 동쪽에 있는 함정 마법이 폭발했다.

"어?!"

폭발 근처에 있는 기사들이 허둥지둥 검을 고쳐 쥐었다.

하지만…….

"으악!"

"끄아악!!"

폭발 위치에서 10m 더 동쪽에 있는 기사들이 날아갔다.

아무래도 몽록은 대각선으로 도약한 모양이었다.

정확한 모습이 보이지 않고 위치를 파악하지 못하는 이상, 집단으로 싸우는 건 불리한데…….

자칫 잘못하면 휘두른 검에 아군의 피를 보게 된다.

나는 주먹을 꽉 움켜쥐며 아무것도 하지 못하는 나를 답답해하면서 전황을 계속 방관하였다.

그러는 사이에도 기사들이 잇달아 날려갔다.

재커리 단장님은 검을 휘두르는 팔에 힘을 줬지만, 어떻게 움직여야 할지 몰라 우뚝 서 있었다.

어금니를 꽉 깨물고 있다.

재커리 단장님의 원통함을 이해한 나는 '하아' 하고 한숨을 내쉬었다.

……얌전히 있으라는 지시를 들은 건 기억한다.

하지만 도저히 참을 수 없어서, 대기하고 있던 기사의 사역마들에게 시선을 주었다.

내가 있는 소대에 배치된 마물기사단의 기사는 다섯 명으로, 사역마도 다섯 마리다.

그리고 그중 세 마리가 날 수 있다.

그 세 마리의 마물── C랭크의 독수리형 마물 두 마리와 D랭크의 올빼미형 마물과 눈이 마주쳤다.

"마물은 생존본능이 강하니까. 순식간에 상처를 치유한 피아의 힘이 아주 간절할 거야. 그러니 계약하지 않았다고 해도 피아를 임시 주인으로 인정하지 않을까. 도움이 되어서 피아에게 보수, 즉 회복능력의 은혜를 받는 걸 기대하고서. 이미 계약자가 있는 마물이니까 사람의 지시를 따르는 것에 거부감도 없을 테고."

그러니 피아를 보는 건 지시를 기다리는 거 아니야? 하고 자빌리아가 내 어깨 위에서 종알거렸다.

……응, 나도 자빌리아의 추측이 맞는 것 같아.

조금 전부터 마물들은 나에게서 한 번도 시선을 돌리지 않았으니까.

하지만 지시를 내린다고 해도, 계약하지 않은 이상 자빌리아처럼 생각만으로 의사소통을 꾀하는 건 불가능하겠지.

마물은 인간보다 몇 배나 감이 날카롭다고 하지만……

나는 한쪽 손을 들어 몽록을 가리킨 뒤, 그 위쪽 상공을 향해 손을 휘둘렀다.

───통했을까?

놀랍게도 세 마리의 마물은 내 의도를 완전히 이해하고 손을 휘두른 순간 몽록의 머리 위를 향해 날아갔다.

환각은 몽견조가 날아서 만든 원 모양의 진 안에서만 유효하다.

높이도 몽견조가 원을 그렸을 때 날았던 높이까지고, 그보다 더 높은 고도로 올라가면 환각 공간의 범위에서 벗어나게 된다.

즉, 이번 경우라면 높이 10m 정도까지가 유효 범위다.

그러니 사역마들이 10m보다 더 높은 고도를 유지한 채로 몽록의 머리 위에 위치하면 기사들에게 실제 위치를 알려줄 수 있을 것이다.

'사역마들 아래쪽에 몽록이 있다'고.

문제가 있다면 몽록은 자유자재로 몽견조로 돌아갈 수 있다는 점이다.

몽록으로 변태하는 건 시간이 걸리지만, 몽견조로 변태하는 건 순식간에 끝난다.

이쪽의 의도를 눈치채면 몽견조로 돌아가 하늘로 날아올라서 C랭크 이하의 사역마를 처치해버리지 않을까.

나는 한쪽 손을 들어 작은 목소리로 주문을 외웠다.

"구속하라. 그 죄는 묻지 아니하고. ──'간이감옥'!"

본래 적을 구속하기 위한 마법이지만, 사역마들을 외부의 적에서 보호하기 위한 케이지로 사용하기 위해 세 마리의 사역마를 감옥 안에 가뒀다.

B랭크의 몽견조 상대라면 간단한 수준이어도 충분하리라며 레벨을 낮췄다.

"숨겨야 하는 것을 악의와 선의로 뒤덮어라. ──'제2급 은폐'!"

그리고 마법으로 만든 감옥은 눈으로 볼 수 있기 때문에 은폐 마법을 추가로 걸었다.

"후후후. 이러면 몽견조 정도로는 사역마들을 해치지 못할 거야."

생긋 웃으며 중얼거리자 자빌리아가 못마땅한 표정을 지었다.

"과한 거 아니야? 저렇게 쾌적한 공간을 만들어주면 사역마들이 거기에 빠져버릴걸. 사역마는 인간에게 복종하는 것에 거부감이 없으니 자신을 지켜주는 것에는 더없이 순종적이거든. 피아에게 심취해서 찰싹 달라붙을지도 몰라."

"뭐라고?"

'그건 곤란한데!'라는 이야기를 하는 사이에 사역마들은 몽록의 머리 위에 도착했다.

몽록은 A랭크의 마물이니까 지능이 높다.

순식간에 사역마들의 의도를 깨닫고 몽견조로 모습을 바꾸어 딱 한 번의 날갯짓으로 사역마들이 있는 높이에 도달했다.

그러더니 그 날카로운 갈고리발톱으로 사역마들을 찢어발기려고 했으나 깡! 하고 울리는 소리와 함께 허공에서 튕겨 나갔다.

그걸 본 나는 자빌리아에게 득의양양하게 말했다.

"어때? 이거. 보이지 않는 감옥이라니 환각 같지? '환각 카운터!' 같은 느낌이라서 갚아주기에는 딱 좋은 센스 아니야?"

"응, 기사들에게 보여줄 수 없으니까 감상을 듣지 못하는 게 아쉽네."

크윽. 그럼 자빌리아가 멋지다고 감상을 말해주면 되는 거잖아!

나는 억울한 마음을 담아서 크게 소리쳤다.

"재커리 단장님!"

내 외침에 흠칫 놀라 시선만 이쪽으로 돌린 재커리 단장님에게 큰 목소리로 말했다.

"몽견조는 고도 10m 이상의 높이에 있습니다. 즉 환각 범위 밖으로 나갔으니 지금 보이는 장소가 올바른 위치예요! 궁수와 마도사에게 몽견조의 발을 묶어달라고 해주세요! 상공에 잇는 사역마들은 알아서 방어 중이라 활도 마법도 막아낼 수 있으니 신경 쓰지 않으셔도 됩니다! 발을 묶고 있는 사이에 그 자리에서 이탈하시고요!"

한번 말을 끊은 뒤 부족했나? 하고 추가로 덧붙였다.

"몽견조가 환각 범위 밖에 있는 지금이라면 여러분이 마찬가지로 환각 범위 밖으로 나가면 이 환각은 사라집니다! 몽견조가 처음 그렸던 원 밖으로 나가주세요!!"

재커리 단장님은 놀란 얼굴로 나를 보았으나, 의심할 이유는 없을 터이니 내 말대로 움직였다.

그렇게 기사들은 적절한 역할분담을 마친 후 그 이상의 피해는 없이 환각 공간에서 탈출했다.

……그 자리에는 보이지 않는 안전한 케이지로 보호받는 사역마들과 분노하는 몽견조, 그리고 환각에서 해방된 기사들이 남았다.

──네, 5분 전의 풍경으로 돌아갔습니다.

나는 다시금 재커리 단장님과 기사들을 바라본 뒤 싱긋 웃었다.

"한 번 더, 처음부터 가야겠네요."

자, 재커리 단장님. 이제 토벌 경험이 없다는 변명은 안 통합니다.

몽견조 토벌, 잘 부탁드릴게요…….

재커리 단장님은 싱긋 웃는 나를 무시무시한 걸 본 표정으로 응시하더니 소리쳤다.

"피, 피아! 갑자기 네가 지옥에서 온 사자처럼 보여!!"

"어머, 트집 잡지 말아 주세요. 저는 그냥 말 잘 듣는 신입 기사인걸요. 재커리 단장님의 말씀대로 얌전히 있잖아요."

"거짓말! 그냥 말 잘 듣는 기사는 웃는 얼굴로 기사단장을 협박하지 않아!! 나는 지금 들었어! '처음 상태로 되돌려놨으니까 이번에야말로 실패하지 마라'라는 네 마음의 소리를 똑똑히 들었다고!!"

재커리 단장님이 그렇게 외쳤다.

"누가 들으면 오해할 소리 하지 말아 주세요. 완벽한 환청이라고요. 저는 그저 웃는 얼굴로 재커리 단장님께 힘을 북돋워드리려고 한 것뿐인데요."

"피아, 나는 기사 양성학교 시절이 생각난다!! 대머리 마초 교관이 있었는데, 딱 너 같았어. 지식도 기술도 우리보다 훨씬 뛰어나고 무시무시한 미소를 지으면서 격려하는데, 그건 완전히 협박이었지. 지옥의 마왕 같은 미소로 실행 불가능한 과제를 잇달아 내준다고! 매번 '사람 살려!'라는 생각이 절로 드는, 아슬아슬 종이 한 장 차이로 살아남는 전투였어! 이 등골이 얼어붙는 감각은 딱 그거야!!"

"……대머리 마초? 제가 대머리 마초를 닮았다고요? 하, 하하, 하. 마음껏 싸우고 오시죠!!"

나는 왼손을 하늘을 향해 치켜들고 은폐마법의 레벨을 조정했다.

바로 밑에서만 사역마들을 감싼 케이지가 보이도록.

……그럼요, 저는 냉정하답니다. 상대방은 기사단장님이신걸요. 신입 기사에게 무슨 말이든 할 수 있는 권리가 있고말고요.

그리고 저에게도 마찬가지로 마법을 자유롭게 제어할 권리가 있는 겁니다!

몽견조는 거듭 사역마들을 공격하려고 했지만, 보이지 않는 케이지에 막혀있다는 걸 알아챈 건지 씩씩거리면서 케이지 주위를 날아다녔다.

그 케이지의 아래쪽으로 내려간 순간, 갑자기 케이지가 눈에 보인다.

직접 보고 나니 도저히 파괴할 수 있는 게 아니라는 걸 알아챘

으리라. 짜증 섞인 울음소리를 한 번 낸 몽견조는 사역마들의 아래쪽에서 이탈했다.

그러더니 기사들을 향해 날갯짓했다.

환각에서 해방된 궁수와 마도사들은 침착함을 되찾은 건지 다시 몽견조를 공격하기 시작했다.

조금 전의 경험에서 학습한 듯 거리를 좁혀 위력을 높였고, 시험해본 마법 중에서 효과가 컸던 불 마법 위주로 날렸다.

그렇다. 이 마물은 환각을 보여주기 때문에 성가시지만 그것 말고는 위협적이지 않다.

둥실둥실 날아다니는 게 독특해서 궤도를 읽기 어렵지만, 적중하면 위력은 크다.

딱 한 번의 전투로 공략법을 만들어내다니, 우수하네.

……하지만 나를 대머리 마초와 닮았다고 한 어딘가의 단장님은 용납할 수 없어.

아니, 개인적인 원한 같은 건 아니고. 순수한 감상으로서.

……아뇨, 거짓말입니다. 완벽한 원한입니다. 원한이지만 아쉬우니까 말하게 해주세요.

지휘관으로서 전체를 살피는 것은 필요한 일입니다.

하지만 재커리 단장님의 공격력은 너무 탁월하거든요. 이 공격력을 최대한을 활용하지 않는 건 정말 아깝습니다.

시야 한구석에 몽견조가 둥실둥실 독특한 궤도를 그리며 강하하는 게 보였다.

그렇다. 몽견조는 환각 공간을 형성하기 위해 원을 그릴 때 높이 올라갔다 내려갔다 하면서 날아야 할 필요가 있다.

그 높낮이 차이에는 규칙성이 있으니 가장 낮은 위치에서 나는 장소를 예측해내는 건 불가능하지 않다.

그러니 재커리 단장님이 궤도를 읽고 예측한 궤도에서 자연스럽게 대기하며 타이밍을 맞춰 돌격한다면, 그 공격력이라면 일격에 쓰러트릴 수 있을 텐데.

……하지만 첫눈에 저 궤도를 읽는 건 무리겠지.

안 되겠네.

재커리 단장님은 능력이 뛰어나니까 자꾸 높은 수준을 요구하게 된다니까!

하지만 최대한 빠르게 쓰러트리는 게 좋다는 건 사실이다.

환각을 보여주기 전의 몽견조는 별로 강하지 않지만, 몽견조도 그걸 알기 때문에 보통은 다른 마물과 함께 나타났다.

지금 혼자 나타났다는 것은 희귀하면서도 감사한 상황인 셈이다.

그리고 한 마리의 마물 토벌에 팀 전원이 임할 수 있다는 것도 축복이다.

마물이 감소한 듯한 요즘 시대에는 이게 당연한 감각인 건지도 모르지만.

하지만…….

"새로운 마물이 세 마리 나타났습니다! 7시 방향에서 이동해옵니다!!"

별안간 색적 담당 기사가 소리쳤다.

그렇다. 마물들의 행동반경이 이상해진 지금이라면 연속으로 마물과 마주칠 가능성도 넘쳐난다.

나는 성녀들과 마물 사이를 가로막는 위치에 서서 7시 방향으로 시선을 굴렸다.

키가 크고 무성하게 우거진 수풀을 가르고 나타난 것은 두 마리의 멧돼지형 마물과 한 마리의 사슴형 마물이었다.

"바, 바이올렛 보어 두 마리와 플라워 혼 디어입니다!!"

7시 방향과 가장 가까운 장소에 있던 기사가 소리쳤다.

바이올렛 보어는 그렇다 쳐도 플라워 혼 디어는 30명의 기사가 필요하다고 하는 B랭크의 마물이다.

이미 우리 소대는 B랭크 마물과 한창 대치하는 중인데.

참 가혹하게 굴려지겠네!

"B랭크 마물이 두 마리라니…… 망했군."

작게 중얼거리는 기사의 목소리가 들렸다.

아니, 아직 안 망했거든요. 벌써 호들갑은! 이 정도의 마물이라면 재커리 단장님이 어떻게든 해주실 겁니다. 게다가 여차하면 근처에 아군도 있잖아요?

……그렇게 생각하던 내 귀에 동쪽에서 구조요청 호각의 소리가 들렸다.

동쪽이라면 기디온 부단장님의 소대 아닌가요. 어라? 부르는 거야?

고개를 갸웃거리고 있었더니 이번에는 같은 소리가 서쪽에서도 들렸다.

서쪽이라면 퀜틴 단장님 소대죠? 설마 도움을 요청하는 거야?

"큭, 액일이냐! 마물이 많이 모이는 것에도 정도가 있지! 젠장, 저 녀석들이 지원군을 요청하다니 진짜로 난감한 상황일 텐데!!"

재커리 단장님은 초조한 듯 크게 소리쳤다.

……하지만 나는 무심코 고개를 갸웃거렸다.

대체 무슨 마물이 나타났기에 지원군을 요청하는 거지?

퀜틴 단장님의 공격력이라면 B랭크 이하의 마물은 충분히 대응할 수 있을 것이다.

기디온 부단장님 역시 시간을 들이면 토벌할 수 있을 게 분명하다.

아니, 애초에 퀜틴 단장님의 사역마는 A랭크의 그리폰이다. 지원군을 부르다니, 대체 무슨 일이지?

거기까지 생각한 나는 퍼뜩 떠올렸다.

어라? 혹시 퀜틴 단장님은 A랭크 이상의 마물에게 공격받고 있는 거 아니야?

불길한 예감을 자빌리아가 긍정했다.

"큰일이야, 피아. 서쪽에는 용이 나왔어. 그것도 두 마리."

와아아아악! 설마 했던 용이 두 마리!!

"저기, 자빌리아. 용이라면 S랭크지? 100명의 기사로 토벌하는 게 기본인 등급. 좀 위험한 거 아니야?"

"으음……. 어지간한 용이라면 내가 어떻게든 할 수 있는데."

"든든하기도 해라! 그런데 기디온 부단장님 쪽은 어떤 마물이 나온 거야?"

"사슴 한 마리와 멧돼지 한 마리."

"플라워 혼 디어와 바이올렛 보어인가? 그렇다면 괜찮겠네. ……방치해도 되겠어!"

나는 재커리 단장님을 향해 소리쳤다.

"재커리 단장님! 기디온 부단장님 소대가 플라워 혼 디어와 바이올렛 보어와 조우했습니다!"

"뭐? 자, 잠깐. 어떻게 안 거야?!"

질문이 돌아왔지만 무시하고 내가 하고 싶은 말만 전달했다.

"하지만 이쪽도 여유가 없으니까 그쪽에서 알아서 대처해달라고 합시다. 구조요청 호각으로 연락해주세요."

"그, 그래!"

재커리 단자임이 영 이해하지 못하겠다는 표정을 지으면서도 긍정했다.

"그리고 퀜틴 단장님 소대는 용 두 마리와 조우했습니다! 이쪽은 도움이 필요하니까 빨리 합류할 것을 권장합니다!"

"요, 용이라고?! 그것도 두 마리?! 미친, 그거 큰일이잖아!!"

"맞습니다. 당장 합류하기 위해서라도 저 멧돼지와 사슴과 새를 신속하게 토벌해주셔야 할 것 같습니다."

"큭, 너는 또 그렇게 간단하게 실행하기 난감한 과제를! 이 대머리 마초 2호 같으니……!!"

뭐라고?

……아무래도 재커리 단장님은 밀려 닥친 마물에 혼란스러워진 건지 신중하게 의견을 내놓는 신입 기사와 난제를 떠넘기는 학창 시절의 악랄한 교관을 헷갈려 하는 모양이었다.

재커리 단장 자식! 하고 발끈하면서도 입으로는 주문을 외웠다.

"《신체 강화》중량 2배!"

보통은 나나 아군에게 걸어야 하는 중량증가 강화마법을 몽견조에게 걸었다.

갑자기 몸이 무거워진 몽견조는 놀라서 울음을 토한 뒤 날갯짓의 속도를 올렸다.

하지만 벗어나지 못한다.

푸드덕푸드덕 필사적으로 날개를 움직이지만, 고도를 유지하지 못하고 점점 아래로 내려갔다.

──어휴, 손을 대고 말았네.

스스로 배울 기회를 빼앗아버리는 건 정말로 면목이 없지만, 퀜틴 단장님 소대가 걱정되었기 때문에 본격적으로 손을 대고 말았다.

반성하는 마음을 담아 공적을 거두는 최후의 일격은 내가 아닌 재커리 단장님에게 부탁했다.

"재커리 단장님, 시간이 없으니 한방에 부탁드립니다!"

"너 진짜 가차 없다……!!"

재커리 단장님은 투덜거리면서도 전력을 실어 몽견조를 향해 달려가 발도하더니 단칼에 베어버렸다.

몽견조를 칼질 한 번에 썰어버린 재커리 단장님의 무용에 순간 넋을 놓았다.

재커리 단장님의 검은 두 손으로 다루는 대검이었군요.

특이하지만 잘 어울립니다.

그 후 재커리 단장님이 원래 서 있던 장소를 본 나는 역시 대단하다고 작게 중얼거렸다.

그 장소는 몽견조가 가장 낮은 위치로 내려오는 궤도 근처였기 때문이다.

그 짧은 시간에 몽견조의 궤도를 간파하다니, 역시 재커리 단장님은 대단하셔!

"훌륭하십니다, 재커리 단장님!"

나는 서쪽을 가리키면서 재커리 단장님에게 소리쳤다.

"퀸틴 단장님 소대를 도우러 갑시다! 여기는 다른 기사들을 믿고 맡기세요!!"

"뭐?! 피, 피아. 너 제정신이야?! 아직 B랭크의 플라워 혼 디어가 남아있다고! 도저히 이 녀석들에게만 맡길 수 있는 수준이 아니야!!"

참으로 부하들을 생각하는 재커리 단장님은 마물을 남겨둔 채이 장소를 이탈하는 게 거북한 모양이었다.

크으, 마음은 이해하지만 용이 몇 배는 더 위험하거든요. 여기는 일단 이탈한 뒤 용을 우선시해야 한다고 보는데요.

하지만 지휘관은 재커리 단장님이시죠.

나는 답답함에 입술을 꾹 깨물었지만, 수단을 가릴 수 있는 상황이 아니다.

패배감을 맛보면서도 플라워 혼 디어와 바이올렛 보어와 대치하는 제6기사단과 마물기사단의 기사들을 향해 외쳤다.

"제6기사단 여러분은 플라워 혼 디어를 쓰러트리는 법을 지난번에 학습하셨죠? 그 맛있는 고기를 같이 먹었죠?! 이번에는 저에게 그 고기를 먹게 해주실 차례입니다!!"

"피, 피아. 너 그거 완전히 협박이거든……."

기사 중 한 명이 마주 소리쳤지만 못 들은척했다.

"하지만 저도 포기라는 단어를 압니다. 이번 고기는 지방이 영별로라서 다음으로 넘기자고 생각하셨다면 뿔을 잘라주세요. 어느 쪽이든 하나라도 잘라버리면 플라워 혼 디어는 도망칩니다. 뿔을 자를 때는 바로 옆에서 파고들면 썩둑 잘려요!"

"피, 피아. 너 지난번에는 그 정보를 일부러 말하지 않은 거지……?"

"네가 구세주라기보다는 지옥에서 온 사자로 보이기 시작했어……."

기사들이 기겁하며 중얼거렸지만 나는 시무룩하게 어깨를 떨굴 수밖에 없었다.

한 번 인간과 대치했다가 도망친 마물은 한층 교활해지고 조심성이 많아진다.

따라서 어지간한 일이 없는 이상은 도망치게 하면 위험하다. 다음 마주친 자에게 무거운 부담을 지우게 되기 때문이다.

그 때문에 마물을 도망치게 하는 정보는 가르쳐주고 싶지 않지만, 지금은 워낙 급한 상황이었다.

내가 보기엔 재커리 단장님이 지금 당장 이탈해서 퀜틴 단장님 소대의 상황을 보고 돌아온다고 해도, 그때까지 기사들은 누구 한 명 죽지 않고 버틸 수 있을 것이다.

하지만 부하를 걱정하는 재커리 단장님은 위험을 더 줄이지 않으면 움직이지 못하는 모양이다.

물론 다른 마물이 더 등장할 가능성도 제로는 아니므로 재커리 단장님이 걱정하는 마음은 이해한다. 이해하기 때문에 재커리 단장님의 분부대로 움직이는 겁니다.

말 잘 듣는 신입 기사니까요!

……그렇게 생각하며 다음 행동으로 넘어가려는 나에게 등 뒤에서 기사들의 목소리가 날아왔다.

"알았어, 피아! 너는 어떻게든 이 사슴 고기를 먹고 싶은 거지?!"

"단장 없이 이 마물과 싸우는 건 무서워서 죽을 것 같지만 도망칠 정도는 아니야!"

"……여러분?"

무슨 이야기를 하려는 건지 이해하지 못해 고개를 갸웃거리는 나에게 기사들이 소리쳤다.

"다녀와, 피아! 여기는 우리에게 맡겨!!"

"그래! 배 꺼트리고 와! 오늘 밤은 사슴 고기 파티다!!"

어쩐지 마물과 대치하고 있는 기사들의 여느 때보다 더 기합이 들어간 것처럼 보였다.

"어, 어쩜 이렇게 다들 든든한 거야?! 역시 기사는 멋져."

나는 그렇게 중얼거린 후 마음을 다잡고 재커리 단장님을 올려다보았다.

"멋진 기사들이네요! 그리고 이제 걱정거리는 없어지셨죠? 퀜틴 단장님께 갑시다!"

"어, 어, 어어!"

그 후 나는 한 번 더 기사들을 돌아봤다.

"마물기사단 여러분, 퀜틴 단장님 소대에 용이 나타났습니다! 지원하러 갈 테니 사역마를 빌려주세요!"

"요, 용?! 세상에……. 다, 단장님께선 괜찮으신 거야?! 무, 물론 단장님을 위해서라면 얼마든지 빌려줄게!"

"빌려주고 싶은 마음은 있는데, 사역마는 네가 하는 말을 안 들을 거야! 아까부터 우리 계약자의 말도 안 듣고 멋대로 하늘을 날아다니는 녀석들이니까!!"

아뇨, 그건 제 지시를 따른 것뿐입니다. 아주 똑똑한 사역마들이에요.

───라는 생각은 들었지만, 침묵의 가치를 아는 나는 당연히 입을 다물었다.

"허락해주셔서 감사합니다!"

인사와 동시에 사역마들을 지키고 있던 마법 케이지를 거뒀다.

그러자 하늘에서 세 마리의 마물이, 그 움직임에 맞춰 지상에 있던 두 마리의 마물이 나를 향해 다가왔다.

"어? 이게, 대체……."

"가, 갑자기 피아에게 갔어……. 뭐, 뭐야……."

기사들이 놀라서 술렁거렸지만 시간이 아까워서 대답하지 않고 달려갔다.

동시에 자빌리아가 이해했다는 양 하늘로 날아올라 갔다.

아무 말도 하지 않아도 알아준 건지 자빌리아는 퀜틴 단장님이 있는 방향을 향해 일직선으로 날아갔다.

응, 장소를 정확하게 파악하고 있는 건 자빌리아뿐이니까 안내해줘.

그렇게 자빌리아를 선두로 재커리 단장님, 사역마들과 함께 퀜틴 단장님이 있는 곳으로 향하는 나의 등 뒤로 기사들의 커다란 목소리가 들렸다.

"지, 지옥에서 온 사자라고 해야 하나. 피, 피아는 전설의 마물사인 거 아니야?!"

"뭐야. 왜 계약자인 우리를 대할 때보다 더 순종적인 건데?! 저 녀석들 멋대로 피아를 따라갔다고!!"

······전설의 마물사라는 소릴 들었지만, 무슨 뜻인지는 전혀 모르겠다.

하지만 대머리 마초보다는 100배 낫지!!

그렇게 생각하며 나는 전력으로 자빌리아의 뒤를 따라 달렸다.

그렇게 계속 달리기를 몇 분———.

나는 눈앞에 나타난 광경에 가벼운 현기증을 느꼈다.

······와아. 청룡이 정말 두 마리다! 참나. 5m급의 청룡이 두 마리나, 등골이 얼어붙는 광경이구나.

멀리서 봐도 박력이 넘치는 청룡을 절망적인 기분으로 바라보았다.

……이건 토벌이 불가능하지 않을까.

최대한 빨리 기사들을 데리고 도망치는 게 정답인 것 같은데. 단장님들은 어떻게 할 생각인 거지?

주위를 두리번두리번 둘러보자 놀라운 광경이 눈에 들어왔다.

어라라?

……왜 퀜틴 단장님께선 청룡과 10m 정도 거리에서 대치하고 계시는 거지?

아니, 어느 의미 아주 대단한 일이지만!!

이 압도적으로 불리한, 승산이 전혀 보이지 않는 상황에서 청룡과 대치하다니. 어지간한 신경줄로는 불가능하단 말이지.

너무 무서워서 퀜틴 단장님이 서 있을 수 있다는 게 신기할 정도다.

……나였다면 전속력으로 도망쳤을걸. 죽어버리면 아무것도 못 하니까.

역시 퀜틴 단장님의 사고방식은 나와 너무 달라서 이해할 수 없구나!

그렇게 생각하며 얼굴을 찌푸리고 퀜틴 단장님을 바라보자, 자빌리아가 불쑥 날아와서 어깨 위에 앉았다.

"저 두 마리는 반려야. 번식 전에 대량의 먹이를 찾으러 온 거 아닐까? ……하지만 저 이상한 기사는 정말로 이상한데."

자빌리아는 기가 막힌다는 듯 한숨을 쉬었다.

으으음. 이상한 기사라면 퀜틴 단장님을 말하는 거겠지?

"저 기사에겐 마물도 인간도 같은 무게를 지니고 있나 봐. 사역

마를 지키기 위해 자신의 목숨을 내던지려 하고 있어."

놀라서 자세히 살피자 용이 그 발톱으로 그리폰을 짓누르고 있는 게 보였다.

그리고 퀸틴 단장님은 바로 그 용에 맞서 당장에라도 덤벼들 듯 대치하고 있다.

아아, 우리 단장님들은 정말 멋지다니까. 재커리 단장님은 단 한 명의 부하도 버릴 생각이 없고. 퀸틴 단장님에 이르러선 사역마조차 버릴 마음이 없다니.

저는 그런 단장님들이 대단하다고 생각합니다!

"아니, 피아. 그거 아니거든. 그들은 자신이 이끄는 모든 기사를 책임져야만 해. 한 명을 구하기 위해 다른 모든 사람을 잃는다면 어리석기 그지없는 행동이야."

"그 말도 맞아. 하지만 단장님들은 한 명을 구하고 다른 모든 사람도 구할 생각인 거 아닐까? 퀸틴 단장님이라면 청룡을 쓰러트리지는 못해도 그리폰을 탈환하는 정도라면 가능할 것 같거든."

그렇게 정말로 어떻게 할 수 없는 상황이 된다면 최소한의 희생을 선택할 테지만, 아슬아슬할 때까지는 하나도 버리지 않겠다는 자세를 관철할 것이다. 분명 이 두 사람은 그런 단장이다.

그러므로 기사들은 늘 사기가 높고, 다들 단장님들을 신뢰한다.

"응, 저는 그런 퀸틴 단장님과 재커리 단장님을 좋아해요!"

나도 모르게 입 밖으로 그런 말을 내자, 자빌리아는 피곤한 듯 '후우' 하고 한숨을 쉬었다.

"아니, 저 두 사람에게도 다른 장점이 더 있을 거 아냐. 그런데 하필이면 몸을 바쳐가며 전투하는 부분에 호감을 느끼다니. ……피아의 취향에 맞는 미래의 연인은 터무니없이 성가신 사람이 될 것 같은 예감이 물씬 풍겨."

"자, 자빌리아. 이상한 저주는 걸지 마!!"

말에는 힘이 있단 말이야. 계속 말하다가 사실이 되면 어떡하려고!

나는 자빌리아의 저주를 떨치기 위해 고개를 도리도리 내저은 후 현재 위치를 재확인했다.

발로 그리폰을 깔아뭉갠 5m 정도의 청룡이 한 마리. 그 대각선 뒤에 비슷한 크기의 청룡이 한 마리 더.

퀜틴 단장님은 청룡의 10m 앞에 서 있고, 지금 재커리 단장님도 그 옆으로 가서 섰다.

그리고 두 단장님보다 한참 뒤 쪽에 15명 정도의 기사와 10마리의 사역마들.

성녀는…… 보이지 않으니, 어딘가로 도망친 거려나?

……응, 역시 불리하단 말이지.

퀜틴 단장님도 재커리 단장님도 강하지만 청룡 두 마리를 상대하기에는 명백하게 인원수가 부족하다.

대체 어떻게 할 생각인 건지 고개를 갸웃거리고 있을 때 자빌리아가 말을 걸었다.

"……피아. 말한 적 없지만 나는 옛날에 청룡이었어."

"뭐?!"

난데없이 생각지도 못한 이야기가 튀어나오는 바람에 반사적으로 자빌리아를 응시했다.

"처, 청룡?! 어? 예, 옛날이라니. 자빌리아에게도 전생이 있는 거야?! 앗, 아니, 잠깐. 들어본 적 있어. 용은 천 년을 산다고……."

"그래, 천 년을 산 용은 흑룡으로 다시 태어나. 그게 나야."

"허……."

"그래서 투정이라는 건 알지만, 가능하면 청룡과는 싸우고 싶지 않아."

자빌리아는 말하기 껄끄럽다는 표정으로 작게 중얼거렸다.

나는 자빌리아가 무언가를 하고 싶지 않다고 말하는 걸 처음 들었다.

이걸 부정하면 친구 실격이지!

"무, 물론이야. 자빌리아! 나에게 맡겨!!"

원래 청룡이었다면 자빌리아에게 저 두 마리는 동족인 셈이다. 확실히 싸우고 싶지 않을 만도 하다.

나는 괜찮다는 마음을 담아 생긋 웃었지만, 자빌리아는 시무룩하게 고개를 숙였다.

"미안해, 피아."

앗, 안 돼. 자빌리아를 의기소침하게 만들다니.

여기서는 내가 어떻게든 해서 '자빌리아가 참가하지 않아서 나쁜 결과로 이어졌다'는 상황이 되지 않도록 해야지!

힘내자!

……그런 생각을 하던 시야 끝에서 퀜틴 단장님이 움직이는 게 보였다.

'억?!' 하고 무심코 응시하자 퀜틴 단장님은 도움닫기로 점프하면서 발도하여 그리폰을 잡고 있는 청룡을 향해 휘둘렀다.

동시에 재커리 단장님도 움직여 퀜틴 단장님의 반대쪽에서 청룡을 향해 짓쳐 들었다.

빨라! 그리고 검 끝이 날카로워!!

상상했던 것보다 더 예리한 공격에 나는 무의식중에 눈을 부릅떴다.

특히 재커리 단장님은 대검을 사용한다. 첫 공격은 아무래도 속도를 올리기 어렵다.

검의 기세를 유지하기 위해서는 검을 멈추지 않는 게 중요한데, 교묘하게 참격의 방향을 바꾸며 검을 계속 휘둘러갔다.

와, 달인이다.

그리고 저 무거운 검을 계속 휘두를 수 있다니, 근력이 대단하다.

감탄하며 보고 있었더니 몇 번에 한 번꼴로 아주 좋은 일격이 들어갔다.

"대단해, 재커리 단장님! 크리티컬 히트 연발이야!!"

기사들이 소리치는 게 들렸다. 아니, 이건 신체 강화거든요.

완전한 형태를 구축한 것은 아니지만, 재커리 단장님은 많은 전투 경험 속에서 감각적으로 신체 강화를 체득해가고 있는 모양이었다.

나는 진심으로 탄복했다.

재, 재커리 단장님, 대단해…….

완성되지 않았다고는 해도 신체 강화를 독학으로 체득하는 사람은 처음 봤다. 센스가 압도적으로 뛰어나구나.

이런 사람을 천재라고 부르는 게 아닐까?

퀜틴 단장님도 재커리 단장님과 적절히 연계하며 청룡을 공격했다.

퀜틴 단장님의 검은 일반적인 검보다 길이가 긴 바스타드소드였다.

그걸 한 손으로 들기도 하고 두 손으로 잡기도 하면서 확실하게 공격을 넣고 있다.

공격을 받는 청룡은 꼬리를 휘두르며 응전했지만, 단장님들은 살살 피해갔다.

분노한 청룡이 무심코 그리폰을 누르고 있던 발을 반쯤 띄웠고…… 그 찰나의 틈을 노리고 그리폰이 날아올랐다!

해냈다! 그리폰이 속박에서 풀려났어!

그리폰은 한눈에 봐도 다친 몸이었지만 그 자리에서 이탈하지 않고 퀜틴 단장님의 후방 근처로 이동하더니 공중에서 날갯짓했다.

……저, 저렇게 기특한 사역마라니!

퀜틴 단장님의 사역마 사랑이 무거운 것 같던데, 아마 그 사랑의 산물이겠지.

잘됐네요, 퀜틴 단장님!

상대에게 제대로 사랑이 전해졌어요(마물 한정)!!

먹이를 놓쳐버린 청룡은 아주 심기가 나빠진 모양이었다.

그리폰을 누르고 있어야만 한다는 제약이 사라졌으니 이제는 자유롭게 움직일 것이다. 뒤에 대기하고 있는 또 다른 청룡도 마음에 걸렸다.

단장님들은 미리 계획을 맞춘 것처럼 좌우로 갈라져서 이쪽을 향해 달렸다.

"이탈한다! 궁수와 마도사, 사역마는 엄호해!! 전원, 청룡을 조심하면서 신속하게 이탈!!"

단장님들은 기사들 근처까지 달려오더니 다시 청룡 쪽으로 몸을 틀어 검을 겨누었다.

아무래도 최후방을 맡아 기사들을 지킬 생각인 모양이었다.

뭐지, 이 단장님들. 정말 든든하잖아!

단장님들의 마음을 무위로 돌리지 않기 위해서라도 다치지 않고 이탈하기 위해 동료 기사들과 함께 전력으로 퇴로를 달렸다.

내가 데려온 사역마들은 다른 사역마들 사이에 섞여서 청룡 주위에서 시선을 분산시켜 기사들의 이탈을 도왔다. 궁수와 마도사도 엄호했다.

무사히 도망칠 수 있을까? 하는 생각이 든 그 순간. 청룡 중 한 마리가 우리들의 위쪽을 향해 날갯짓했다.

그리고 다른 한 마리도 날아올랐다.

그리폰을 시작으로 비행형 사역마가 앞길을 방해하려고 했지만 잇달아 튕겨 나가고 말았다.

체격 차가 그대로 힘의 차이가 되어버린 건지 아주 짧은 시간을 벌지도 못했다.

두 마리의 청룡은 다치고 쓰러진 사역마들에게는 그 이상 관심을 주지 않고, 도망치는 우리와 거리를 순식간에 좁혔다.

"이런……, 청룡이 왔어!!"

기사 중 한 명이 공포에 질린 나머지 뻔히 보이는 것을 소리쳤다.

청룡은 우리의 머리 위에 도달하더니 급강하했다.

같은 방향으로 달리고 있다고 해도 각 기사들 사이에는 어느새 어느 정도 거리가 벌어져 있었다.

그래서 아래로 내려오는 청룡이 한 명의 기사를──나를── 표적으로 삼았다는 건 명백했다.

……하늘을 우러러본 내 눈에 보인 것은 끝없이 푸른 하늘과 번뜩이며 빛나는 이빨을 드러내며 커다란 입을 벌린 채 다가오는 용의 모습이었다.

아, 큰일이다──…….

물리겠어…….

충격에 대비하며 무심코 몸에 힘이 들어간 내 앞을 파란 그림자가 가로질렀다.

"피아!!"

그 외침은 퀜틴 단장님이었는지, 재커리 단장님이었는지.

누구의 목소리인지 판단하기도 전에, 눈앞에서 폭풍과 함께 흙먼지가 일어났다.

뭉게뭉게 피어오르는 흙먼지 속에서도 검고 커다란 그림자가 뚜렷하게 보였다.

"아……, 자빌리아……."

나를 청룡에게서 감싸는 위치에 나타난 것은 크고 아름다운 묵색의 마물.

전설의 마물이라고 불리는 흑룡이었다————…….

【SIDE】 흑룡 자빌리아

"옛날 꿈을 꿨어⋯⋯."

멍하니 중얼거리자, 피아가 웃음을 터트렸다.

"에이, 자빌리아도 참. 0살의 옛날이라니, 그게 언젠데?"

쿡쿡 웃는 피아를 보자 나도 우스워져서 키득거렸다.

피아와 함께 있으면 언제나 즐겁다.

즐겁고, 따뜻하고, 안심할 수 있다.

그래서 나는 너무나도 달랐던 과거를⋯⋯ 내가 홀로 지냈던 기나긴 시간을 떠올리고, 그것이 얼마나 무가치했었는지를 재확인하게 된다.

있잖아, 피아. 너와 만나기 전의 2천 년은 아무런 가치도 없었어⋯⋯.

───태어났을 때, 나는 이름도 없고 날개도 하나밖에 없는 청룡이었다.

용종은 난생이다.

그리고 나도 예외 없이 알에서 태어났다.

다만 특수했던 것은 쌍란, ——즉 쌍둥이 알이라는 점이었다.

인간은 쌍둥이여도 건강하게 태어나는 모양이지만, 쌍란은 그렇지 않다.

알의 크기는 정해져 있고, 안에 비축된 영양분의 양도 정해져 있기 때문이다. 그리고 쌍둥이라는 건 상정하지 않는다.

즉 알 안에 두 마리의 영양분이 비축되어있지 않다는 뜻이다.

그래서 나는 알 속에서 생각했다. 어떻게 해야 절반의 영양분만으로 충분히 성장할 수 있을지.

답은 간단히 나왔다. 작게 자라면 된다.

나는 몸의 크기를 적절히 조절하여 통상보다 작은 몸을 유지했다. 덕분에 적은 영양분으로도 어떻게든 부화할 수 있는 수준까지 자랄 수 있었다.

쌍둥이 형은 안타깝게도 그렇지 못했다.

그는 아무 생각 없이 계속 성장했기 때문에, 통상적인 새끼와 비슷한 크기로 자랐다. 나와 영양분을 나눈다면 도저히 부화할 수 있는 수준까지 자랄 수 없다.

그래서 형은 내 한 쪽 날개를 먹었다.

부화할 수 있을 만큼 성장하기 위해서.

……알을 깨고 나온 날의 아침을 기억한다.

그것은 축복이라도 내리는 것처럼 뇌우가 극심하던 봄날이었다.

부화한 순간, 알 옆에는 어머니가 있었다.

어머니는 먼저 태어난 형의 머리와 몸에 달라붙어 있던 껍질 부스러기를 세심하게 떼어주면서 형에게 축복의 말과 함께 이름을 주었다.

이름은 힘이 된다. 고유한 이름을 받은 형은 어머니의 힘을 나눠 받았다.

명명의 순간, 형의 몸 안쪽에서 빛이 터져 나오며 몸이 폭발적으로 커졌다. 옅은 노란색이었던 비늘의 색도 진한 파란색으로 바뀌었다.

부러워하는 마음으로 형을 바라보며, 나는 한쪽밖에 없는 날개를 펼치고 머리부터 꼬리까지 땅바닥에 바싹 엎드려 내 차례를 기다렸다.

그것이 결코 주어지지 않는다는 것도 모르는 채.

어머니는 하나밖에 없는 내 날개를 힐끗 확인하더니 더는 일말의 고민도 하지 않았다.

그대로 나만 동굴에 남겨놓고 형과 함께 떠나버렸다.

내 머리와 몸에는 껍질 부스러기가 덕지덕지 달라붙어 있고, 날개를 잃어버린 날갯죽지는 욱신거렸고, 영양이 부족한 몸은 굶주림을 호소했지만 그래도 나는 그 자세를 가만히 유지했다.

막연하게 어머니가 돌아와서 내 몸에 붙은 껍질을 떼어주고 이름을 줄 것 같은 느낌이 들었기 때문이다.

하루를 기다리고, 이틀을 기다리고, 사흘을 기다렸다.

그동안 계속 비가 내렸다. 나는 꼼짝도 하지 않고 그저 빗소리를 들었다.

아마 그때의 경험이 선명한 기억으로 남아있는 모양이었다. 용은 본능적으로 비를 좋아하지만, 나는 아직도 비를 싫어한다.

빗소리를 들으면 몸속을 벌레가 기어 다니는 듯한 감각에 사로잡힌다.

하지만 그때의 나는 징그러운 기분을 느끼면서도 그토록 싫어하는 비가 내리는 동굴 밖으로 나왔다.

봄바람 때문에 미지근해진 비가 온몸에 쏟아졌다.

그러나 나는 이 불쾌하고 기분 나쁜 빗속을 계속 걸어가야만 했다.

내 한계는 내가 알 수 있다. 아마 앞으로 하루만 더 굶는다면 나는 생명을 유지하지 못하고 죽어버릴 테지.

그리고 어머니는, 돌아오지 않을 것이다.

나는 가까스로 이해했다.

다친 새끼용이 살아남을 확률은 낮다. 어머니에게는 형이라는 다른 자식도 있다.

어머니는 나라는, 성룡이 될 수 있을지 없을지 불확실한 새끼를 키우는 위험부담을 회피한 것이다.

형 한 마리만 키우는 게 효율이 좋으니까.

그러니 나는 혼자서 살아가야 한다.

어머니의 눈으로조차 살아남기 어렵다는 판단을 받고 버려진, 이 한쪽 날개밖에 없는 몸으로. 이름도 힘도 받지 못했기 때문에 여전히 왜소한 몸으로.

그때의 나는 대체 무엇으로 보였을까.

이름을 받지 못한 용 같은 건 없으니까, 나처럼 작고 연한 색의 새끼용은 존재하지 않는다.

그런 작고 흐리멍덩한 것이, 한쪽 날개밖에 없어서 균형을 잡지도 못하는 몸으로 절뚝절뚝 걸어갔다.

하늘도 날지 못한다. 할 수 있는 것이라고는 기껏해야 어설프게 비틀거리면서 걷는 것뿐.

용으로 보이지 않아서 다행이다. 혹은 어머니가 이름을 주지 않아서.

이름에는 힘과 기억이 따라온다.

용으로서 기억이 있다면 나 자신에게 자존심을 강요했을 것이다. 혹은 용으로 보였다면 다른 마물들이 나에게 용답게 행동하길 원했을 것이다.

하지만 어느 쪽도 아니었기 때문에, 나는 그저 악착같이 살아남는 것만을 위해 행동했다.

흙탕물을 마시고, 다른 마물이 먹다 남긴 고기를 뒤졌다. 맛 같은 건 알 수 없었다.

다만 오늘을 살아남기 위한 영양분을 공급할 수 있다면 그것으로 충분했다.

그렇게 나는 1년을 살아남았다.

이제는 새끼라고 할 수 없게 되었다.

중급이나 저급 마물 정도라면 제압할 수 있을 정도로는 커졌다. 여전히 날개가 하나 뿐이라 하늘을 날아본 적은 한 번도 없지만.

그로부터 1년이 더 지났을 때, 나는 청룡의 영소지(營巢地)에 도착했다.

계속 이곳을 향해 걸었다.

도달하기까지 2년이나 걸렸지만, 분명한 장소를 몰랐다는 점을 고려한다면 만족스러운 기간이 아닐까.

그 장소는 용이 좋아하는 어둑한 동굴을 여럿 품고 있는 숲속 깊은 곳에 있었다.

내 모습을 보더니 보초를 서던 젊은 용이 위협하는 소리를 냈다.

하지만 내 몸이 흐릿하긴 하지만 푸른빛을 띤다는 걸 확인하자 그 목소리는 동료를 받아들이는 소리로 바뀌었다.

용은 종별로 무리를 짓는다. 나처럼 어리고 혼자 다니는 용은 어지간한 문제가 없다면 무리에 받아들여 준다.

그 무리는 열 마리 정도의 청룡으로 구성되어 있었다. 수장은 오른쪽 눈 위에 흉터가 있는, 제일 체격이 큰 용이었다.

아쉽게도 어머니와 형은 이 무리엔 없었다.

하지만 태어난 뒤로 계속 어머니와도 형과도 만나지 못한 나에게 그 두 마리에 대한 것은 이미 아무래도 상관없었다.

그때의 내 바람은 다른 동료와 함께 살고 싶다는 것이었다.

용은 기본적으로 무리 지어 생활한다. 다른 동료와 함께 사는 생활에 안심하고 아늑하다고 느끼도록 만들어져있다.

나는 그곳에서 10년을 살았다.

몸의 색이 확연하게 옅고 한쪽 날개밖에 없는 나는 동료들에게 괴롭힘을 당하거나 멸시당하기도 했지만, 문제가 일어날 정도는 아니었다.

침상과 식사가 보장되고 동료가 옆에 있다는 안심감을 얻은 것에 비하면 그런 건 사소한 일이었다.

용은 서열사회로, 수컷 내에서 순위가 부여된다. 나는 최하위 서열을 받았지만 거기에도 불만은 없었다.

서열 꼴찌로서 모든 먹이 사냥에 동원되었기 때문에 많은 실전 경험을 쌓을 수 있었고, 덕분에 점점 강해졌다.

아마 10년이 지난 시점에서는 수장 다음으로 강해졌지 않았을까.

다른 동료도 대충 내가 강하다는 걸 알아본 건지, 전투 중에 곤란한 일이 생기면 반드시 나를 불렀다.

나는 그때마다 동료가 나를 의지한다는 것과 실제로 동료를 도울 수 있다는 두 가지 이유로 무척 기뻐했다.

그래서 서열 같은 건 개의치 않아 했고, 내 서열을 올리기 위해 다른 수컷용과 서열 쟁탈전을 벌일 마음도 전혀 없었다.

그런 식으로 평화롭게 유지되던 우리 영소지였으나, 어느 날 밤 펜릴 무리에게 공격을 받았다.

펜릴은 회색 늑대 마물로, 마물 중에서도 상위종에 해당된다. 무리 지어 행동한다는 점이 아주 골치 아프다.

무리의 수는 많아도 열 마리 정도일 텐데, 그날 밤에 공격해온 무리는 스무 마리가 넘었다.

어지간히 강한 리더가 통솔하고 있는 모양이었다.

자던 도중에 공격을 받게 된 우리는 열세에 몰렸다.

각각 한두 마리씩 나뉘어서 자고 있었는데 그보다 몇 배나 되는 수의 펜릴이 에워싸고 공격했기 때문이다.

우리의 수장은 즉시 영소지를 포기하기로 결단을 내렸다. 하늘을 향해 입을 벌린 뒤 의사결정의 포효를 질렀다.

그 소리를 들은 청룡들은 잇달아 하늘로 날아올랐다.

땅에 남은 것은 날지 못하는 나와 계속 포효하는 수장, 그리고 펜릴에게 공격을 받아 날 타이밍을 놓쳐버린 한 마리의 청룡뿐이었다.

수장은 펜릴의 통제된 공격을 경시했던 걸까. 그는 우선 하늘로 올라간 뒤에 포효를 질러 신호를 주었어야 했다.

울부짖는 수장을 향해 여러 마리의 펜릴이 동시에 덤벼들었다. 몇 마리가 더. 그리고 또 몇 마리가 더.

어느새 수장의 전신이 펜릴로 뒤덮였고, 다음 순간 수장은 바닥에 쓰러져있었다.

나는 허둥지둥 수장에게 달려갔다. 수장에게 달라붙은 펜릴들을 떼어냈다.

지난 10년 동안 나는 강해졌다.

날개가 하나밖에 없다는 것은 압도적으로 불리하다. 그 불리한 조건을 보완하기 위해 내 발톱은 다른 어떤 용보다 더 날카로워져서 적의 목을 손쉽게 찢어발길 수 있을 만큼 단련되었다.

이빨도 예리하여 펜릴 정도라면 한쪽 팔째로 씹어버릴 수 있으리라.

하지만 적의 수가 너무 많았다.

내가 수장에게서 마지막 펜릴을 떼어놓았을 때, ──정확하게

는 펜릴이 숨통을 끊어놓았다는 양 수장에게서 떨어졌을 때 수장
은 거의 숨을 쉬고 있지 않았다.

누가 봐도 확연했다. 수장의 목숨은 얼마 남지 않았다.

나는 수장의 얼굴을 살피며 마지막 말을 들으려 했다.

―――그 순간.

수장은 나에게 축복의 말을 주었다.

이 세상에 태어난 지 12년. 나는 처음으로 축복을 받았다.

몸이 따뜻한 것으로 차오르고, 그와 동시에 안쪽에서 빛이 터
져 나왔다. 죽음의 순간을 깨달은 수장이 그의 이름과 힘을 전부
나에게 계승한 것이다.

―――그리고 이것은 이름이 없는 나이기 때문에 가능했으리라.

죽을 때가 다가온 수장과 이름이 없는 나.

그 희귀한 우연이 거듭되어, 나는 수장의 이름을 얻었다.

자빌리아. 그것이 내 이름이 되었다.

이름을 얻은 순간, 내 몸은 짙은 파란색으로 물들었다.

몸이 커지고 태어나기 전에 잃어버렸던 날개가 돋아났다.

그 날개를 움직여 하늘로 날아올랐다.

―――첫 비행! 어찌나 기분이 좋았는지!!

지상이 점점 멀어지고 펜릴들이 기껏해야 밀가루만큼 작아졌다.

"크워어어어어어어어."

배 속 밑바닥에서 목소리를 밀어냈다. 기분 좋다.

나는 높은 위치에서 급강하했다. 펜릴의 공격을 받아 날아오를 타이밍을 놓친 청룡을 향해 일직선으로.

나중에 돌아보면 그때의 나는 내 힘을 과대평가하고 있었다.

그때까지 내가 지니고 있던 힘에 수장의 힘이 더해졌으니 어마어마한 힘을 손에 넣었다고 생각했기 때문이다.

그리고 그게 다행이었다.

기본적으로 펜릴과 청룡의 힘은 균등하다.

청룡 한 마리가 펜릴 한 마리를 상대하는 것이 상식이지만, 그때는 펜릴 무리로 혼자 돌격하고 말았다.

펜릴들은 똑똑하고 감도 예민하지만, 내 기이한 박력에 휩쓸려버리고 만 모양이었다.

실제로는 아무리 수장의 힘이 더해졌다고 해도 기껏해야 몇 마리 정도의 펜릴밖에 상대하지 못했을 나를 열 마리 정도 되는 펜릴들이 일제히 피했다.

그렇게 펜릴들은 제압해놨던 청룡에게서 의도치 않게 물러나고 말았다. 그 찰나의 틈을 놓칠 동료가 아니다.

붙들려있던 청룡은 순식간에 허공으로 날아올랐다.

동료가 해방된 지금, 이제 영소지에는 용무가 없다.

나는 다시 하늘 높이 날아올랐다.

"키에에에에에에에에에."

우렁차게 울부짖은 후 동쪽을 향해 날기 시작했다.

동료 용들은 내가 수장에게서 힘을 이어받았다는 걸 알아본 듯했다.

쓰러진 수장을 바라보며 몇 번 상공을 선회했지만, 내가 날아오른 것과 동시에 일제히 뒤를 따라왔다.

내가 목적지로 삼은 곳은 내가 태어난 동굴이었다.

태어난 장소에는 무의식중에 안도를 느끼는 걸까.

영소지를 잃고 어딘가 안전한 장소가 없는지 궁리하는 내 머릿속에 떠오른 장소는 그곳뿐이었다.

내가 태어난 동굴에는 낯선 청룡이 있었다.

그 청룡은 연신 내려오는 내 동료들을 보고는 위협음을 냈다.

그 소리를 들은 다른 청룡이 동굴 안에서 나왔다.

───동굴 안에서 나온 그 청룡은 나의 형이었다.

형은 12년 사이에 어엿한 성룡이 되어 자신의 무리를 만들고 그곳의 수장이 되었다. 어머니도 그 무리의 일원이었다.

형의 무리는 다섯 마리 정도의 규모였지만, 이 동굴에는 우선권이 있었다.

우리는 그 장소의 일부를 빌리기로 했다.

전 수장에게서 힘을 이어받은 나는 새 수장으로서 의무와 책임이 있다. 그건 동료 청룡들을 통솔하고 그들에게 평온과 안전을 약속하는 것이다.

나에게는 힘이 있었다.

원래 지닌 힘에 더해 전 수장의 힘을 전부 이어받아 청룡 중에서는 유일무이한 수준의 힘을 손에 넣었다. 날개도 생겼다.

수장의 일은 그 힘으로 동료들을 지키는 것이라 믿었던 나에게는 수장으로서 책임을 다하는 일은 어렵지 않아 보였다.

10년 전의 나는 날개가 하나 밖에 없고 몸도 작아서 별다른 전력이 되지 못했다. 그런데도 동료들은 나를 받아들이고 계속 함께 사는 것을 허락해주었다.

이번에는 내 차례다.

아무리 어린 용이라고 한들, 약한 용이라고 한들 내가 지키리라.

그것은 지극히 당연한 것처럼 느껴졌고, 어영부영 하루하루를 살던 내 목표가 되었다.

오랜만에 만난 형과도 대화해보고 싶었지만 저쪽은 노골적으로 나를 피했다.

같은 알에서 부화하였다. 확실히 한쪽 날개를 잡아먹혔지만, 마물이란 원래 자신이 살아남기 위해서는 무엇이든 하는 종족이다.

마물의 일원으로서 형의 행동은 이해할 수 있는 일이었기에 원망하는 마음도 없었다.

———형제이니까 힘을 합쳐서 동료를 지키기 위해 무언가 할 수 있지는 않을까.

그렇게 생각했으나 형은 나에게 말을 할 기회를 주지 않았다. 어머니조차 내가 가까이 있는 동안에는 결코 자신의 동굴에서 나오지 않았다.

한동안은 잘 지냈던 것 같다.

동료들 사이에 작은 충돌은 있었으나 문제가 될 정도는 아니었고, 먹이가 되는 마물도 넉넉하게 사냥해왔다.

중간에 몇 번 다른 마물의 습격을 받았지만 거의 나 혼자만의 힘으로 물리쳤다.

두 마리분의 힘을 얻은 데다 그 힘을 사용하는 법을 익혀가고 있는 나는 점점 강해졌다.

그리고 그것이 기뻤다.

마물은 본래 강함을 좋아하니까, 순수하게 강해진다는 것이 기쁘기도 했지만 동료를 지킬 수 있는 힘이 있다는 게 기뻤다.

그리고 내가 동료를 지키면서 기쁨을 느끼는 것처럼, 동료들도 보호를 받으며 안전과 안심감을 느끼고 기뻐한다고. 나는 그렇게 믿었다.

그때 내가 문제를 느낀 부분은 거주 장소였다. 이 땅은 두 개의 무리가 살기에는 조금 좁았다.

그래서 나는 새 영소지를 찾기 위해 이 장소를 종종 비우게 되었다.

그리고 그날 밤이 왔다———.

바람이 휘몰아치는, 달도 뜨지 않은 밤.

나는 잠을 자던 도중에 형과 그 동료에게 공격을 받았다. 경솔하게도 목에 파고든 형의 이빨이 주는 통증에 눈을 떴다.

일 대 일이라면 형에게 이길 수 있었겠지만, 상대는 다섯 마리였다.

용족이 새 수장을 정할 때는 동료 앞에서 일대일 대결로 정한다. 결코 이렇게 허를 찌르는 방식으로 정해서는 안 된다.

펜릴의 습격 이후 외적 감시는 강화했으나 내부 감시는 상정하지도 않았다.

형은 이글거리는 눈으로 노려보더니 나를 깨물고 있는 입으로 신음하듯 말했다.

「알 속에서 한쪽 날개만이 아니라 너를 통째로 먹어 치울 걸 그랬어.」

원한이 담긴 목소리가 이어졌다.

「그 힘은 내 거다. 원래 나의 힘이었던 것을 네가 나에게서 훔쳤어. 그러니 돌려받겠다.」

나는 지독한 고통 속에서 형의 광기 어린 말을 이해하려고 노력했다.

……형은 무슨 말을 하는 거지? 나를 먹어 봤자 내 힘이 형에게 넘어갈 리가 없는데. 그럴 수 있다면 다들 동족 살해를 저지를 것이다.

나는 처음으로 그를 형이라 불렀다.

「형, 진정해. 나를 먹어도 내 힘이 형에게 이어지지 않는다는 건 알잖아? 우리는 형제야. 힘을 합치면 할 수 있는 일이 있을 거야.」

「그래. 너는 날개도 하나뿐이고 왜소한 반쪽짜리 쓰레기였어. 그러니 먹을 가치도 없다고 너를 버리고 갔지. 너 같은 걸 먹었다간 내 가치가 저하된다고 생각했으니까. 그런데 지금의 너는 뭐냐! 네 무리의 수장이었던 용을 속여서 죽이고, 그 힘을 빼앗고, 남의 힘으로 기세를 떨치다니!! 아아, 너는 내가 여태껏 본 용 중에 가장 저열하고 열등한 쓰레기다!!」

형의 입에서는 나를 욕하는 말이 끊임없이 쏟아졌다.

도저히 대화가 통할 상황이 아니었다.

나는 목의 가죽과 살점의 일부를 희생하기로 결심한 뒤 형의 이빨 아래에서 억지로 빠져나왔다. 형의 입에는 내 살점이 일부 달라붙어 있었다.

나는 그대로 형과 그의 동료들을 뿌리치고 동굴 밖으로 나왔다.

형의 무리는 다섯 마리, 내 무리는 열 마리. 동료가 알아채기만 한다면 내 승리다.

그렇게 생각하며 동굴 밖으로 나온 나는 내가 잠들어있던 동굴의 출구를 에워싸듯 많은 용이 서 있다는 걸 알아차렸다.

번개가 번쩍이며 캄캄한 어둠 속에서 동굴을 에워싼 용들을 비춰주었다.

그것은 어째서인지 내 무리의 용들이었다.

———어떻게 된 일이지?

동료들은 내가 형에게 공격을 받고 있다는 걸 알아채고 있었나? 알면서 구하러 오지 않은 거야?

상황을 이해하지 못하고 멈춰선 나를 향해 동료 용들이 말했다.

「나는 계속 네가 위에 서 있는 게 마음에 들지 않았어. 최하위 서열이었던 주제에, 전 수장의 힘을 훔쳐서 내 위에 서다니. 속이 뒤집힐 정도로 굴욕적이었다고.」

「왜 네가 지시를 내리는 건데?! 왜 네가 정하는 거야?! 너는 고작 최하층 용이었는데!」

「원래 날개도 없고 용이라고 부를 수도 없는 반쪽짜리였던 네가 비겁하게 전 수장의 힘을 훔친 거야! 최하층으로서 우리가 시키는 대로 따르고 모두에게 무시당하면서도 뒤에서는 호시탐탐 전 수장의 힘을 훔칠 기회를 노리고 있었던 거라고. 이 도둑놈!!」

……다들 무슨 소릴 하는 거지?

그렇다면 그때, ───전 수장이 여러 마리의 펜릴에게 공격을 받아 쓰러져서 온몸을 물어뜯기고 있을 때 내가 아닌 너희가 구하러 왔으면 되잖아.

그 압도적인 숫자로 덤벼드는 펜릴 무리 속에서, 위협적으로 드러내는 이빨들 사이로 너희가 들어가면 되는 거였잖아.

그랬다면.

지금쯤 너희들이, ───네가 수장이 되고 내가 네 밑에 있었을 텐데.

만약…… 네가, 그 펜릴들의 이빨 아래에서 살아남을 수 있었다면 그랬겠지만.

이 용들은 알고 있다.

자신들은 펜릴에게 이기지 못하고 그 상황에 난입할 수 없었다는 것을.

알고 있기 때문에 당시 모든 용이 하늘 위를 맴돌기만 했었다.

나는 일말의 기대를 품고 입을 열었다.

「그렇게 불만이었다면 왜 수장 쟁탈전을 신청하지 않은 거야? 지금부터라도 괜찮은데. 수장이 되고 싶은 거라면 정정당당하게 나에게 도전해.」

하지만 동료는 위협하듯이 입을 크게 벌렸다.

「비겁한 수단으로 전 수장을 죽이고 그 힘을 빼앗은 너를 왜 제대로 상대해야만 하는 건데?! 너에게는 명예도 긍지도 없이 이곳에서 누군지도 모르는 용에게 당해서 무의미하게 죽는 게 어울려.」

……그렇겠지. 일 대 일이라면 나를 이길 수 있는 청룡은 없을 테니까.

하지만 일대일로 수장 쟁탈전을 벌이는 건 긍지 높은 용종의 규칙일 텐데.

나는 얼굴을 들어 나를 포위하듯이 서 있는 용들을 바라보았다.

수컷 용들의 마음은 알았다.

그럼 암컷 용들의 생각은?

내 존재가 필요하지 않다는 건 모든 동료들의 뜻인 걸까?

눈이 마주친 암컷 용들은 다들 슬그머니 시선을 돌렸다.

「……나쁘게 생각하지 마. 하지만 만약 네가 모든 수컷 용을 쓰러트린다면 우리는 네 반려가 될게.」

「……응, 그건 생각 차이구나. 나는 그런 너희들은 필요 없어.」

이상한 용들.

수컷 용은 정정당당히 힘으로 겨뤄서 수장을 정한다는, 용족의 긍지라고 할 수 있을 규칙을 어겨가면서 나를 죽이려고 한다.

암컷 용은 힘으로 승리한 강한 용을 따른다는 용족의 규칙을 맹종하려 한다.

……후후, 암컷 용들은 내가 살아남을 가능성을 조금도 믿지 않을 테니, 결국은 내가 죽는 걸 묵인한다는 거라나.

자기들 사정에 맞춰서 규칙을 따르기도 하고 어기기도 하고.

참으로 자유롭게 제멋대로다.

……이 무리가 나를 받아들여 주었다고 생각했던 건, 지켜주고 보호받았다고 은혜를 느꼈던 건 나 혼자만의 착각이었던 걸까?

그저 저항하지 않고 시키는 대로 따르며 방패가 되는 나를 '편리'하다고, '쓸모 있다'고는 생각해도 '동료'라고는 생각하지 않았던 걸까?

나는 지극히 냉정한 기분으로 다른 용들을 바라보았다.

나 말고 다른 모든 용이 적이라는 구도로 이해하면 되는 건가?

암컷 용들은 나를 적극적으로 공격하진 않을 테지만, 나를 돕지도 않을 것이다. 내가 혼자라는 구도는 바뀌지 않는다.

──승산이 없다. 어떤 수단을 쓴다고 해도.

그러니 이탈하는 게 가장 좋은 방법일 테지만…….

나는 아직 망설임을 완전히 버리지 못했다.

나는 이 무리에서 가장 큰 전력이다. 그리고 결국 10년이나 동료로 곁에 있게 해주었다는 은혜를 입었다.

내 힘은 무리의 동료를 지키기 위해 존재한다고 생각했는데…….

마음을 굳히지 못하는 나를 향해 주위에 있던 수컷 용들이 위협하는 포효를 질렀다.

"크아아아아아아아!"

"키에에에에에에에에에!!"

그러더니 그중 한 마리가 내 팔을 물어뜯었다.

──나는 신기할 정도로 냉정한 머리로 내 팔을 깨문 동료를 바라보았다.

낙뢰의 빛 속에서 드러난 그의 얼굴은 광기에 물든 것 같아 보이기도 했고, 몹시 냉정한 것 같기도 했다.

……아아, 분명 내 동료들은 자신들이 무슨 짓을 하는 건지 이해하고 있다. 그 결과도.

그렇다면 내가 여기에 머무를 의미는 없다. 그들은 내 보호를 필요로 하지 않으니까.

나는 꼬리를 휘둘러 팔에 달라붙은 동료를 튕겨낸 후 하늘을 바라보았다.

몸 위로 뚝뚝 떨어지는 미지근한 빗방울이 마치 끈적하게 휘감는 뱀 같았다.

──봐, 또 비야. 비가 오는 날은 반드시 나쁜 일이 일어나.

나는 날개를 한 번 퍼덕인 후 높이 날아올랐다.

순식간에 다른 용들이 밀가루처럼 작아졌다.

나는 이제 다시는 만나지 않을, 동료였던 용들을 바라보며 딱 한 번 울부짖었다.

"크워어어어어어어어!!"

──안녕히. 고마워. 그리고 잘 있어.

10년이나 함께 있었지만 결별은 순식간이었다.

어떤 용도─── 나조차 석별의 감정이 없다.

나는 마물이니까 동료애가 희박한 걸까. 10년이나 함께 지낸 동료들과 헤어졌는데 아무런 감흥도 없다.

쌍둥이 형이나 어머니와 헤어지는 것에조차 일말의 통증도 느끼지 않는다.

배신당했다는 것도, 다시는 만날 수 없다는 것도 이미 아프지도 가렵지도 않다니…….

나는 북쪽으로 방향을 고정했다.

대륙의 북쪽 끝에는 흉악한 마물들이 거주하는 영봉흑악이 있다. 혼자가 된 나에게는 딱 안성맞춤인 장소 아닌가.

───나는 영봉흑악에 도달하여 그 장소에서 천 년 가까이 시간을 보냈다.

청룡의 수명은 기껏해야 500년이니까, 천 년을 산다는 것 자체가 일반적이지 않은 일이었다.

아마 전 수장의 힘을 이어받았을 때 그가 살 수 있었던 수명도 이어받은 모양이었다.

그렇게 천 년이 지나고 마침내 죽을 때가 다가와 마지막을 예감한 순간. 신기하게도, ───나는 나를 낳았다.

태어난 것은 작고, 약하고, ……하지만 아름답고, 강한…… 그래. 검은 용이었다.

전설 속에서만 존재한다고 하던 '흑룡'.

───그것이 나였다.

◇ ◇ ◇

그러고 보면 아주 예전에, ───내가 아직 무리의 일원이었을 때 동료 용이 말했다.

『어떤 용종이든 천 년을 살면 흑룡이 돼.』

동화 속 이야기 같은 부류로 여겼는데 사실이었구나…… 하는 생각이 흐릿하게 들었다.

방금 막 청룡이었던 나에게서 이름과 기억, 힘을 이어받은 나는 계속 흐리멍덩했다.

기억도 안개가 낀 것 같고 꿈속에 있는 듯한 기분이 들었다.

하지만 멍하니 있으면서도 몸속에 어마어마한 힘이 맴돌고 있다는 건 알 수 있었다.

……후후, 대단한데. 흑룡의 에너지는 이렇게나 큰 건가.

고대종. 먼 옛날의 힘을 이어받은 천재지변급 마물. 그것이 흑룡이다.

같은 용종 중에서도 확연히 다른, 이쯤 되면 별개의 종으로 부를 수 있을 법한 압도적인 차이를 지닌 용.

나는 그런 용이 되었다.

그로부터 1년이 지났다.

나는 성룡이 되었다.

유생체일 때 느꼈던 힘은 우습게 느껴질 정도로 성체는 강했다. 꼬리를 한 번 휘두르기만 했는데도 거의 모든 마물을 쓰러트릴 수 있다.

압도적이고 절대적인 힘.

그 때문에 나는 다른 누구도 필요로 하지 않았다.

혼자인 것이 곤란하지도 않고, 나 홀로 완성된다. 나는 나 말고 다른 이가 필요하지 않다.

그래서 나는 영봉흑악의 가장 깊은 곳에 있는 동굴에 둥지를 틀고 거의 모든 시간을 그곳에서 보냈다.

동굴 안에서는 비를 느낄 일도 없고, 흑룡의 거처에 굳이 접근하는 목숨 아까운 줄 모르는 자도 없다.

천 년이나 되는 세월 동안 누구와도 대화하지 않고 아무에게도 관여하지 않았다.

나는 내가 만들어낸 혼자만의 왕국에서 쾌적하게 지냈다.

그렇게 또다시 죽을 날이 찾아왔고…… 나는 다시 작고 약한 흑룡이 되었다.

낮아진 시선을 올리자 거대한 흑룡의 유해가 누워있는 게 보였다. 그것은 마치 이끼 낀 거목 같았다.

또 변함없는 천 년이 새로 시작된다…….

갓 태어났을 때는 기억과 힘이 정착되지 않는다. 당분간은 옅은 졸음 속에서 지내게 되겠지.

나는 동굴 깊숙한 곳에서 몸을 둥글게 말고 꿈결을 떠돌았다.

그로부터 몇 주가 지났을까.

나는 갑작스러운 적의에 눈을 떴다.

―――아아, 대체 무슨 일인지. 포위당했다.

캄캄한 동굴 속에서 여러 쌍의 노란색 빛이 형형하게 빛나고 있다. 그중 한 쌍은 붉은색이었다.

큰일인데…….

나는 스르르 몸을 일으켰다.

예측하지 못한 사태에 대비해 이 동굴에는 여러 개의 출구가 있다. 하지만 그 출구로 이어지는 구멍이 전부 막혀있다.

나는 정말로 펜릴과 상성이 나쁘다니까…….

절절한 한숨이 흘러나왔다.

언제부터였는지, 이 대륙은 세 마리의 마물을 중심으로 다른 마물의 분포도가 정해지게 되었다. 그 세 마리 중 하나가 흑룡인 나다.

그리고 다른 한 마리가 펜릴의 상위종인 흑펜릴이다.

나를 포위하고 있는 이 펜릴 무리.

그중 빨간 눈동자를 지닌 한 마리는 틀림없이 흑펜릴일 것이다. 딱 한 마리만 보유한 에너지가 명백하게 달랐다.

……큰일이네. 천 년에 한 번 약해지는 시기를 노렸어…….

나는 펜릴들이 덤벼들기 전에 행동했다.

"크워어어어어어어어!"

길게 포효한 후 펜릴들이 순간 움츠러든 틈을 타고 포위망에서 빠져나갔다. 방향은 흑펜릴로부터 90도 서쪽.

흑펜릴에게 덤비는 건 최악의 수고, 그의 대각선상에도 함정을 쳐놨을 것이다.

정확하게 말하자면 모든 방향에 함정을 쳐 놓았을 테지만, 조금이라도 약해 보이는 장소로 빠져나갔다.

어깨에, 다리에, 날개에.

연신 펜릴의 이빨이 파고들었지만 떨칠 시간도 없다.

한순간이라도 멈춰 선다면 그대로 쓰러트려서 숨을 다할 때까지 놓지 않을 것이다.

나는 캄캄한 동굴을 여러 마리의 펜릴을 끌고 달리고, 달리고, 달렸다.

중간에 펜릴들이 내 몸의 일부를 힘껏 물어뜯어, 그 반동으로 떨어지는 바람에 이탈했다.

그렇게 가까스로 동굴 출구에 도착했을 때, 내 몸은 전신이 피투성이였다.

그래도 마지막 힘을 쥐어짜서 날갯짓했다.

남서쪽으로.

왜 그렇게 정했는지는 모르겠다.

하지만 어딘가로 가야 한다고 생각했을 때, 어둠 속에 한 줄기 빛이 드리우듯 내가 가야 할 방향이 뚜렷하게 보였다.

나는 남은 힘을 총동원하여 퍼덕거렸다.

멀리. 최대한 멀리.

펜릴들이 나를 찾아낼 수 없을 만큼 머나먼 남서쪽으로.

한쪽 날개가 심하게 찢어져 똑바로 날아가는 게 어려웠다.

펜릴을 끌면서 달린 두 다리는 이미 감각이 사라졌고, 꼬리는 송두리째 뜯겨나갔다.

피를 너무 많이 흘린 건지 의식이 몽롱했다.

실제로 몇 번이나 의식을 잃을 뻔해 비행 고도가 떨어져서 나뭇가지에 부딪치는 아픔을 느끼고 의식이 돌아오기를 반복했다.

그렇게 가까스로 힘이 다한 나는 일직선으로 숲속을 향해 추락했다.

「……아아, 조금만 더 가면 도착했을 텐데.」

흐릿한 의식 속에서 비몽사몽한 머리로 무언가를 생각했다.

바닥으로 추락하며 몸이 작아지는 게 느껴졌다.

유체화다.

더는 내 몸조차 유지하지 못하게 된 모양이었다.

몸을 토막토막 흩어놓는 듯한 통증과 함께 땅바닥 위로 풀썩 떨어졌다. 몸 위에 미지근한 비가 쏟아졌다.

봐. 오늘 밤도 비잖아. 나쁜 일이 일어나는 날은 늘 비가 내렸어.

내 마지막 순간마저도——…….

마물의 본능이 살아남고 싶다며 최선을 모색했다.

유체화하여 활동을 극소한으로 줄이고 회복에 전념했지만, 계속해서 빠져나가는 생명 에너지가 더 많았다.

이건, 틀렸네…….

나는 흐릿해지는 의식 속에서 후회했다.

너무 심하게 다쳤다.

……분해라. 흑룡인 내가 적에게 당해서 마지막을 맞다니.

마물로서 가장 굴욕적이고 수치스러운 사망이다. 흑룡이 되었지만 청룡이었던 때와 마찬가지였다.

결국은 나 홀로 죽어가는 거야——…….

나는 의식을 잃었다.

의식을 유지할 힘도 남아있지 않았던 모양이다.

다음에 눈을 떴을 때는 한 인간이 나를 들여다보고 있었다.

심홍색 머리카락에 금색 눈동자를 지닌 소녀.

멍하니 쳐다보자 소녀는 '괜찮아' 하고 달래듯이 말하면서 나에게 무언가를 먹였다.

……뭘 먹인 거지?

흐릿한 머리로 생각했다. 액체가 몸속을 돌았다.

그러지 별안간 격통이 진신을 덮쳤다.

———독이다. 독을 먹인 거야!

명확한 공격에 마지막 힘을 쥐어짜서 원래의 크기로 돌아갔다.

흑룡씩이나 되어서 독이라는 비겁한 수단에 죽을 수는 없어!

나는 포효하면서 소녀의 어깨를 물어뜯었다. 그리고 옆구리를.

소녀는 저항도 하지 않고 나에게 몸을 내어주었다.

왜 이렇게 쉽지? 목숨을 걸고 나를 죽이러 온 건가……?

의문을 느낀 순간, 갑자기 소녀가 웃음을 흘렸다.

우스워서 견딜 수 없다는 듯이.

그러더니 다음 순간, 소녀가 가볍게 손을 움직이더니 빛이 범람했고——— 내 몸은 상처 하나 없는 상태로 돌아갔다.

「……어?」

다 뜯겨나간 날개가 원래대로 돌아오고, 꼬리가 재생되고, 몸 여기저기에 있던 상처가 전부 사라졌다.

무슨 일이 일어난 건지 의아해하는 내 눈앞에서 소녀는 자신의 몸으로 설명하기 시작했다. 즉……, 자신의 상처를 천천히 치유해갔다.

어깨아 옆구리가 재생되고 소녀의 몸에 있던 싱처가 사라진나.

……아아, 그녀는 성녀였구나. 그리고 날 구해준 거야.

대단하다. 나는 말 그대로 죽기 일보 직전이었다. 조금만 더 있었다면 모든 것을 잃었을 텐데.

미래도. 감정도. 2천 년간 쌓인 지식과 기술도.

정말로 대단하다.

이 소녀는 누구에게나 평등하게 찾아오는, 그리고 도망칠 수 없는 '죽음'을 뒤집을 수 있는 거야…….

그것은 몸이 떨릴 정도로 강한 충격이었다.

그 힘을 진심으로 갈망했다.

그녀에게 예속되고 싶다. 그녀 곁에 있고 싶다. 그녀의 힘이 주는 은혜를 받고 싶다.

──그러면 나는 '절대적인 죽음'으로부터 해방된다.

나는 확연하게 깨달았다.

펜릴의 공격을 받아 죽음을 앞두고 있던 내가 왜 남서쪽으로 왔는지.

죽기 직전이었던 나는 필사적으로 살아남을 방법을 찾았다. 그렇게 유일하게 살아날 방법이 그녀였다.

나는 결국은 흑룡이다. 나보다 강한 자가 아니면 예속되고 싶은 마음은 들지 않는다.

그런데 그런 내가 순식간에 진심으로 예속되고 싶다고 바라게 되다니……. 이 소녀가 지닌 성녀의 힘은 얼마나 강력한 것인지.

그런 내 속내는 조금도 눈치채지 못한 듯 소녀는 간단히 예속의 계약을 허락했다.

능력은 막강하지만 참으로 경솔한 소녀다. 예속을 허락하면 그녀와 내가 이어지게 되는데.

내가 누구인지 제대로 확인도 하지 않은 채 맺기에는 위험부담이 너무 크지 않은가?

그날 밤은 마물이 끊임없이 나타났다.

소녀의…… 피아의 피 냄새에 홀려 혼자서 이슬렁어슬렁 기어 나온 마물이다. 나에게는 상대도 되지 않았다.

하지만 30마리가 넘어가자 조금 기가 막혔다.

……피아는 좀, 마물에게 너무 인기가 많은 거 아닌가?

마지막으로 쓰러트린 녀석은 A랭크의 마물이었다.

심연에만 살고 있을 텐데, 피아의 냄새가 얼마나 멀리까지 전해진 건지…….

그런데 다른 누구도 갖추지 못한 강력한 힘을 지닌 성녀는 걱정하는 얼굴로 물었다.

"내가 성녀라는 거 비밀로 해줄래?"

피아가 성녀임을 공언하면 세계가 그녀의 힘 앞에 무릎을 꿇을 텐데, 왜 숨기고 싶어 하는 걸까……?

의아해하는 나를 앞에 두고 피아는 바들바들 떨었다.

"……나는 전생에 성녀라서 죽게 되었나 봐. 꽤 처참한 방식으로. ……성녀라는 걸 공언하면 또 죽으려고 할 것 같아서 무서워."

피아와 이어져 있는 나에게는 그녀의 감정과 함께 그녀가 떠올린 듯한 풍경이 전해졌다. 그것은 무척이나 참혹하여 어린 소녀가 견딜 수 있을 것 같지 않은 광경이었다.

……이건, 지독하네.

나는 진지하게 대답했다.

"물론 피아가 성녀라는 건 비밀로 할게. 피아가 하고 싶은 걸 돕는 게 내 역할이니까. 하지만 이건 잊지 마. 나는 피아를 전력으로 지킬 거야."

그 말을 들은 피아는 쑥스러운 듯 얼굴이 빨개지더니 시선을 돌렸다.

나는 계속 혼자 살았고, 결코 처세술에 능통한 편은 아니다.

그런 나조차 걱정이 되었다.

……뭐지, 이 성녀는. 처세술이라고는 털끝만큼도 없는데. 이런 아이를 세간에 놓아두면 이용당하기만 하지 않을까?

그 후 피아를 멀리서 지켜보거나 옆에서 같이 행동하기도 했지만, 피아의 언동은 언제나 내 최악의 예상을 아득히 상회했다.

황당함과 동시에 용케 성녀라는 걸 들키지 않는다고 감탄이 튀어나왔다.

이건 피아의 능력이 지나치게 탁월하기 때문에 성립된다.

능력이 너무 대단하니까, 사람들이 생각하는 범주를 훌쩍 뛰어넘어버리니 아무도 정답에 도달하지 못한다. 그러한 선택지가 있다는 것조차 누구 한 명 상상하지 못하는 것이다.

마물의 생활은 인간과는 거의 엮일 일이 없지만, 이따금 소문은 들려온다.

───내가 아는 한, '대성녀'라고 불렸던 존재는 지난 2천 년 동안 한 명뿐이었다.

2천 년이나 되는 세월 동안 오직 한 명에게만 허락되었던 존칭.

피아는 그 의미를 이해해야 한다.

얼마 전에도 샘물을 전부 회복약으로 바꿨는데, 본인에게는 물가에서 노는 정도의 감각이었겠지.

단순한 놀이 감각으로 현재는 존재하지 않는 고대의 우수한 회복약을 복원시켜 반영구적으로 사용할 수 있는 구조를 만들어냈다.

저 붉은 머리카락에 금빛 눈동자를 지닌 소녀는 분명 세상에서 가장 가치가 있다.

문제인 것은 아무도── 본인조차 그걸 눈치채지 못했다는 점이다.

"자빌리아 전용 변신복입니다──!!"

지고의 가지를 지닌 성녀는 그렇게 말하며 나를 위해 시간을 사용한다.

"자빌리아, 너 정말 귀엽구나!"

생글생글 웃으면서 내 머리를 쓰다듬어준다.

피아가 허락해주니까 나는 늘 피아에게 딱 달라붙어서 잠든다. 피아는 따뜻해서 그렇게 붙어있으면 푹 잘 수 있다.

그렇게 때때로 옛날 꿈을 꾼다.

혼자서 지내왔던 2천 년의 세월을.

"후후, 자빌리아도 참. 옛날 꿈을 꿨다니…… 0살의 옛날이 언젠데?"

피아가 우스워한다.

나를 바라보며 쿡쿡, 즐겁다는 듯이 웃는디.

……나는 별안간 이해했다.

아, 지켜야 할 대상을 잘못 잡고 있었다.

나는 청룡 동료 같은 건 소중하지 않았다.

그래서 배신당해도 크게 상처받지 않았고, 청룡들을 쉽게 버릴수 있었다.

피아를 만난 덕분에 깨달았다. 이 감정은 전혀 다르다.

목숨쯤은 간단히 걸 수 있다.

무슨 일이 있어도 피아를 버릴 수 없다.

왜냐하면 피아는 나를 오롯이 받아들여 준다.

나를 위해 화내고, 싸우고, 같이 웃어준다.

피아와 함께 있으면 늘 즐겁고, 따뜻하고, 안심할 수 있다.

그래서 나는 너무나도 달랐던 과거를…… 내가 홀로 지냈던 기나긴 시간을 떠올리고, 그것이 얼마나 무가치했었는지를 재확인하게 된다.

그리하여 역설적으로 피아와 함께하는 시간이 얼마나 소중한지를 깨닫게 된다.

무엇과도 바꿀 수 없는 시간이라는 것을.

그렇기에, ──두 마리의 청룡이 피아를 향해 급강하했을 때는 전신의 피가 끓어오르는 듯한 분노가 덮쳐들었다.

나는 반사적으로 피아의 앞을 가로막은 뒤 흑룡으로 모습을 바꾸었다.

폭풍과 함께 흙먼지가 피어올랐다.

나는 다가오는 청룡을 향해 포효했다.

그러자 청룡들은 하강을 멈추고 하늘로 날아올랐다.

하지만 그 자리에서 이탈하지 않고 하늘을 빙글빙글 선회했다.

나를 보면 힘의 차이는 명백할 텐데, 미련을 뚝뚝 흘리며 그 자리에서 떠나지 못하고 있다.

────피아, 또 너니.

나는 계속해서 신물이 날 정도로 마물을 매료하는 피아를 떠올리며 한숨을 쉬었다.

생각해 보면 확실히 피아는 아침부터 사역마들에게 회복마법을 걸었다. 피아는 통증에 강하기 때문에 눈치채지 못했겠지만, 어딘가 다치기라도 한 것이겠지.

그리고 그곳에서 성녀의 달콤한 피 냄새가 흘러나온 것이다. 그런 게 아니라면 이렇게까지 마물이 자주 출현하는 걸 설명할 수 없다.

다들 흑룡이 나타났기 때문에 마물의 서식 범위가 흐트러졌다고 생각하는 모양이지만, 그것만으로 이렇게 숲 입구 부근까지 흉악한 마물들이 연달아 출현할 리가 없다. 원인은 틀림없이 피아가 흩뿌리는 성녀의 피 냄새다.

그 증거로 청룡들은 오직 피아만을 노리고 공격해왔다.

나와 실력 차가 심하게 벌어져 있다는 걸 알면서도 이 자리에서 떠나지 못하고 있다.

하지만 그걸 눈치채지 못한 피아는 손을 뻗어 나를 만지더니 몸을 토닥토닥 두드렸다.

"감싸줘서 고마워. 그리고 위협해줘서 고마워. 뒷일은 나와 기사들에게 맡겨."

내가 청룡과 싸우고 싶지 않다고 투정을 부렸던 것을 성실하게 받아들여 어떻게든 해결할 생각이다.

나는 웃겨서 나도 모르게 후후후 웃어버렸다.

어쩜 이렇게 우습고, 어리석고, 사랑스러운 성녀일까.

……피아의 본질은 언제나 성녀다.

성녀임을 숨기고 싶다고 하면서도 기사들의 목숨이 걸리면 주저 없이 힘을 사용한다.

기사의 목숨을 지키는 일에 전념하여 자신을 보호하는 것도 잊어버린다.

세상에서 가장 가치 있는 피아는 얼마든지 바꿀 수 있는 기사를 위해 쉽게 목숨을 던진다.

그렇지만 그녀는 무시무시하게 약하고 여리니까 답답하다.

──그러니, 나는 용왕이 되겠어.

그녀의 수호자가 되기 위해.

그녀를 모든 것으로부터 지키기 위해.

22 흑룡 수색 2

나는 내가 한심하면서도 면목 없는 기분으로 눈앞에 가로막고 선 자빌리아를 올려다보았다.

압도적으로 크고 아름다운, 공포의 상징인 '흑룡'이 그곳에 있었다.

자빌리아는 다시 하늘로 날아오른 두 마리의 청룡을 노려보고는 포효를 질렀다.

순간적으로 음성차단 마법을 기사들 주위에 펼쳤다.

자빌리아의 포효를 고스란히 들어버렸다간 무사하지 못할 테니까.

청룡 두 마리는 자빌리아의 모습을 보고도 물러날 기색이 없이 이를 드러내고 위협하면서 하늘 위를 맴돌고 있었다.

……자빌리아가 말했었다.

옛날에 자빌리아는 청룡이었기 때문에 청룡과는 싸우고 싶지 않다고.

딱 하나뿐인 바람도 이뤄주지 못한다면 나는 친구 실격이다.

손을 뻗어 자빌리아를 만진 뒤 그 몸을 토닥토닥 두드렸다.

"감싸줘서 고마워. 그리고 위협해줘서 고마워. 뒷일은 나와 기사들에게 맡겨."

그 후 기사들을 돌아보자 전원이 짠 듯이 똑같은 표정을 짓고 있었다.

입을 떡하니 벌리고 눈을 부릅뜨고 있다.

"흐, 흐, 흐, 흐, 흑룡왕……?"

"고, 고, 고, 고대종이자, 저, 저, 전설의 용. 저, 저, 정말 존재했어……!!"

그리고 나를 경악한 눈빛으로 바라보았다.

"피, 피, 피, 피아! 너, 너, 흑룡왕은 적이지? 떠, 떠, 떨어져!!"

"그, 그, 그러다 죽어! 도, 도, 도, 도망쳐!!"

딱 한 명, 퀜틴 단장님만은 표정이 달랐다.

감격에 겨운 듯 두 손을 모아쥐고 자빌리아를 응시하고 있다.

"이렇게……, 이렇게 고고한 모습이라니……! 아아, 직접 존안을 눈에 담는 영광을 누리게 될 줄이야, 이 무슨 요행인가!! 아름답고, 웅대하고, 신성하고, ……아아, 말이란 왜 이렇게 무의미한지!!"

……응, 안정적으로 이해하지 못하겠다.

퀜틴 단장님에게 물든 것은 아닐 테지만, 마치 감정의 둑이 무너져버린 것처럼 한 기사가 웃음을 터트렸다.

"………미치겠네. 나 공포로 환각과 환청이 들려. 피아가 흑룡왕의 이름을 부르고 대화한 것 같고, 뭔가 마치 친한 사이처럼 피아가 흑룡왕을 토닥거린 것 같아. 어쩌지. 내 눈과 귀가 맛이 갔어!!"

응, 응. 다들 혼란스러워하고 있구나. 지금이 기회다.

……이 혼란 상태라면 기사들에게 강화마법을 걸어도 눈치채

지 못할지도 모른다.

나는 기사들을 향해 두 손을 뻗은 후 강화마법을 발동시키려 했다.

하지만 막 마법을 걸려고 한 순간, 자빌리아가 뒤에서 머리를 툭 부딪혀왔다.

평소에는 볼 수 없는 어리광 같은 동작에 나는 놀라서 자빌리아를 돌이보았다.

"……자빌리아?"

"피아, 바보 같은 말을 진지하게 받아줘서 고마워. 내가 좀 이상했어. 소중한 것을 착각하다니. ……틀리면 안 되는 것을 틀릴 뻔했어."

그렇게 말하고는 자빌리아는 하늘 위를 맴돌고 있는 청룡들에게 시선을 던졌다.

"저 두 마리는 나에게 맡겨. 있지, 피아. 청룡과 싸우고 싶지 않다고 한 건 내 착각이었어. 내가 하고 싶은 건 피아를 지키는 거였는데."

그렇게 내 대답도 기다리지 않고 위엄있는 날개를 펼치더니 하늘을 향해 푸드덕 날갯짓했다.

자빌리아는 고작 몇 번의 날갯짓으로 청룡들보다 더 높은 곳까지 날아갔다.

청룡들은 갑자기 거리를 좁힌 자빌리아를 경계한 건지 자빌리아의 왼쪽과 오른쪽에 각각 자리를 잡고는 좌우에서 커다란 입을 벌려 위협했다.

나는 하늘에서 대치하는 세 마리의 용을 올려다보며 입안이 바짝 마르는 것을 느꼈다.

……어쩌지. 자빌리아가 체격은 더 좋지만 1대 2는 불리하잖아.

청룡 두 마리는 반려니까 연계해서 공격한다면 받아치는 것도 쉽지 않다.

그렇지 않아도 청룡의 비늘은 딱딱하다는데 자빌리아는 아직 성룡도 되지 않았다. 자빌리아의 이빨이 청룡을 꿰뚫을 수 있을까.

걱정하기 시작하자 불안만이 머리를 스쳤다.

하지만 자빌리아는 내 걱정 따위는 모른다는 양 아래로 강하했다.

청룡 사이에 끼어버리게 되는 진형에도 아랑곳하지 않고 청룡들이 위협하며 포효를 지르는 가운데로 쑥쑥 내려왔다.

그렇게 자빌리아는 아무런 위협도 하지 않고 별안간 한쪽 청룡을 향해 방향을 틀더니 청룡이 대비하기도 전에 그 목에 이를 세웠다.

"……………어?"

대각선 아래에서 전투를 보고 있던 나에게는 자빌리아가 청룡을 한 번 콱 깨물어서 상처를 낸 것처럼 보였다. 그렇게밖에는 보이지 않았다.

그런데 올려다보는 내 눈앞에서 청룡은 자빌리아가 깨문 목이 두 동강이 나더니 중력을 따라 땅으로 떨어져 내렸다.

"다들, 피해!!"

기사들은 소리치면서 청룡의 낙하지점에서 멀어지기 위해 달렸다.

기사들이 부리나케 도망친 그 장소에 두 토막이 나버린 청룡이

굉음과 함께 떨어졌다.

어마어마한 흙먼지가 일어났다.

기사 중 몇 명은 청룡이 떨어진 충격파에 날아가 버리고 말았다.

엉덩방아를 찧은 기사들은 망연자실한 얼굴로 자빌리아를 올려다보았다.

"……………뭐, 뭐, 뭐, 뭐야, 저건?"

"흐, 흐, 흑룡왕은, 이, 이렇게 강한 거야?"

"고, 고, 고, 공포다! 저, 저, 저건, 검은 공포야……!!"

경외하듯 올려다보는 기사들의 시선 끝에는 분노에 눈이 돌아간 또 다른 청룡이 있었다.

번식기를 맞은 청룡에게 자신의 짝이 살해당한 분노는 얼마나 클까.

청룡은 크게 포효하더니 자빌리아를 향해 달려들었고, ……기다리고 있던 자빌리아의 꼬리에 맞아 튕겨 나갔다.

자빌리아는 그대로 날려가는 청룡을 향해 입을 크게 벌리더니 포효하는 듯한 동작을 했다.

음성차단 마법을 펼쳐놓았다고는 해도 자빌리아의 포효는 충격을 동반한다.

나는 반사적으로 몸에 힘을 주었다.

하지만 자빌리아의 입에서 나온 것은 귀를 찌르는 듯한 포효가 아니라 화염으로 이루어진 기둥이었다.

불기둥이 청룡을 향해 일직선으로 뻗어 나갔다.

불기둥은 허공을 대각선으로 날려가던 청룡의 목을 정확하게 관통하고도 줄어들지 않는 위력으로 그 뒤에 있는 숲의 일부를 까맣게 태워버렸다.

숨이 끊어진 청룡은 조금 전에 죽은 청룡과 마찬가지로 아래로 추락하여 굉음과 함께 지면에 내동댕이쳐졌다.

"……………하."

자빌리아가 싸우는 모습은 처음 보았다. 그 무시무시한 힘에 나는 의미를 이루는 말을 빚어내지도 못하고 그저 입을 뻐끔거렸다.

……뭐, 뭐야? 이거.

자, 자빌리아, 저렇게 강했어?

하, 하지만 아직 어린아이인데…….

놀란 것은 주위 기사들도 마찬가지인지, 누구 한 명 움직이지 못하고 그저 우두커니 서 있을 뿐이었다.

전원이 멍하니 바라보는 가운데 자빌리아는 천천히 아래로 내려와 내 근처에 착지했다. 그러고는 얌전히 등을 곧게 펴고는 나를 조용히 응시했다.

나는 아직 어안이 벙벙했지만, 구해줘서 고맙다고 인사하기 위해 자빌리아를 올려다보았다.

그러다 어라? 하고 자빌리아의 외모에서 위화감을 발견했다.

"……자빌리아. 너 뿔이 있었던가?"

잘 보자 자빌리아의 이마 중심부에 멋들어진 뿔이 하나 돋아나 있었다.

하지만 저런 건 지금까지는 없었던 것 같은데……. 어, 뭐지?

"……피아, 나는 왕이 되려고 해."

혼란에 빠진 나를 향해 자빌리아는 결의를 담아 중얼거렸다.

"어? 와, 왕이라고?"

갑작스러운 이야기에 놀라서 되물었다.

어? 그보다 퀜틴 단장님이나 다른 기사도 이미 자빌리아를 흑룡왕이라고 부르고 있는데?

놀라는 나를 보고 자빌리아는 작게 '응' 하고 중얼거렸다.

"무리 지어 다니는 마물은 많이 있으니까, 나 혼자서는 언젠가 수적 열세에 져버릴 때가 올 거야. 그러니까 나는 용왕이 되어 모든 용을 거느리고 올게."

"어……, 아……, 응. 자빌리아가 그렇게 하고 싶다면……."

그러고 보면 전에도 왕이 되어야 한다든가 어떻다든가 하는 이야기를 했었지. 자빌리아가 바라는 거라면…… 긍정할 수밖에 없다.

나는 자빌리아의 바람을 인정해야 한다고 생각하면서도, 헤어지게 되는 쓸쓸함에 시무룩해졌다.

"피아, 흑룡은 왕이 되면 뿔이 세 개 돋아나. 나는 계속 왕이 되고 싶어 한 적도 없었고 되는 방법도 몰랐지만, 너를 지키려고 하자 하나가 돋아났어. ……그렇겠지. 혼자뿐인 왕 같은 건 없으니까, 나는 많은 용을 보호하고 거느렸을 때 비로소 왕이 될 수 있고, 증표로서 뿔이 셋 돋아나는 거겠지."

자빌리아는 나를 물끄러미 바라보고는 후후후 웃었다.

"피아의 무모함은 내 상상을 뛰어넘으니까. 너를 지킬 수 있는 존재가 된 뒤에 다시 올게."

그렇게 말하며 자빌리아는 앞다리를 들어 이마 중심에 자라난 뿔을 뚝 부러트렸다.

"⋯⋯헉?!"

나는 놀라서 자빌리아를 올려다보았지만, 그때는 이미 묵직한 소리와 함께 어른 키만큼 길쭉한 뿔이 땅바닥에 푹 박혀있었다.

"모, 모처럼 자랐는데⋯⋯! 무슨 짓을⋯⋯."

"흐, 흐, 흐, 흑룡왕님의 뿔이이이이이이이이이이이이⋯⋯!!"

퀜틴 단장님이 내 목소리가 완전히 지워져 버릴 정도로 우렁차게 소리쳤다.

자빌리아는 퀜틴 단장님과 재커리 단장님을 번갈아 쏘아보고는 마치 위협하듯이 입을 열었다.

"피아를 맡기고 가겠어. 내가 돌아올 때까지 반드시 목숨을 지켜줘."

그러고는 방금 막 떨어트린 뿔을 차서 단장님들 앞으로 굴렸다.

"그건 심부름 값이야. 피아를 지키기 위해, 너희들의 무딘 칼 대신 쓰도록 해."

"흐, 흑룡왕님의 뿔을 제 검으로⋯⋯!!"

퀜틴 단장님이 감격에 겨운 듯 말을 잇지 못했다.

"피아 님을 반드시, 반드시 제 목숨과 바꿔서라도 지키겠습니다!!"

그러더니 자빌리아의 뿔을 갖고 싶은 마음에 홀랑 터무니없는 약속을 해버리고 말았다.

"잠깐만요, 퀜틴 단장님. 마물과의 약속은 깰 수 없어요! 계약이 된다고요!! 좀 더 숙고한 뒤에⋯⋯."

"걱정하실 필요 없습니다, 피아 님! 저는 흑룡왕님의 뿔을 위해서라면 무슨 짓이든 할 수 있습니다!!"

"그, 그러십니까……."

본인의 희망이라면 어쩔 수 없다고 체념한 그때, 자빌리아가 목을 아래로 쭉 굽혀 내 근처까지 얼굴을 내렸다.

그 후 진지한 눈으로 나를 바라보며 입을 열었다.

"피아와 나는 이어져 있으니까, 피아에게 무슨 일이 생기면 내가 죽어."

"뭐?!"

너무도 충격적인 이야기에 놀라서 소리치자, 자빌리아가 후후후 웃었다.

"그래서야. 나는 아직 피아와 하고 싶은 일이 많이 있으니까, 무모한 짓은 하지 말았으면 좋겠어."

"안 해! 반드시 얌전히 있을게!!"

"후후, 그건 피아답지 않은걸. 피아는 피아답게 지내면 돼. 나를 부르면 언제든지 달려올 테니까."

자빌리아는 한쪽 눈을 찡긋 감고는 익살스럽게 고개를 기울였다.

"피아가 나를 잊기 전에 빨리 돌아올게. ……또 봐."

기분이 우울해지지 않도록 자빌리아가 일부러 장난기 어린 태도를 보인다는 건 알지만, 여느 때보다 낮은 목소리로 뱉는 '**또봐**'라는 말을 들은 순간 갑자기 쓸쓸함이 밀려들었다.

"……자빌리아."

그 때문인지 밝은 목소리를 내려고 했는데 갈라진 목소리가 나오고 말았다.

자빌리아. 너 알고 있는 거지?

하룻밤밖에 함께 있지 않았던 지난번과는 다르다.

아무리 시간이 지나도 자빌리아를 잊을 리 없어.

나는 두 손으로 자빌리아의 얼굴을 잡은 뒤 이마를 툭 부딪혔다.

"……그래, 자빌리아. 사랑하는 내 친구. 네가 돌아오는 걸 기다리고 있을게."

내 말을 들은 뒤, 자빌리아는 그 이상 아무런 말도 하지 않고 하늘을 향해 날아올랐다.

그러더니 순식간에 떠나갔다.

기사단장 회의에서 정해진 순서를 떠올린 것은 자빌리아가 시야에 보이지 않게 된 뒤였다.

"퀘, 퀜틴 단장님. 도, 돌을 던져야 해요! 영봉흑악의 돌을 던져주세요!!"

내 목소리에 퍼뜩 정신을 차린 퀜틴 단장님은 자빌리아가 사라진 방향을 향해 늦게나마 돌을 던졌다.

"뭐, 음. 순서는 꼬였지만 절차는 밟았다고 쳐도 되겠죠?"

중얼거리는 내 말에 돌아오는 목소리는 없었다.

주위를 둘러보자 재커리 단장님을 비롯한 모든 기사들이 멍한 표정으로 자빌리아가 날아간 방향의 하늘을 바라보고 있었다.

……아, 응. 자빌리아가 너무 강렬했지.

나도 기사들을 따라 자빌리아가 떠나간 방향의 하늘을, ──── 자빌리아도 바라보고 있을 방향의 하늘을 바라보았다.

아름답고도 무시무시한 전설급 고대종인 '흑룡'.

청룡을 간단히 쓰러트릴 만큼 강하고, 왕을 되고자 하는 고고함을 지닌 미래의 용왕.

그리고 어리광쟁이고, 잠꾸러기고, 질투하고, 빈정거리고, 늘 내 편을 들어주는 나의 귀여운 친구.

기다릴 테니까 빨리 돌아오렴.

23 흑룡 수색 뒤처리

자빌리아의 모습이 보이지 않게 되었다…….

정말로 가 버렸구나…… 하는 생각을 하면서 자빌리아가 날아간 북쪽 하늘을 멍하니 바라보았다.

하지만 그건 나 혼자만이 아닌 건지 주위 기사들도 반쯤 꿈을 꾸는 듯한 감각으로 멍하니 있었다.

어라, 오늘은 멍 때리기 축제인가? 제대로 돌아가지 않는 머리로 그런 생각을 하고 있을 때 가장 먼저 정신을 차린 재커리 제6 기사단장님이 소리를 높였다.

"너희들, 정신 차려!"

……역시 기사단장님이셔. 회복도 빠르고, 벌써 넋을 놓은 부하들을 염려할 정신도 챙기시다니.

감탄하면서 구경하고 있자 재커리 단장님은 주위를 둘러보며 또렷한 목소리로 말을 이었다.

"흑룡왕이라는 공포를 눈앞에서 보고 착란을 일으킨 모양이군! 잘 들어라! 너희가 보고 들었다고 생각한 것은 대부분 공포에 의한 환각이고 환청이다!!"

……네?

재커리 단장님, 무슨 말씀을 하시는 거지?

감탄한 지 얼마나 됐다고 알 수 없는 소릴 하는 재커리 단장님을 미심쩍은 눈으로 쳐다보았다.

어라? 혹시 재커리 단장님이야말로 착란을 일으켜서 이상한 말씀을 하시는 건가?

하지만 내 시선 끝에 있는 재커리 단장님은 진지한 얼굴로, 내 쪽이야말로 괜찮은 거냐는 듯 마주 바라보았다.

"특히 피아, 너! 스스로는 괜찮다고 생각하고 있을지도 모르지만, 너는 완전한 착란 상태야!!"

"네?! 저, 저요?"

갑자기 지목을 받는 바람에 놀라서 무심코 되물었다.

……어? 제가 착란에 빠졌다고요?

스스로는 아무렇지도 않다고 생각했는데 이거 착란 상태인 거예요?!

그, 그럴 리가 없잖아요……, 하고 주위 기사들에게 동의를 구하는 웃음을 보냈지만 시선이 마주친 기사들은 다들 진지한 얼굴로 고개를 끄덕였다.

"그, 그래. 피아! 너는 착란 상태…… 라고, 내가 믿고 싶다."

"마, 맞아! 피아, 네가 평범한…… 거라고 생각하고 싶지 않아."

기사들의 말 중 끝부분은 목소리가 작아져서 잘 들리지 않았지만, 결국 모든 기사가 재커리 단장님의 말을 긍정하는 모양이었다.

"흐어? 즉 저는 정말로 이상한 상태인 거예요?!"

기사들의 말이 가슴을 뒤흔들어 괴성이 튀어나왔다.

어? 나 진짜 이상한 거야?

……어, 어떻게 해야 원래 상태로 돌아갈 수 있는 거지?!

난감해하며 재커리 단장님을 바라보았지만 이미 단장님은 기사들을 향해 말하고 있었다.

"전원! 나중에 내가 현실과 환각을 구별해줄 테니까, 그때까지는 지금 보고 들었다고 생각한 것에 대해선 일절 언급을 금지한다. 알았지?!"

"""알겠습니다!!"""

나 말고 다른 기사들이 다들 입을 모아 대답했다.

……어, 어라? 나만 늦어지다니, 나 진짜로 상태 이상에 걸린 거야?!

……어, 어쩌지?

창백해지는 나와는 대조적으로 재커리 단장님은 기사들을 만족스러운 듯 바라본 뒤 표정을 가다듬고 지시를 내리기 시작했다.

"좋아! 오른쪽부터 세 명은 숲속으로 도망친 성녀님을 찾아와! 남은 인원 중 절반은 나와 함께 재커리 소대에 합류, 절반은 퀜틴과 함께 기디온 소대에 합류해라! 두 소대 다 마물과 교전 중일 가능성이 크니까 조심하도록!!"

재커리 단장님은 나를 향해 '따라와!' 하고 짧게 지시한 후 조금 전에 두고 온 부하들이 있는 동쪽으로 진로를 잡았다.

착란에 빠졌다는 내 상태가 마음에 걸리긴 했지만, 몇 분 동안 재커리 단장님의 뒤를 따라 달려가서 아까 헤어졌던 장소에 도착해 재커리 소대의 기사들과 합류했다.

멀리서 봐도 주위에는 마물이 보이지 않았고, 기사들은 뿔뿔이 흩어져 선 채로 멍하니 하늘을 바라보고 있었다.

……어, 어라?

이것과 같은 광경을 아까도 본 것 같은데?

역시 오늘은 멍 때리기 축제인 건가?

그런 생각을 하고 있을 때 재커리 단장님이 온 것을 알아차린 대장 대리가 빠른 걸음으로 다가왔다.

"재, 재커리 단장님! 도와주러 돌아와 주셔서 감사합니다!"

"그래, 그럴 생각이었는데. ……정리된 뒤인 모양이군."

재커리 단장님은 그렇게 말하며 주위에 시선을 굴렸다.

"전원 무사한가?"

"네. 부상자는 있지만 전원 무사합니다!"

그 말을 듣고 재커리 단장님은 안심한 듯 작게 숨을 내쉬었다.

"마물은? 시체가 부족한 것 같은데……."

보아하니 플라워 혼 디어의 시체가 하나 있을 뿐, 다른 마물의 모습은 보이지 않았다.

"방금 전 서쪽 하늘에 흑룡왕이 나타났습니다! ……너무나도 대단한 박력에 무심코 시선을 빼앗겨 저희도 마물들도 싸움을 멈추고 허공에서 이뤄지는 전투를 바라보았습니다만, ……하하. 청룡이 쓰러진 순간 마물들이 쏜살같이 숲속으로 도망쳤습니다."

"아……, 하늘에서 전투했으니 여기서도 보였나? 그걸 봤다면 도망칠 만도 하지."

대장 대리는 재커리 단장님을 흠칫 놀란 듯이 바라보았다.

"재, 재커리 단장님이시야말로 용케 무사하셨습니다! 하늘로 청룡이 날아오르는 것을 봤을 때는 저런 흉악한 마물을 두 마리나 상대해야만 하다니 걱정이 앞섰습니다!!"

"어……."

"그랬더니 이번에는 흑룡왕이 나타나서, ……아, 그래, 맞다! 재커리 단장님께서는 흑룡왕과 대치하셨죠?! 가까이서! ……저, 정말로 무사하셔서 다행입니다!!"

대장 대리는 기뻐하며 재커리 단장님의 두 손을 잡고는 아래위로 붕붕 흔들었다.

그렇게 재커리 단장님의 손을 잡은 채 부들부들 떨기 시작했다.

"그, 그것은 '검은 공포' 그 자체더군요. 압도적이고, 완전한 마물의 힘. 청룡을 쓰러트리는 흑룡왕을 봤을 때는 솔직히 저희가 전멸하는 미래밖에 보이지 않았습니다……. 다들 그저 망연자실하게 흑룡왕을 바라보고 우두커니 서 있을 수밖에 없었죠. 그런데 흑룡왕은 저희에겐 시선 한 번 주지 않고 북쪽으로 날아갔습니다. 뭐라고 해야 할까요. 흑룡왕의 변덕 덕분에 목숨을 부지했네요……."

"……어, 그래."

재커리 단장님은 대장 대리의 말에 동의한 후 정신을 다잡은 듯 말을 이었다.

"명심해서 들도록! 흑룡이 그렇게 화려하게 날뛰었으니, 당분간 마물은 다가오지 않을 테지만 오늘은 마물이 어떻게 움직일지 예측할 수 없다. 무슨 일이 일어날지 모르니 최대한 빨리 숲에서 탈출하도록. 그리고 이번 전투에는 흑룡을 포함한 기밀 사항이 섞여 있어. 내가 지시를 내릴 때까지는 전원에게 함구령을 내린다. 알겠지!"

"알겠습니다!"

고개를 끄덕인 부하의 모습에 등을 돌린 후 재커리 단장님은 동쪽을 향해 이동하기 시작했다.

"흑룡이 그렇게 요란하게 움직였으니, 기디온 소대와 대치하던 마물도 도망쳤을 가능성이 크겠군."

실제로 기디온 소대와 합류하기 전에 발걸음을 되돌린 퀜틴 단장님 소대와 마주쳤다.

"재커리! 기디온 소대는 전원 무사하다. 흑룡왕님의 고고하신 모습을 보고 마물 쪽에서 도망쳤다고 하더군. 멀리서 모습을 드러내기만 해도 마물들을 쫓아내시다니, 역시 흑룡왕님이셔!!"

"·················그러냐."

재커리 단장님은 순간 질린다는 표정을 지었지만, 부정하지 않고 받아들였다.

여, 역시 대단하세요. 재커리 단장님! 관대함으로는 넘버원이에요!

"좋아, 우리도 숲에서 빠져나간다!"

재커리 단장님은 힘차게 소리친 후 커다란 어깨를 웅크리더니 진심으로 아쉽다는 듯 한숨을 쉬었다.

"하아. 일주일간 야영할 생각으로 짐을 꾸려왔는데, 한 시간도 머무르지 않게 되었으니⋯⋯. 피크닉보다 못하잖아."

그 후 10분 정도가 지나 숲의 입구에 도착했다.

"좋아, 소대별로 갈라져서 점심을 먹도록! 점심식사 후에 각 소대에게 할 말이 있다!"

재커리 단장님이 큰 목소리로 지시하자 기사들이 일제히 움직였다.

나도 돕기 위해 원래 참가해 있던 재커리 소대의 기사들을 향해 걸어갔는데, 재커리 단장님이 내 목덜미를 붙잡았다.

놀라서 뒤를 돌아보는 나에게 재커리 단장님이 일그러진 미소를 지었다.

"너는 이쪽이다. 퀜틴과 나, 셋이서 먹자고."

"네?"

……어, 어라?

재커리 단장님에게서 검은 것이 튀어나와 있는데요.

"잠깐만요. 공명정대하신 재커리 단장님답지 않은 흉악한 무언가가 새고 있는데요. 아니, 기사단장님 두 분과 함께 점심을 먹는다니 저에게는 짐이 너무 무겁습니다. 잠깐, 놔, 놔 주세요. 보내 주세요. 저는 혼자서 차분하게 생각하고 싶은 게 있단 말입니다."

떠나버린 자빌리아에 대해서, 자빌리아는 언제 돌아올까, 그런 것들을 찬찬히 생각하고 싶거든요.

하지만 내 말을 들은 재커리 단장님은 가면이라는 티가 나는 무표정으로 고개를 끄덕였다.

"그러냐. 나는 이래 봬도 기사단장이야. 너보다 오래 살았고, 경험도 있지. 자, 너의 그 고민을 나에게 상담해봐라."

그러면서 나를 질질 끌고 갔다.

"잠깐만요. 너무하세요. 재커리 단장님……."

연행되는 도중에 몇몇 기사들과 눈이 마주쳐서 도와달라는 기대를 담아 바라보았지만, 다들 쓴웃음을 지으며 손을 살랑살랑 흔들어줄 뿐이었다.

"큭……. 이 수직 사회의 노예들 같으니."

나는 다른 기사들에게서 떨어진 장소로 질질 끌려간 뒤 퀜틴 단장님과 함께 땅바닥에 앉게 되었다.

"좋아. 피아, 퀜틴. 너희 두 명 다 틀림없이 나에게 할 말이 있을 거다! 모조리, 몽땅, 얼마든지 들어줄 테니까 말해!!"

재커리 단장님은 바닥에 털썩 주저앉은 후 팔짱을 끼고 나와 퀜틴 단장님을 번갈아 바라보았다.

힐끗 쳐다보자 바위처럼 단단한, 무언가를 결심한 표정을 짓고 있었다.

……아아, 이 분위기 저 아주 잘 알아요!

심문이 시작될 예감이 물씬 풍기는군요.

심문 담당은 재커리 단장님이십니까.

반면 제 유일한 아군은 퀜틴 단장님…….

네, 숫자상으로는 2대 1로 압도적으로 유리하네요.

하지만 어째서일까요.

완벽하게 패배해버리는 미래밖에 보이지 않습니다…….

24 제6기사단장 주재 심문위원회

"재커리에게 이야기하라고? 별일이군. 네가 내 이야기를 듣고 싶어 하다니."

먼저 말문을 연 사람은 퀜틴 단장님이었다.

재커리 단장님을 미심쩍게 바라보면서 입을 연 퀜틴 단장님이었으나, 잠깐 뒤에는 어떠한 장면을 상상한 건지 황홀에 젖은 표정으로 바뀌었다.

"재커리, 너도 보았지 않나! 흑룡왕님의 신성한 모습을! 용체(龍體)가 승화하여 그토록 아름다운 고대종으로 진화하시다니!! 그 모습을 보고 만 너는 이미 완벽하리만치 웅장하고 화려한 흑룡왕님 앞에서 무릎을 꿇을 수밖에 없겠지!! 그 완전하고 무결한……."

"좋아, 알았어! 네가 내 말을 조금도 이해하지 못했다는 걸 아주 잘 알았다, 퀜틴!"

재커리 단장님은 영문을 알 수 없는 감동에 젖어있는 퀜틴 단장님의 말을 가로막은 뒤 내 쪽을 보았다.

"피아, 그렇다면 너부터! 나에게 할 말 있지?"

"재커리 단장님께서 어떤 것을 물어보고 싶어 하시는지는 압니다! 하지만 확고하게 부정하겠습니다!"

나는 재커리 단장님을 정면에서 바라보며, 중요한 것이니 강한 어조로 단언했다.

"흐음? 그토록 뚜렷한 관련성을 보여줘 놓고 관계가 없다고 잡아떼는 거냐?"

재커리 단장님은 눈을 가늘게 뜨더니 팔짱을 낀 팔에 힘을 주었다.

"뚜렷한 관련성이라니 뭘 말씀하시는 건가요? 완전히 단장님의 트집이잖아요!"

"아니, 트집은 무슨. 어딜 봐도 너와 가까워 보였는데."

"트집입니다! 실제로 재커리 단장님께서 말씀하시는 대머리 마초 교관님과 저는 친척도 뭣도 아니니까요! 완벽한 남남입니다!!"

"잠깐! 너는 무슨 소릴 하는 거야!"

무의식적인 듯 팔짱을 풀고 놀란 표정으로 물어보는 재커리 단장님을 향해 나는 질 수 없다고 기세를 더하며 말을 이어갔다.

"당연히 대머리 마초 교관님 이야기죠!! 제 머리카락을 잘 보세요! 풍성하니까요!! 그리고 제 아버지인 돌프도 풍성합니다! 저희 집안에 대머리는 없어요! 그러니 단장님께서 말씀하시는 대머리 마초 교관님과는 친척도 아니고 아무런 관련도 없습니다!!"

"........................... 좋아, 너희 둘 다 사태의 중대성을 전혀 이해하지 못했다는 걸 알겠다! 둘 다 등 똑바로 펴!!"

재커리 단장님은 순간 말문이 막혔다가, 바로 정신을 차린 뒤 크게 외쳤다.

퀜틴 단장님과 나는 두 손을 무릎 위에 올린 뒤 등을 곧게 펴고 재커리 단장님을 바라보았다.

그 순간 나는 중요한 것을 깨닫고 '아!' 하고 소리쳤다.

"왜 그래? 피아."

물어보는 재커리 단장님에게 허둥지둥 매달렸다.

"재, 재커리 단장님! 깜빡 잊어버렸는데 저 제정신이 아니었어요!"

"뭐?"

"착란 상태 말입니다! 재커리 단장님께서 말씀하셨잖아요! 저는 착란 중이라고! ……아, 그래서 한창때의 15살 소녀를 대머리마초로 착각하는 환각을 본 거군요!! 으아아, 착란 상태가 이렇게 무시무시하다니!!"

"아니, 잠깐만! 애초에 나는 널 대머리 마초로 착각한 적도 없고, 내가 말한 착란 상태라는 건 그런 뜻이 아니야! 즉…… 아니, 잠깐. 왜 나만 이렇게 필사적인 건데? 야, 퀜틴. 나머지는 네가 설명해!"

별안간 이야기의 배턴을 넘겨받은 퀜틴 단장님은 순간 얼굴을 찌푸렸으나, 역시 기사단장답게 아무 일도 없었다는 양 입을 열었다.

"즉 재커리는 무릎을 꿇고 싶어질 정도로 웅대한 흑룡왕님을 사역하는 피아 님을 천상의 신처럼 받들어 모시고 싶다고 아뢰고 있는 모양입니다."

"갈!! ……퀜틴, 너 왜 그러는 거야?! 나름대로 우수했던 녀석이 왜 이렇게 되어버린 건데?! 총장님께서 말씀하시던 대로군! 유능한 기사가 피아와 엮이기만 하면 이상해진다더니."

전광석화와도 같은 기세로 퀜틴 단장님의 말에 이의를 제기했지만, 그런 재커리 단장님의 말에 내가 반론했다.

"잠깐만요, 재커리 단장님! 정정을 요구합니다! 퀜틴 단장님께선 처음 만났을 때부터 지금까지 철두철미하게 이상하셨습니다! 단 한 번도 이상하지 않은 순간이 없었습니다! 이건 제 영향이 아니라 퀜틴 단장님께서 본래 지니고 있던 자질이라고요!"

"하하하, 피아 님. 제가 피아 님만 다른 이와 다르게 보이는 것처럼 피아 님께는 제가 다른 이와는 다르게 보이는 겁니까. 이거 대단한 영광이군요."

내 고충을 엉뚱하게 받아들인 퀜틴 단장님은 여느 때와 같이 괴이쩍은 대답을 했다.

"들으셨죠? 재커리 단장님! 명백하게 퀜틴 단장님을 헐뜯었는데도 이렇게 긍정적으로 받아들이시잖아요!! 이건 평범한 상태가 아니죠?!"

퀜틴 단장님과 나는 둘이서 재커리 단장님을 향해 서로 자신이 옳다고 주장했지만, 재커리 단장님은 우리를 물끄러미 바라본 채 한동안 아무런 말도 하지 않았다.

"……재, 재커리 단장님?"

걱정이 되어 말을 걸자 재커리 단장님이 눈을 감았다.

"나는 지금 너희들의 상식 수준을 파악하기 위해 열심히 노력 중이다. 너희들의 대화를 나는 전혀 이해할 수 없어. 대단한데. 이렇게나 내가 모르는 이야기를 할 수 있다니, ……너희들 정말로 대단해."

"어, 그, 그러세요? 재커리 단장님께 칭찬을 빌으니까 기쁘네요……."

칭찬을 듣고 무심코 실실 웃음을 흘리자 재커리 단장님이 눈을 부릅떴다.

"그래, 내가 잘못했다! 지금 그건 완곡한 비아냥이야!! 너에게 통할 줄 알았던 내가 나빴다! 피아, 나는 널 칭찬하지 않았어. 칭찬한 것처럼 보이지만 정반대를 표현하는 고급 테크닉이지. …… 아니 그보다, 제발. 이런 걸 설명하게 만들지 말아줘. 내가 진짜 어떻게 해야 하는지 모르겠다!"

퀜틴 단장님은 머리를 부여잡는 재커리 단장님의 어깨에 손을 올린 뒤 위로하듯이 말을 건넸다.

"재커리, 너는 지금까지 보이는 것밖에 받아들이지 못하는 불감증이었지. 하지만 너는 이곳에서 크게 비약하는 거다. 피아 님의 위대함을 느껴라! 그리고 받아들여라! 그렇게 하면 너도 나처럼 세계를 올바르게 이해할 수 있게 될 거다!!"

"시끄러워! 이미 네가 무슨 말을 하는지 모르겠거든!! 아무튼 너는 닥치고 있어!!"

말다툼을 하는 두 기사단장을 앞에 두고 이건 글러 먹었다고 판단한 나는 건설적인 제안을 하기로 했다.

"두 분 다 그쯤 해두세요. ……이렇게 된 이상, 밥을 먹어야겠군요."

"……뭐?"

내 말의 의미를 이해하지 못한 건지 눈을 자꾸만 깜빡이는 재커리 단장님을 향해 나는 방긋 웃었다.

"재커리 단장님도 퀸틴 단장님도 배가 고프시니까, 사소한 일로 짜증이 나는 겁니다. 푸흐흐. 어린아이 같네요. 아무튼 기다려 주세요. 제가 단장님들의 식사를 가져올 테니까요."

"아니, 잠깐. 피아……."

뒤에서 재커리 단장님이 소리쳤지만 나는 들리지 않는 척하며 식사를 받으러 갔다.

……후후, 그런 사람 있죠.

배가 고프면 기분이 나빠지는 타입. 설마 재커리 단장님께서 그런 타입이셨을 줄은 몰랐지만요.

재커리 단장님께선 기사단장님이신데 어린아이 같으시네요.

우스워하면서도 가장 가까이 있던 퀸틴 소대의 기사들에게 다가가 3인분의 점심 식사를 받았다.

"감사합니다! 준비도 돕지 않고 식사만 받으러 와서 죄송합니다."

면목이 없어서 사죄하자 어째서인지 쭈뼛거리면서 나를 힐끗힐끗 쳐다보던 기사들이 우르르 이야기하기 시작했다.

"바보야, 무, 무슨 소릴 하는 거야! 네게 인사할 사람은 우리들이야. 피아, 너는…………, 아, 아니. 아무것도 아니다. 그, 그러니까, 뭐냐. 많이 먹어!"

"그, 그래. 부족하면 더 받으러 와. 절대로. 사양하지 말고!"

"네, 감사합니다! 후후, 기사 여러분들은 참 친절하세요."

웃는 얼굴로 기사들에게 인사하자 얼굴을 찡그리더니 우물쭈물 불분명한 목소리로 무언가를 중얼거렸다.

"아니, 네게 그런 말을 들으면……."

"아, 젠장. ……침묵의 맹세는 골치 아프다니까. 인사도 못 한다니."

"네? 뭐라고 말씀하셨어요?"

제대로 알아듣지 못해서 물어보자 기사들은 손을 붕붕 내저었다.

"아, 아니, 아무것도 아니야. 음, 너는 먼저 너 자신을 지키는 걸 배우라고."

"지키고 있는데요? 그래서 점심을 잘 먹으려고 준비도 안 도왔으면서 뻔뻔하게 식사를 받으러 왔잖아요?"

"……하아. 이제 됐어. 아무튼 단장님들께 식사를 가져다드려. 결과적으로 당일치기 일정이 되었지만 식량은 일주일 치 준비해 왔거든. 얼마든지 먹어도 돼."

"네, 감사합니다!"

순식간에 피곤해진 모습을 보이는 기사들을 보고 의아해하면서도 3인분의 식사를 들고 의기양양하게 단장님들이 있는 곳으로 돌아가려다가 재커리 단장님이 바로 뒤에 서 있다는 걸 알아차렸다.

"어라? 못 기다리겠어서 오신 거예요? 혹시 아침도 안 드시고 오셨어요?"

우스워하며 물어보자 짧은 침묵 후에 기가 막힌다는 듯한 대답이 돌아왔다.

"……너는 참 평화롭구나. 부러워."

그렇게 말하며 재커리 단장님은 내가 들고 있던 3인분의 식사를 받은 뒤 선두에 서서 걸어갔다.

"잠깐만요, 돌려주세요. 기사단장님께 나르게 하다니 언어도단이라고요. 신입 기사의 일을 빼앗지 말아 주세요."

재커리 단장님은 이쪽을 돌아보지도 않고 노골적으로 탄식했다.

"너를 신입으로 분류해도 괜찮은 건지 판단하지 못하겠어. 가끔 너는 어마어마하게 침착해서 퇴역을 코앞에 둔 노병이라고 하는 게 더 잘 어울리는데."

"세상에, 재커리 단장님께선 어떻게든 저를 대머리 마초로 분류하고 싶으신 거군요? 좋습니다!"

대꾸하는 나에게 재커리 단장님은 가볍게 고개를 내저은 후 어깨를 축 늘어트렸다.

"하아, 피아. 너 대머리 마초에서 일단 벗어나. ……알았어. 확실히 식사는 중요하지. 네 머리에 영양분이 부족한 것 같다. 내 몫까지 먹어도 되니까 밥 먹어라."

그렇게 터덜터덜 큰 보폭으로 퀜틴 단장님이 있는 곳까지 돌아간 뒤, 내가 우두커니 서 있다는 걸 알아채고 크게 소리쳤다.

"빨리 와! 네가 앉지 않으면 내가 못 앉잖냐!"

어머나, 재커리 단장님. 레이디가 앉을 때까지 앉지 않는다니, 기사의 모범이시군요.

다만 멀리서 고래고래 소리 지르는 건 감점입니다.

나는 재커리 단장님에게 달려간 뒤 살짝 점프하여 '짜잔!' 하고 입으로 효과음을 내며 앉는 자세로 착지했다.

"어떤가요? 점프하는 척하면서 앉는 고급 테크닉입니다!"

"………정정히미. 너는 그냥 이런애야."

재커리 단장님은 피곤한 듯 몸을 축 늘어트리고는 내 몫의 점심을 건네주었다.

곱게 싸여있는 꾸러미를 풀자 마이 러브 하얀 빵이 들어있었다.

신이 나서 히죽히죽 웃으며 천천히 먹었다.

작게 뜯은 빵을 입안에 넣고 있었더니 나를 쳐다보던 재커리 단장님과 눈이 마주쳤다.

"왜 안 드시는 겁니까? 저는 2인분을 먹을 수 있을 만큼 대식가가 아니니까 드세요. 기사들도 일주일 치 식량을 준비했는데 당일치기가 되어서 식량이 남는 바람에 난감해하던데요. 부족하시다면 또 받아올게요."

고개를 기우뚱 기울이며 그렇게 묻자, 재커리 단장님은 한탄한 후 점심 식사 꾸러미를 풀기 시작했다.

그러더니 안에서 하얀 빵을 꺼낸 다음 딱 두 입 만에 다 먹어버렸다.

"와. 재커리 단장님, 입이 크시네요!"

놀라서 눈이 휘둥그레지자 재커리 단장님은 깊은 한숨을 쉬었다.

"……정말, 너는 하나부터 열까지 다 즐거워 보여서 참 행복해 보인다. 하지만 뇌에 영양분이 부족했던 건 나도 마찬가지인가. ……피아."

새삼스럽게 부르는 이름에 등을 똑바로 펴고 '네' 하고 대답했다.

그러자 재커리 단장님도 등을 곧게 피더니 두 손을 무릎 위에 올린 뒤 머리를 깊게 숙였다.

"네게 고맙다고 인사하마."

"⋯⋯컥?"

깜짝 놀라서 입안에 있던 빵을 그대로 삼켜버렸다.

"우읍, 컥, 커허억⋯⋯."

하지만 재커리 단장님은 내 고통을 눈치채지 못한 채 말을 이었다.

"나는 기사단장으로서 기사들의 목숨을 책임져야 해. 하지만 몽록, 플라워 혼 디어, 바이올렛 보어, 청룡 등 연달아 마물이 나타난 오늘, 한 명의 사망자도 내지 않았던 것은 네 덕분이다. 기사단장으로서 네게 깊이 감사한다."

그렇게 말하며 재커리 단장님은 계속 머리를 숙였다.

"아뇨, 콜록, 콜록, 콜록, 재⋯⋯ 커리 단장님! 저는 아무것도 한 게 없는데요. 자비⋯⋯ 흑룡과 기사들이 열심히 한 거죠. ⋯⋯ 저기, 제발 고개를 들어주세요."

가까스로 목에 걸려있던 빵을 넘긴 나는 여전히 머리를 숙이고 있는 재커리 단장님이라는, 어떻게 반응해야 할지 알 수 없는 광경을 앞에 두고 동요했다.

왜 이러는 건지 난감해서 안절부절못하는 와중에 재커리 단장님은 드디어 고개를 들더니 진지한 표정으로 입을 열었다.

"피아, 너는 기사들을 지키기 위해 숨기고 있는 힘을 썼지?"

"네헤?!"

재커리 단장님의 말에 놀라서 나도 모르게 소리쳤다.

"네? 어, 아, 그, 저기, 제가 무언기를 수, 숨, 숨기고 있나요?

그, 그리고, 그걸 사용했어요?"

재커리 단장님의 갑작스러운 고발에 허둥대며 대답하자, 옆에서 퀜틴 단장님이 놀란 듯 목소리가 커졌다.

"네?! 피아 님께서 힘을 숨기려고 하셨습니까? 아니, 모든 것을 훤히 드러내어 무엇 하나 숨기지 않는 태도가 대단하다고 감탄하고 있었는데요. ……어? 어떤 부분을 숨기려고 하셨습니까?"

가르쳐주신다면 힘을 숨기는 것에 협력하겠다고 퀜틴 단장님이 작은 목소리로 소곤거렸지만, 당연히 그 목소리는 재커리 단장님에게도 들렸다.

나는 어찌할 바를 모르고 '아아아아아' 하며 두 손으로 얼굴을 덮었다.

어? 뭐야, 이 상황??

재커리 단장님께선 뭘 알고 계시는 거지?

그리고 퀜틴 단장님은 아군이야? 아니면 방해하는 적인 거야?

어떻게 해야 할지 알 수 없어 두 손으로 계속 얼굴을 가리고 있는 내 머리 위로 재커리 단장님의 목소리가 내려왔다.

"몽록의 토벌 방법을 알고 있는 것, 플라워 혼 디어의 특성을 알고 있는 것, 다른 소대가 조우한 마물의 종류와 수를 먼 거리에서 파악하고 있던 것, 다른 기사의 사역마를 통제한 것, 그리고 흑룡을 사역한 것. ……전부 너 말고는 아무도 할 수 없는 일이지."

"……………."

"하지만 너는 지금까지 특수한 힘을 드러낸 적이 없으니까, 숨기고 있다고 추측했다. 그런데 이번에는 모든 상황에서 힘을 숨기지 않고 기사들을 구하는 쪽을 선택했지. ……피아, 나는 네 선택을 존중해. 그리고 그런 선택을 한 네게 불이익을 주진 않을 거다."

결의한 듯 강인한 말을 앞에 두고 나는 쭈뼛쭈뼛 고개를 들어 얼굴을 덮고 있는 손가락 틈새로 재커리 단장님을 살폈다.

"재커리 단장님……?"

벌어진 손가락 사이로 훔쳐본다는 무례한 행동을 하는 나에게 재커리 단장님은 몹시 진지한 얼굴로 시선을 돌려주었다.

"내 근간은 기사다. 그리고 기사단 입단 때 '기사의 십계'를 맹세했지. 생명의 은인을 해한다면 십계를 어기는 것이 돼. ……더는 기사일 수 없게 된다."

"………………."

"그러니 나브 왕국 흑룡 기사단장의 이름을 걸고 네게 맹세한다. 네가 숨기려 하는 비밀을 지키고, 너를 보호하겠다고."

"……재커리 단장님."

"기사단장의 이름을 걸고 한 맹세는 절대적이야. 깨트릴 때는 기사를 그만두는 때, 즉 죽을 때다. ……미안하다, 피아. 먼저 이 이야기를 한 뒤에 네 상황을 물어봐야 했는데."

재커리 단장님은 일단 말을 끊은 후 표정을 살짝 누그러트렸다.

"너는 말할 수 있는 것, 하고 싶은 말만 해. 무슨 이야기를 듣는다고 해도 나는 그걸 퍼트리지 않을 테고, 너를 지키겠다. 그렇다고 모든 것을 말할 필요는 없어."

한 마디 한 마디에 무게를 실어 남아낸 후 재커리 단장님의 입이 다물렸다.

그러고는 팔짱을 끼고 내 말을 기다리고 있다.

……결의에 찬 눈빛으로 바라보는 재커리 단장님을 앞에 두고 나는 가슴이 벅차올라 한동안 아무런 말도 할 수 없었다.

……재커리 단장님, 너무 멋있어요…….

◇ ◇ ◇

재커리 단장님의 너무나도 멋진 자세에 순간적으로 대답을 하지 못한 채 말없이 바라보고 있었더니, 옆에서 퀜틴 단장님이 끼어들었다.

"재커리, 네가 꼽은 피아 님의 위업들 말인데. 흑룡왕님의 힘으로 추측된다."

"흑룡이라고……?"

갑자기 언급된 이름에 재커리 단장님은 생각에 잠기듯 눈썹을 찡그리고는 미심쩍은 듯 중얼거렸다.

반면 퀜틴 단장님은 긍정하듯이 고개를 크게 끄덕였다.

"그래. 이미 너도 알고 있을 테지만, 피아 님께서 어깨에 태우고 다니신 파랑새형 마물은 흑룡왕님께서 의태 하신 모습이었다. 흑룡왕님에 대해서는 천 년도 더 전부터 기록이 남아있지. 즉, 흑룡왕님은 천 년이 넘는 지식과 힘을 지닌 존재라는 뜻이다. 마물의 특성을 아는 것, 멀리서 마물을 파악하고 다른 기사에게 예속된 사역마를 통제하는 것. 이건 전부 흑룡왕님의 힘에 의한 것이겠지."

"……그런 거냐? 피아."

재커리 단장님이 물어보기에 나는 하나씩 생각해 보았다.

"네? 어……, 마물의 특성은 당연히 자비, ……흑룡은 알고 있을 겁니다. 각 소대가 마주친 마물의 종류와 수에 대해서는 흑룡이 가르쳐준 게 맞고요. 사역마를 통제한 것도…… 그러고 보면 흑룡이 특수한 위협음을 내서 도와주었어요."

어, 어라? 실제로 거의 자빌리아가 도와준 거였네?

음, 뭐. 전부 성녀 본래의 업무가 아니니까. 내가 무능한 건 아니지. ……아마도?

순식간에 무능해진 느낌이 든 나는 기가 죽어서 재커리 단장님을 올려다보았다.

재커리 단장님은 잠시 침묵하며 나를 바라보았지만, 무언가 수긍했다는 듯 고개를 끄덕였다.

"그게 네 대답이라면 나는 받아들이마."

……어?

뭔가 의미심장한 뉘앙스네요.

아니, 실제로 그게 정답인데요. 성녀라는 부분을 제외한다면……
그렇다는 거지만.

성녀라는 부분……. 마물의 특성을 잘 아는 건 전생에 성녀로서 많은 마물을 쓰러트린 경험 때문이라거나, 사역마를 통제할수 있었던 건 성녀의 피 냄새에 의한 것이라거나, ……이건 말할수 없지.

아니면…… 지금이 성녀라는 사실을 고백할 타이밍인 걸까?

그렇게 생각한 순간 갑자기 온몸이 부들부들 떨리기 시작했다.

순식간에 심장 박동이 빨라지고 얼굴이며 등에서 땀이 뚝뚝 떨어졌다.

숨을 쉬는 것조차 어려워져서 호흡이 얕고 짧아졌다.

"피아?"

재커리 단장님이 내 변화를 알아보고 의아해하며 말을 걸었다.

걱정하고 있으니 안심시켜줘야 하는데. ……그렇게 생각했으나 전신에서 힘이 빠져 상반신이 땅바닥에 처박혔다.

쓰러진 채 입을 뻐끔거려도 괴로운 숨소리가 새어나갈 뿐 목소리는 나오지 않았다.

──아아, 안 돼.

나는 땅바닥에 엎드린 채로 전생을 떠올렸다.

──힘이 절대적으로 차이가 나.

재커리 단장님은 강하다. 퀜틴 단장님도 강하다.

자빌리아도 어마어마하게 강하다. 사비스 총장님도 시릴 단장님도 무지막지 강하다.

………하지만 마왕의 오른팔은 그 수준을 아득하게 능가해…….

내가 성녀라는 걸 알면 그 마인은 즉시 나를 죽이러 올 것이다.

만약 재커리 단장님이, 퀜틴 단장님이, 자빌리아가, 사비스 총장님이, 시릴 단장님이…… 나를 지키려고 한다면, 그 결과는 기사들과 흑룡의 시체 더미로 이어진다.

──도저히 그런 미래는 볼 수 없다.

나는 땅바닥에 쓰러진 채 얕은 호흡을 반복했다.

목에서 쌔액쌔액 이상한 소리가 나오기 시작하고 숨을 쉬는 게 어려워졌다.

숨을 거의 쉴 수 없는 고통으로 인해 자연스럽게 눈물이 뚝뚝 흘러내렸다.

……괴로워.

하지만 목숨이 끊어지는 것은 더 괴로워.

나 대신 기사들이나 자빌리아가 죽는 건 더욱더 괴로워.

재커리 단장님은 멋지고 든든한 모습을 보여주었지만, 나는 그 기개에 답할 수 없어…….

왜냐하면 지금 고백한다는 건 기사들이 개죽음을 당하는 미래를 그리는 셈이니까.

용기와 무모함은 다르다. 마왕의 오른팔은 기사들이 100번을 싸워도 한 번도 이길 수 없는 상대다.

그런데 내가 고백한 순간부터 재커리 단장님은 위험부담을 지게 된다.

내가 성녀라는 정보── 그것은 마왕의 오른팔에게 알려지면 치명상이 될 수 있는 정보이기 때문에 아는 것 자체가 위험이다.

재커리 단장님은 기사들을 구하고 싶어 한 내 선택을 인정해주었다.

내가 무슨 이야기를 해도 비밀을 지키겠다고, 기사단장의 이름을 걸고 약속해주었다.

그렇기에………… 괴롭다.

성의를 보여준 재커리 단장님에게 진실을 고백하지 못한다는 게, 그 어떤 성의도 돌려줄 수 없다는 게 너무나도 괴롭다.

나는 아무 말도 하지 못한 채 눈에서 눈물이 흐르는 걸 느끼며 그저 고통스러운 호흡을 반복했다.

"……피아."

재커리 단장님의 목소리가 들려 시선만 움직였다.

재커리 단장님은 그런 나를 조용히 내려다보고는 쓰러진 나를 신중하게 일으켜서 품에 안았다.

내 머리가 재커리 단장님의 심장 높이에 올라오도록 앉혔다.

내 목에서는 여전히 부자연스러운 소리가 새어 나오고 숨을 들이마시는 것도 내쉬는 것도 어려웠다.

의식이 몽롱해진 나에게 재커리 단장님이 평소보다 느릿한 어조로 말을 걸었다.

"피아, 내 심장 소리가 들려?"

귀에 의식을 집중하자 재커리 단장님의 심장이 차분하면서도 힘차게 두근, 두근 뛰는 게 느껴졌다.

도저히 목소리가 나올 것 같지 않아서 작게 고개를 끄덕이자, 재커리 단장님은 여느 때보다 온화한 목소리로 말을 이었다.

"착하지. 내 심장 박동과 네 심장 박동을 맞춰. 숨을 천천히 들이마셔. 그리고 더 천천히 내쉬는 거야. …………그래, 잘하네."

재커리 단장님의 크고 따뜻한 손이 내 등을 위에서 아래로 느릿느릿 쓰다듬었다.

내 눈에서 흐르는 눈물로 재커리 단장님의 기사복이 젖어버렸지만, 단장님은 아랑곳하지 않고 차분한 목소리로 호흡을 가다듬어주었다.

그대로 한동안 재커리 단장님의 목소리에 맞춰서 숨을 들이마시고 뱉기를 반복하자 호흡이 원래대로 돌아왔다.

그에 맞춰서 떨림도 잦아들고 땀이 멈췄다.

그러고도 잠시 눈을 감고 가만히 있었더니 혼란스러웠던 머릿속이 침착해졌다.

───재커리 단장님께는 죄송하지만, 어쩔 수 없지.

같은 순간이 100번 반복되어도 나는 같은 선택을 할 것이다.

전생에…… 기사들은 나에게 늘 이렇게 말했다.

대성녀의 가치와 기사의 가치는 다르다고.

기사는 대성녀의 방패가 되지만, 반대는 있을 수 없다고.

하지만 나는 한 번도 그 말에 승복하지 않았다.

기사든 성녀든 그 가치는 다르지 않다.

기사가 성녀의 방패가 된다면 나도 기사의 방패가 된다.

───그렇게 말하며 나는 기사들의 목숨을 지켜왔다.

기사들이 내 목숨을 지켜준 것처럼.

그러니…… 나는 성녀임을 고백하지 않는다.

그것이 재커리 단장님에게 위험요소가 되는 한.

나는 그렇게 결심한 뒤 '후우……' 하고 크게 숨을 내쉬었다.

재커리 단장님은 내가 진정한 것을 안 건지 쓰다듬던 손을 멈추고 내 등에서 떼어냈다.

"피아, 미안하다. 무리시켰구나. 이야기는 여기까지 하자.

⋯⋯물을 마실 수 있다면 마시도록 해."

그렇게 말하며 물을 건네주었다.

나는 입술을 조금 축일 생각으로 입에 가져갔다가, 한 모금 마셨더니 하도 맛있어서 꿀꺽꿀꺽 전부 마셔버리고 말았다.

물을 마시자 몸이 개운해지고 기운이 났다.

나는 재커리 단장님의 가슴에 손을 올린 뒤 얼굴을 올려다보며 생긋 웃었다.

"재커리 단장님, 감사합니다. 진정됐고 기운도 났어요."

"⋯⋯⋯네 회복력은 참 경이롭구나."

재커리 단장님은 안도한 듯 작게 웃은 후 어린아이를 달래듯이 등을 토닥토닥 두드렸다.

나는 작게 마주 웃은 다음 재커리 단장님을 정면으로 응시하며 인사했다.

"재커리 단장님, 제 행동을 인정해주셔서 감사합니다. 제가 무슨 이야기를 한다고 해도 비밀을 지키겠다고 약속해주셔서 기뻤어요. 하지만, ⋯⋯죄송합니다. 이 이상은 아무런 말씀도 드릴 수 없습니다."

재커리 단장님은 내 진의를 확인하듯이 물끄러미 바라보았다.

지금이 중요한 타이밍이라는 생각에 노려보듯이 마주 바라보자, 잠시 후 무언가를 읽어낸 건지 재커리 단장님은 살짝 고개를 끄덕인 뒤 '알았어' 하고 중얼거렸다.

그러고는 진지한 얼굴로 나를 바라봤다.

"피아, 우리가 네게 고마워한다는 건 기억해둬. 네가 말하고 싶지 않다면 하지 않아도 돼. ……하지만 나는 언제든지 들을 준비가 되어있어. 그러니 내가 필요해진다면 언제든지 불러. ──── 그게 내 감사의 뜻이다."

재커리 단장님은 거기서 입을 다물고는 나를 일으켜 세워 단장님의 무릎에서 내렸다.

"피아, 피곤할 테니까 먼저 성으로 돌아가. 나는 다른 녀석들과 할 이야기가 있으니 동행할 수 없지만, 대신 기사를 몇 명 붙여주마."

다른 기사들에게 할 이야기라는 걸 내가 듣지 않아도 되는 건지 의문이 들었으나, 몸이 비틀거리는 걸 자각하고 이대로 남아있어봤자 아무런 도움이 되지 않는다는 걸 깨달았다.

기사단장이 나를 필요 없다고 판단한 것이라면 방해가 되지 않도록 성에 돌아가는 게 정답일 테지만, 다른 기사를 붙인다는 건 나를 걱정하기 때문이겠지.

그런 식으로 다른 기사들에게 폐를 끼치는 건 면목이 없다.

"그, 저는 성에 돌아갈 테지만 다른 분들은 바쁠 테니까 혼자서도 괜찮은데요."

"…………그 녀석들도 성에 용건이 있어."

재커리 단장님이 한 박자 늦게 그렇게 말했지만, 거짓말인 게 훤히 보였다.

……음, 이거 완전히 저를 걱정해서 붙여주시는 거군요.

하지만 이제 팔팔해졌으니까 만약 낙마 같은 걸 걱정하시는 거라면 괜찮은데요?

그렇게 생각하면서도 호의를 내치는 것은 니무한 느낌이 들어서 얌전히 받아들이기로 했다.

돌아갈 준비를 하면서 말에 짐을 싣고 있을 때, 배웅하러 온 재커리 단장님이 무겁게 입을 열었다.

"피아, 이번 일은 사건이 사건인 만큼 사비스 총장님께 보고드려야만 해. ……하지만 보고 내용은 잘 검토하마. 네게 나쁘게는 하지 않을 거야."

재커리 단장님의 말을 듣고 결국 나는 거의 아무것도 설명하지 않았다는 걸 새삼 떠올렸다.

즉 현시점에서 재커리 단장님의 정보는 한정적이고, 그중에서 정보를 정리해 총장님께 보고하려면 지극히 까다로울 것이다.

그런데도 나를 배려해 아직 정보가 정리되지 않은 상황에서도 나를 안심시키기 위해 말을 걸어주다니…….

나는 무심코 한숨을 흘려냈다.

……하아, 재커리 단장님. 정말 너무 멋있어요……….

【SIDE】 제6기사단장 재커리

제6기사단장인 나, 재커리 타운젠트가 피아를 처음 본 것은 기사단 입단식 때였다.

예년대로 입단식이 진행되는 가운데 갑자기 사피스 총장님의 모범 시합 참가가 공지되어 깜짝 놀라 사회석을 돌아봤던 기억이 난다.

순간 사회가 말이 헛나온 건가 의심했는데, 파랗게 질린 얼굴로 이쪽을 바라보는 사회를 봤을 때 틀림없이 총장님께서 지시한 사항임을 눈치챘다.

총장님은 규범을 원리로 움직이는 어른처럼 보이지만 장난기 어린 돌발행동을 일으킬 때도 꽤 있다.

하지만 상대역으로 나온 아담한 소녀 기사를 봤을 때는 총장님의 장난기가 이상한 방향으로 작용했다고 고개를 갸웃거릴 수밖에 없었다.

……총장님께선 이 소녀 기사를 상대로 뭘 확인하시려는 거지?

총장님 상대로는 일격도 버티지 못할 테고, 애초에 발이 움츠러들어서 제대로 움직이지도 못하는 거 아니야?

아니나 다를까, 소녀 기사는 오른쪽 팔과 오른쪽 다리가 동시에 나가는 기묘한 걸음걸이를 보여주었다.

부하 기사들이 보였다면 웃음을 터트렸을 테지만, 총장님과 모범 시합을 해야 하는 소녀 기사이다 보니 동정심이 샘솟았다.

측은해하며 바라보고 있었더니 '얼음의 기사'로 유명한 알디오와 그 동생 레온이 소녀 기사에게 달려가 무언가 이야기를 했다.

……아, 저 녀석은 돌프의 딸인가 보군.

제14기사단 부단장 돌프는 기사단에 소속된 세 명의 아이가 있다. 그렇다면 저 녀석이 네 번째인가?

돌프의 딸치고는 작고 말랐다. 아쉽게도 체격적인 유리함은 타고나지 못한 모양이었다.

기사 가문 출신이라면 다소 실력이 있을지도 모르지만, ……저 체격으로는 총장님 상대로 일격도 못 버틸 테지.

총장님과 검을 맞댄다는 건 살면서 한 번밖에 없을 기회일 테니 좋은 기념이 되었다고 생각해준다면 좋을 텐데.

그렇게 생각하며 지켜보자, 소녀 기사———피아 루드는 큰소리로 이름을 외친 뒤 총장님을 향해 달려갔다.

……오, 다리가 굳지 않는 것만으로도 대단한데.

감탄하는 와중에 총장님까지 5m 정도 남은 지점에서 별안간 피아의 속도가 올라갔다.

어마어마한 속도로 발도하며 총장님에게 휘둘렀다.

쿵! 하는 둔한 소리가 나며 검을 받은 총장님의 전신에 힘이 들어간 것이 보였다.

———뭐지? 저 검은.

어마어마하게 무거운 검이잖아. 저건.

놀라는 내 눈에 피아가 잇달아 총장님을 공격하는 게 보였다.

점점 속도가 올라가더니 한 번, 한 번의 소리가 시간과 함께 한 층 무거워졌다.

하지만 정말로 주목해야 하는 점은 피아가 총장님의 한쪽만 집중적으로 공격하고 있다는 점이었다.

———뭐지? 뭘 노리는 거야?

피아의 노림수를 알 수 없어 노려보듯이 싸움을 관전하고 있었더니, 갑자기 피아의 검이 날아가 시합이 종료되었다.

기사들은 총장님의 승리에 환호성을 질렀으나 나는 분하다는 듯 입술을 깨무는 총장님에게 시선을 빼앗겼다.

……이게 무슨 일이지. 사비스 총장님께서 패배를 느끼시다니.

정말로 총장님은 시합 무효를 선언했다.

그 후 피아가 사용하던 검이 어마어마한 효과가 부여된 마검이라는 게 판명되었다. 하지만 그 이상으로 문제가 된 것은, 왜 피아가 총장님의 왼쪽만 공격했냐는 부분이었다.

총장님에게 신문을 당한 피아는 총장님의 동작에서 다리의 부상을 간파하였기 때문에 상대적으로 약해진 왼쪽을 공격했다고 자백했다.

———대단한 신입이 다 있구나.

나는 믿어지지 않는 기분으로 작게 고개를 내저은 후 다시금 피아 루드를 바라보았다.

총장님이 회장에 들어온 뒤로 아주 짧은 시간밖에 지나지 않았다. 그 잠깐 시이에 피이는 아무도 눈치채지 못한 총징님의 옛 부상을 간파했다는 건가?

아무리 마검을 지니고 있다고 해도 그토록 압도적인 강자의 위엄이 느껴지는 총장님을 상대로 움츠러들지 않고 맞설 수 있었다는 건가?

직전에 간파한 총장님의 부상을 고려하여 공격에 반영할 수 있다는 건가?

이 짧은 시간 내에?

─────말도 안 돼.

하지만 가장 말도 안 되는 것은, 약점을 노리고 공격한 피아가 총장님에게 수상함이 철철 묻어나는 얼굴로 '기사도 정신입니다'라는 거짓말을 했다는 점이었다.

……이 녀석, 총장님을 상대로 거짓말이라니.

대단하잖아. 강철 심장이야.

그날 총장님은 피아 루드의 이름을 기억하겠다고 선언했다. 그리고 나에게도 그 이름은 뚜렷하게 각인되었다.

다음으로 피아와 만난 것은 연회 자리에서였다.

그날은 내가 단장으로 임명받은 제6기사단의 기사들이 마물 토벌을 하러 나간 날로, 전리품으로 가져온 마물의 고기를 재료로 고기 파티를 열자며 즐거운 연회가 개최되었다.

하지만 연회가 시작되기 전에 시릴 제1기사단장에게서 호출을 받게 되었다.

그날 마물 토벌에는 훈련을 위해 제1기사단의 신입 두 명을 동행시켰는데, 무언가 문제라도 발생한 건가?

아쉽게도 나는 다른 건으로 연회 시간 직전까지 외출했었기 때문에 부하들의 보고를 들을 시간이 없어 상황을 파악하지 못한 채 나를 부르러 온 제1기사단의 기사와 함께 식당으로 향했다.

식당에 도착하자 일부 구역을 잘라내서 만든 개별실에 들어갔다.

주위를 둘러보자 오늘 토벌에 동원된 제6기사단의 기사들이 기립해 있고 그들과 마주 보는 위치에 흉흉한 미소를 지은 시릴과 표정을 여전히 읽을 수 없는 사비스 총장님이 있었다.

……보통 일이 아니군.

분명하게 말해서, 성가신 일이다.

나는 우리 기사들의 표정을 보며 총장님과 시릴 앞까지 걸어 나갔다.

시릴은 딱딱한 미소를 지으며 나를 정면으로 바라보았다.

"불러내서 죄송합니다. 오늘은 기사들이 마물 토벌로 대단한 성과를 거두었기에 그 수완을 칭찬할 생각으로 모여달라고 했습니다."

……거짓말이군.

나는 시릴의 딱딱한 미소를 보면서 부하들을 한 바퀴 둘러보았다.

……너희들, 무슨 짓을 한 거냐?

필두 기사단장님께서 이보다 더 화낼 수 없을 만큼 언짢아하고 계시는데?

답을 듣기 전에 입구에서 두 명의 기사가 들어왔다. 그중 한 명은 피아였다.

……아하.

오늘 우리 기사단의 마물 토벌에 동행한 신입 기사 중 한 명이 피아였나.

시릴은 피아를 포함해 그 자리에 있던 기사 전원을 의자에 앉혔다.

그 후 앉은 기사들을 내려다보는 위치에 섰기에 나도 조용히 근처에 섰다.

총장님은 조금 뒤로 물러나 있었다. 아무래도 상황을 지켜보시려는 모양이었다.

총장님이 동석하시다니, 더욱더 보통 일이 아니다.

나는 팔짱을 끼고 기사들을 향해 선 후 상황을 지켜보기로 했다.

시릴의 이야기는 이러했다.

오늘 토벌에 심연에 사는 마물이 출현했다.

그런데 누구 한 명 죽지 않고 마물을 몰아세우던 수완이 대단하다, 칭찬하겠다.

————————하지만.

시릴이 우연히 그 장소에 있을 때, 마물 토벌을 지휘하던 사람은 경험이 풍부한 제6기사단의 기사들이 아니라 제1기사단의 신입 기사인 피아였다.

어째서냐. 무슨 생각인 거냐.

시릴은 날카로운 얼음 같은 목소리와 마왕을 불방케 하는 싸늘한 미소로 부하들을 추궁했다.

시릴이 극대노 상태인 것은 누가 봐도 명백했다.

나는 나 자신을 달래기 위해 일순 눈을 감고 작게 숨을 내쉬었다.

그 후 눈을 뜬 뒤 노려보듯이 부하들을 바라보았다.

……너희들, 대체 뭘 한 거냐?

하지만 현명한 부하들은 침묵을 고수하며 아무도 입을 열지 않았으니 정보가 부족해서 뭐라고 할 수가 없었다.

유일하게 입을 연 사람은 시릴에게 지명을 받은 피아였다.

상황을 파악하려고 진지하게 이야기를 듣고 있던 나였으나, 피아가 말하는 내용은 조금도 이해할 수 없었다.

왜냐하면 피아는 심연에 사는, 처음 보는 마물의 토벌 지휘를 도감에서 읽은 지식과 꿈으로 꾼 경험만으로 해냈다고 했기 때문이다.

———그런 게 가능할 리가 없다.

처음 보는 상대이자 그 숲의 고유종이기도 한 마물을 상대로 냉정침착하게 움직임을 관찰하면서, 명백하게 부족한 전력으로도 한 치의 실수 없이 몰아세웠다고?

———절대적으로 불가능하다.

그렇게 간단하다면 다들 순식간에 유능한 지휘관이 되어 숲의 마물은 진작에 섬멸해버렸을 것이다.

피아의 너무나도 황당한 발언에 어안이 벙벙해져 있는 사이에도 피아는 계속해서 마물과 대치했을 때——— 즉, 아주 짧은 시간 내에 처음 본 마물의 특성을 간파하고 해당 개체의 생명력과

잔존 생명력을 가늠했다고 설명했다.

피아는 생명력을 측정하는 방법을 설명했지만, ……하하하. 저런 방식은 몇백, 몇천, 몇만의 마물을 토벌하지 않으면 체득할 수 없다.

불가능하다고.

뭐야, 이 신입 기사는.

기사 중에 한 명, 이질적인 게 섞여 있잖아.

하지만 나를 가장 뒤흔들어놓은 것은 피아가 시릴에게 항의하는 광경이었다.

시릴이 마왕과도 같은 미소로 기사들을 협박하는 가운데 당연한 귀결로 다들 핏기를 잃고 암울해 하며 시선을 내리깔고 있었는데, 피아는 고개를 똑바로 들고 시릴을 바라보고는 자신의 손은 맛있는 고기와 술을 잡기 위해 존재한다고 단언했다.

……이 녀석, 대단한데.

총장님의 자리에 계시는 앞에서 필두 기사단장에게 큰소리를 치다니.

피아에게 새삼 호기심이 솟았으나, ───그날 밤의 기억 중 일부는 기사로서 잊어야만 하는 것이 되었다.

피아의 배가 세 살짜리 어린아이처럼 볼록 튀어나왔다는 기억을.

매일 기사로서 훈련하고 있는데도 근육이 붙지 않는다며 한탄했다.

어떻게 해야 하냐는 질문에 나는 연회에서 처음으로 대답이 곤궁해졌다.

그리고 지금까지의 나를 깊이 반성했다.

──피아의 말이 맞다.

포괄으로 불평하다니, 축복받은 인생이다.

세상에는 피아의 배처럼 어떻게 해도 답이 없는 게 존재하는데.

그날부터 나는 내 복근을 두고 한탄하는 것을 그만두었다.

동시에 올바른 기사도를 걷는 자로서 피아의 배에 대한 기억을 잊어버리기로 했다.

◇ ◇ ◇

세 번째로 만났을 때, 피아는 퀜틴과 함께 있었다.

피아는 유독 차분하게 행동하며 지난번 연회에서와는 다르게 선을 그은 태도로 웃었다.

……역시 그 세 살짜리 배를 보여준 게 창피해서 없었던 일로 하고 싶은 거겠지.

나는 지난번의 결의를 떠올리고 기사로서 피아의 배에 대해서는 잊겠다고 다시금 나 자신에게 맹세했다.

피아와 함께 온 퀜틴에 대해서는 장기 원정의 영향으로 뇌의 상태가 안 좋다며 시릴이 걱정했지만, 정말 그 말대로였다.

평소 옷차림에서 문제를 일으킨 적이 없었던 퀜틴이 축축하게 젖은 상태로 어전회의에 나타났다. 정상적인 상태일 리가 없다.

놀라서 무슨 일이냐고 묻자 지극히 진지한 얼굴로 피아 님이 입에 머금고 있던 물을 뿜은 것이라 대답했다.

젖은 것을 왜 안 닦는 건데?

왜 신입 기사인 피아에게 존댓말을 쓰고 심지어 '님'을 붙여서 부르는 건데?

의심스러워하며 멀찍이서 바라보자 피아에게서 단어 선정 센스가 엉망이라고 매도당한 퀜틴이 피아에게 필사적으로 매달리기 시작했다.

징그러워서 등에 소름이 돋았다.

……환장하겠네. 퀜틴이 본격적으로 이상한 취향에 눈을 떠버린 것 같다.

인간이란 이렇게 갑자기 이상한 성벽에 눈을 뜨기도 하는 건가?

─── 퀜틴은 고고한 존재였다.

혼자 있는 것을 좋아해서 홀로 있을 때가 많지만, 필요에 따라 제대로 부하를 통제할 수 있는 훌륭한 기사단장이었다.

말수는 적어도 필요한 충고나 조언은 아낌없이 직언할 수 있는, 유능한 기사였는데.

그게 고작 반년 정도 보지 못한 사이에 이렇게 되어버리다니.

시릴의 말대로 원인은 전부 장기 원정으로 쌓인 피로라 시간과 함께 회복되기를 간절히 기도했다.

어전회의 자리에 총장님이 입실하였으니 일단 사태가 수습되겠다고 안심했으나, 이번에는 시릴과 퀜틴이 피아를 두고 싸우기 시작했다.

……이건 증식하는 병인 건가?

시릴은 필두 공작가의 가주이자 필두 기사단장이기도 하기 때문에 상황 파악능력이 몹시 탁월하다.

어떤 상황에서도 자신의 감정은 뒷전으로 미루고, 타인의 감정을 적절히 제어하여 자신에게 유리해지도록 유도하는…… 사람이었는데. 지금까지는.

시릴, 너까지 왜 그러는 거야?

혼란스러운 사태를 정리할 요량으로 피아에게 나한테 오라고 하자, 시릴과 퀜틴 두 사람이 어마어마한 속도로 나를 돌아보며 노려보았다.

하이고야. 둘 다 중증이군.

하지만 가장 중증인 건 피아인 건지도 모른다.

시릴, 퀜틴, 나라는 세 가지 선택지 중 한 명을 골라야 할 상황이었는데도 불구하고 어째서인지 처음 보는 클라리사 제5기사단장을 선택했다.

왜지?

나는 피아의 생각을 도저히 읽지 못하겠다.

피아의 사고회로를 조금도 이해할 수 없어서 고뇌하는 나를 뒤로 피아는 클라리사에게 붙어서 싱글벙글했다.

행복한 녀석. 저런 녀석은 언제든, 어떤 곳에서든 혼자 행복하다.

그리고 그만큼 주위 사람들이 고생한다.

나는 시릴을 아주 조금 동정했다.

그 후 나는 조금 건방지다는 인상이 있는 퀜틴의 부관, 기디온까지 피아에게 함락된 장면을 목격했다.

늘 삐딱하게 비아냥거리던 기니온이 자신의 반 토막도 안 될 만큼 작은 피아의 발치에 엎드려 무어라 간청하고 있다.

와, 진짜로 소름 돋아.

저거 정말 기디온 맞나? 다른 사람 아니야?

하지만 말을 건 나에게 보이는 반응은 평소와 똑같아서 본인이 라는 걸 의심할 수 없게 되었다.

피아와 엮이는 사람이 연달아 이상한 행동을 보인다는 사실에 소름을 느끼면서도, 그날은 흑룡 수색이라는 중대사를 앞두고 있 었기 때문에 그 이상 깊게 생각하지 않고 머리에서 털어냈다.

그리고 나중에 그것이 정답이었음을 알게 되었다.

왜냐하면, 그날 경험한 일은 그때까지 있던 모든 것을 날려버 릴 만큼 대사건이라서, 지금까지 고민한 것은 사소한 수준으로 내려가 버렸기 때문이다.

사소한 일에 시간을 들이는 건 헛수고다.

대사건…… 즉, 흑룡과 조우한 피아의 행동은 상식에서 벗어나 있었다.

처음부터 끝까지.

먼저 몽록이나 플라워 혼 디어 토벌 때 건넨 조언들.

백 보 양보해서 퀸틴과 피아가 주장한 것처럼 흑룡에게 받은 조 언을 그대로 옮긴 것이라고 해도 피아는 지나치게 침착했다.

그만큼 흉악한 마물을 보면 보통은 당황해서 평정을 잃는다.

그런데 딱 중요한 타이밍에 연신 적확한 지시를 내린다.

그 완벽한 지시가 전부 흑룡이 시키는 대로 움직인 결과라면 그 건 그거대로 대단하다.

그리고 사역마 통솔.

퀜틴도 피아도 흑룡의 힘이라고 증언했으나, 지시를 받을 때 사역마들이 바라보는 방향은 흑룡이 아닌 피아 쪽이었다.

틀림없다. 사역마들의 지휘관은 피아다.

다만 내가 눈치챌 정도다.

마물기사단장인 퀜틴은 당연히 눈치채고 있을 디이다.

그런데 왜 퀜틴은 일부러 흑룡의 힘이라고 오해를 유도했는가.

······이건 나중에 캐물어야겠군.

게다가 피아를 향해 일직선으로 덤벼들었던 청룡들.

나는 이전, 시릴이 몹시 화를 냈었던 피아 지휘 사건 때를 떠올렸다.

애초에 그 사건은 현장에 있던 지휘관이 플라워 혼 디어에게 날아가는 바람에 의식을 잃어 지휘할 사람이 사라진 것이 발단이었다.

B랭크의 플라워 혼 디어조차 그 자리의 지휘관을 단숨에 간파하고, 교란을 위해 가장 먼저 지휘관을 노렸다.

플라워 혼 디어보다 더 지능이 뛰어난 S랭크의 청룡이 왜 나나 퀜틴이 아니라 피아를 노렸는가.

답은 하나다.

그 자리에서 가장 가치 있는 존재가 피아라는 뜻이다.

피아의 어디에 가치가 있는 건지는 모른다.

모르지만, 적어도 청룡은 피아에게서 가치를 보았다.

그 짧은 시간에 찾아낼 수 있을 만큼 압도적인 무언가의 가치가 피아에게 있다는 뜻이 된다.

그리고 몸을 날려서 피아를 감싼 흑룡.

대륙의 삼대마수 중 하나이자 전설의 고대종인 흑룡이 피아에게 완전히 예속되어 있었다.

흑룡의 압도적인 힘을 목격한 뒤이니 피아가 어떻게 사역마 계약을 맺은 건지 상상도 가지 않았지만, 실제로 그 절대적인 검은 왕은 피아를 맹종하고 있었다.

피아를 감싸고, 피아를 위해 싸우고, 피아를 위해 자신의 뿔을 잘랐다.

특히 마지막, 뿔을 자른 행동은 예속의 범주를 넘었다고 본다.

피아의 뒤에는 자신이 있다고 강렬한 인상을 심어주는 위협행위.

피아, ……너는 흑룡에게 얼마나 강한 집착을 받고 있는 거냐.

나는 자연스럽게 깊은 한숨을 쉬고는 왜 이렇게 문제가 한꺼번에 중첩된 거냐고 내심 욕설을 뱉었다.

하지만…… 짜증이나 불만 등 다양한 감정이 가슴속에 휘몰아쳤으나 마지막에 남은 것은 피아에게 고마워하는 마음이었다.

피아는 무언가를 숨기고 있다.

그리고 피아가 여태까지 일으킨 일련의 불가사의한 행동은 전부 그 숨기고 있는 것과 연관이 있는 게 틀림없다.

───하지만 결국 피아는 선량한 사람이다.

그 비밀은 피아에게 아주 중요한 것일 테지만, 저울에 달았을 때 피아는 반드시 비밀을 지키는 것이 아닌 기사들의 안전을 우선시했다.

무언가를 열심히 숨기고 있으나 기사들의 안전이 위험해지면 모든 것을 버리고 구하러 간다.

결과 기사들은 누구 한 명 죽지 않고 모두 무사했다.

이게 얼마나 감사한 일인지, 죽음과 직면한 적이 있는 사람밖엔 모를 것이다.

"⋯⋯하지만."

피아에게 고마움을 느끼면서도 무의식중에 그런 말이 흘러나왔다.

"그렇게 숨기는 게 어설퍼서야, 당장에라도 피아의 비밀이 만천하에 드러나는 거 아니야?"

애초에 피아는 숨길 때의 기개가 부족하다.

무언가를 진심으로 감추고 싶다면 누가 죽든 소중한 것을 잃어버리든 모든 것을 버린다고 해도 숨겨야만 한다.

그렇게까지 하지 못하겠다면, 어차피 끝까지 숨기지도 못할 테니까 일찌감치 포기하는 게 낫다.

피아의 진실은 불명이지만, 중대한 문제를 밝혀봤더니 지극히 단순한 것이었다는 일도 많이 있다.

아마 피아가 숨기려 하는 것, 불가사의한 행동의 원인도 단순할 것이다.

그리고 본인 말고 다른 인간에게는 썩 중요하지 않은 것일지도 모른다.

본인에게는 소중한 비밀이지만 다른 사람이 들어보면 별것 아니었다는 사례는 왕왕 있곤 하니까.

그렇게 조언하고 싶지만, 조금 전 쇼크 증상을 보였던 피아를 떠올리면 간단히 이야기하라고는 할 수 없어졌다.

아마 피아는 우리에게 비밀을 고백해야 하는지 주저하다가……
그 결과 쓰러질 정도로 극심한 스트레스를 받은 것일 테니까.

피아에게는 고백할지 말지 고민하는 것만으로도 쇼크 증상이
나올 만큼 심각한 문제인 거겠지.

그리고 고민한 끝에 그것을 **말할 수 없다**고 했다.

──말할 상대로서 내 신뢰가 부족하니까.

그때의 광경을 떠올린 나는 나 자신의 부족함에 입술을 꾹 깨
물었다.

피아는 전신에서 땀을 흘리며 숨을 쉬는 것도 어렵다는 듯 바
닥에 쓰러졌다.

눈을 질끈 감은 채 고통스러운 호흡을 거듭했고, 가까스로 말
을 할 수 있는 상태가 되자 굳게 결의한 눈으로 아무 말도 할 수
없다고 단언했다.

노려보듯이 바라보던 피아의 견고한 시선이 떠올랐다.

──그 눈은 무언가를 지키려고 하는 눈이다.

피아가 여태까지 보인 행동을 감안했을 때, 지키려는 대상은
본인이 아닌 다른 누군가다.

그리고 참으로 한심하지만, 그 누군가의 범위에는 분명 나도
포함되어있을 터이다.

피아는 숨기고 있는 무언가의 힘을 드러내면서까지 기사들
을── 나를 구하는 것을 우선했다.

그런데 목숨을 건진 나 자신은 피아가 걱정거리를 털어놓을 수

없을 만큼 미덥지 못하다.

더군다나 피아는 나를 지키려고 하고 있다니…….

나는 폐부 깊은 곳에서 우러나오는 한숨을 뱉었다.

팔짱을 낀 팔에 힘이 들어갔다.

……이런 게 기사단장이라니, 어처구니가 없군.

신입 기사 한 명을 지키기도, 고민을 털어놓을 상대가 되지도 못하다니.

그러니…… 나는, 더 강해져야만 한다.

성실하고 이해심 있는 기사가 되어야만 한다.

피아가 나를 필요로 할 때, 이번에야말로 제대로 의지할 수 있는 사람이 되도록.

다음에 강대한 마물과 마주쳤을 때, 하다못해 피아의 방패가 될 수 있도록.

——그것이 기사단장이라는 이름을 짊어진 자의 의무다…….

나는 한숨을 한 번 내뱉으면서 가슴속에 응어리져있던 한심한 자신에 대한 짜증을 토해냈다.

그 후 앞으로 할 일을 위해 마음을 다잡았다.

뒤를 돌아보자 흑룡 수색 때 나는 소대별로 점심을 먹는 기사들이 시야에 들어왔다.

기사들을 보면서 나도 모르게 '어떻게 해야 할까……'라는 중얼
거림이 흘러나왔다.

흑룡 수색에 참여한 기사는 3개 소대로 나뉘어 있으나, 각 소
대에서 피아에 관련된 인식과 이해에 차이가 있다.

앞으로 피아에게 무슨 일이 일어났을 때 많은 이가 대응할 수
있도록 전원이 정보를 공유해야 하는가. 아니면 문제의 심각성을
고려하여 최대한 적은 인원으로 정보를 은닉해야 하는가.

두 가지 선택지 사이에서 흔들리며 옆에 서 있는 퀜틴을 힐끗
쳐다봤다.

……현시점에서는 올바른 판단을 내리기 위한 정보가 너무 부
족하다.

우선 최대한 많은 정보부터 모아야 한다.

"퀜틴, 너에게 물어보고 싶은 게 있는데. 잠시 와 봐."

퀜틴을 기사들에게서 떨어진 나무 밑으로 데려간 뒤, 무언가
추궁할 때의 습관대로 코앞에서 얼굴을 들여다보았다.

"퀜틴, 오늘 아침 내가 이번 수색에서 흑룡이 나타날 확률을 물
어봤을 때 너는 10할이라고 대답했었지. 너, ……전부터 피아의
사역마가 흑룡이라는 걸 알고 있었지?"

"그래."

몹시 침착한 퀜틴의 대답에 분노가 터져 나왔다.

"그래는 무슨! 너, 왜 그런 중요한 정보를 다물고 있었던 거야?!"

"피아 님의 사역마가 흑룡왕님이라는 결정적인 증언은 피아 님
께도 흑룡왕님께도 듣지 못했으니까. ……즉, 피아 님께서 표명하

지 않으신 사실을 내가 나서서 떠드는 것은 잘못이라 판단했다.”

“아니, 잘못이라거나 그런 문제가 아니잖아! 흑룡이라고! 흑룡을 사역한다는 게 얼마나 대단한 건지는 제가 제일 잘 알고 있을 텐데! 왜 그런 상태인 피아를 내버려 둔 거야!”

“그건 내가 마물에 대해 가장 잘 알고 있기 때문이다. 재커리, 사역마의 증표는 마물을 복속시킬 때까지 걸린 시간에 비례해서 굵어진다는 건 너도 알고 있지?”

그렇게 말하며 퀸틴은 자신의 소매를 걷어 올렸다.

퀸틴의 옷 아래로 사역마의 증표가 드러났다. 그 증표는 마치 뱀이 빙글빙글 휘감고 있는 것처럼 손목에서 위팔까지 대각선으로 이어져 있었다.

“봐라. A랭크의 그리폰을 사역했을 때 생긴 내 사역마의 증표다. 복종까지 시간이 걸렸기 때문에 이 증표는 어깨까지 이어져 있고, 그리폰이 저항했기 때문에 하나의 선이 되지 못해 군데군데 끊어져 있지. 이게 일반적인 증표다. ……하지만 피아 님의 증표는 전혀 달라. SS랭크의 흑룡왕님을 사역했는데도 사역마의 증표의 폭은 1mm고, 조금도 끊어진 곳이 없는 깨끗한 선의 형태다. 고작 한 바퀴로 끝나버리는 1mm 넓이. 가장 짧으면서 완전한 사역마의 증표. ……최강의 마물인 흑룡왕님께서 눈 깜짝할 사이에 완전 복종하셨다는 뜻이다.”

“……그래.”

고개를 끄덕이는 나에게 퀸틴은 부정하듯이 고개를 좌우로 내저었다.

"아니, 재커리. 너는 몰라. ……완전 복종한 사역마는 계약자의 감정을 읽을 수 있다. 즉, 계약자의 명령이 없어도 사역마가 먼저 계약자가 바라는 바를 헤아려 미리 계약자의 바람을 실현시킨다. ……알겠어? 피아 님은 단 한 번도 당신의 사역마가 흑룡왕님이라 명언하지 않으셨다. 그런데 허가 없이 피아 님의 사역마가 흑룡왕님이라고 폭로해봐. 흑룡왕님께서 순식간에 눈치채고 이야기를 한 자도 들은 자도 모조리 고깃덩어리가 되었을 거다! 실제로 일어나지 않았더라도 그럴 우려가 있지."

"………………."

퀜틴이 하고 싶은 말을 알게 될수록 오싹한 감각이 등을 타고 기어올랐다.

퀜틴은 그런 나를 보고 고개를 끄덕인 후 말을 이었다.

"나는 피아 님께 흑룡왕님과 계약을 맺었을 때의 이야기를 들었다. 크게 다치는 바람에 유체화하신 흑룡왕님을 피아 님께서 회복약을 먹여 치유하셨다고 말씀하셨지. ……솔직히 말해서 의문투성이다. 자기치유능력이 최대한으로 높은 고대용종이 치유할 수 없는 상처를 외부의 작용으로 치유하다니, 아무리 생각해봐도 불가능해."

그때를 상상하는 건지 퀜틴은 머리를 쓸어올리며 허공을 응시했다.

"하지만 피아 님께서 거짓을 말씀하실 필요는 없으니 사실일 거다. 다만, 틀림없이 피아 님께선 핵심을 생략하셨어. 그러니 나는 전체상을 파악하지 못하지. 그러나 나는 본인이 이야기할 마음이 없는 것을 절대 여쭤볼 수 없다. 흑룡왕님께서 조금이라도 피아 님의 뜻을 거스른다고 판단하시면 그 순간 내가 고깃덩어리가 될 테니까."

"무시무시하군……."

상상도 하지 않았던 이야기를 듣고 무심코 중얼거렸다.

"……명심해. 여기서 무서운 것은 흑룡왕님께서 판단하신다는 점이야. 실제로 피아 님의 뜻에 맞는지 아닌지는 문제가 아니다. 피아 님의 뜻에 어긋나는 게 아닌가? 하고 흑룡왕님께서 판단하신 시점에서 아웃이다."

"……피아는 대체 뭘 기르는 거야."

퀜틴의 이야기를 이해한 내 입에서 나도 모르게 그런 말이 흘러나왔다.

……피아 녀석, 아무리 다쳤다고 해도 흑룡을 홀랑 주워버리면 어떡하냐.

홀랑 주울 수 있는 대상도 아니지만.

힘이 빠진 내 앞에서 퀜틴은 고양된 어조로 말을 이었다.

"물론 전설급의 고대종, 흑룡왕님이시지! 잘 들어. 흑룡왕님께서는 멀리 떨어져 있어도 피아 님의 감정을 읽을 수 있다고 하시니, 경솔한 짓은 하지 마."

"……진퇴양난이잖아."

퀜틴의 추가 정보를 들었더니 한층 더 답이 보이지 않게 되었다.

고개를 푹 떨구는 나를 퀜틴이 측은해하는 눈으로 쳐다보고는, 무언가를 떠올렸다는 듯 말을 덧붙였다.

"재커리, 너는 피아 님을 대할 때 조금 더 신중해져야 해. 조금 전도 그렇지. 네가 피아 님께 조심성 없는 질문을 하는 바람에 피아 님께서는 발작적인 고통을 맛보셨다. 그때 피아 님께서 순간적으로 너를 원망했다면 흑룡왕님께서 공간을 가르고 나타나 너를 고깃덩어리로 바꿔놨을 거다."

"……너! 그리고 보면 그때 갑자기 우리와 거리를 벌렸지? 피아를 달래기 위해서 네 기척이 방해되지 않도록 떨어진 건 줄 알았는데! 흑룡이 공격했을 때 휘말리지 않도록 도망친 거였구나?!"

"역할분담이다. 네가 고깃덩어리가 되었을 때 누군가가 이 일련의 사태를 보고해야만 하잖아. 네가 그 역할을 완수할 수 없다면 내가 해야지."

"네 말도 틀리진 않아. 틀린 건 아닌데, ……왜 너를 때리고 싶은 거지?"

"그건 네가 속이 좁아서 그런 거다."

"하하하, 너는 이제 그만 닥치자. 살의가 축적될 뿐이니까."

퀜틴을 패고 싶은 충동을 억누르기 위해 '하아……' 하고 크게 숨을 내쉰 뒤 팔짱을 끼고 근처에 있는 나무에 몸을 기댔다.

퀜틴은 그런 나를 바라보고는 여전히 진지한 얼굴로 말을 이었다.

"그러니 사태는 신중에 신중을 거듭해야 한다. 우리가 총장님께 이번 일을 남김없이 보고했을 경우, 그 보고가 피아 님의 뜻에 어긋난다고 판단되면 흑룡왕님의 표적에 총장님도 포함될 테니까."

"………………."

……진짜로 답이 안 나오네.

"하지만 황공하면서도 감사하게도, 흑룡왕님께서는 당신의 뿔을 남기고 가셨지."

"……그게 왜?"

"그런, 달리 존재하지 않는 물질로 검을 만들면 눈에 띄지 않을 방법이 없다. 그리고 누군가가 흑룡왕님의 뿔을 잘라낸다는 건 거의 불가능하니, 다들 흑룡왕님께서 손수 우리에게 뿔을 하사하셨다는 걸 알 수 있지. 즉 흑룡왕님께서 뿔을 내리셨다는 건 당신들의 아군임을 명시해도 괜찮다는 허가라고 봐. 그러니, ……필요최저한의 인원이라면 흑룡왕님께서 피아 님의 사역마라는 것을 밝혀도 괜찮…… 지 않은가, 추측한다."

"어느 정도 확신하는데?"

"기껏해야 3할 정도."

"너, ……흑룡 조우율 발언 때의 자신감은 어디로 간 거야?"

"총장님을 비롯한 기사들의 목숨이 달린 문제다. 희망적 관측으로 답을 낼 수 있는 문제가 아니지."

"너는…… 피아에게서 떨어지면 머리가 멀쩡하게 굴러가는구나."

입 밖으로 나간 목소리는 의도치 않은 곳에서 황당하다는 뉘앙스를 띠고 있었다.

"흑룡왕님께서는 피아 님을 지극히 아끼신다. 그 때문에 피아 님의 허가 없이 어떠한 정보를 밝혀버린다고 해도 그게 결과적으로 피아 님께 도움이 된다면 흑룡왕님께서도 용서해주실 거다."

"피아에게 도움이 된다라……. 그 녀석, 흑룡이 배후에 붙어있는 거라면 이미 최강 아니야? 우리가 힐 수 있는 일이 있나?"

나는 목을 손으로 문지르면서 무심코 혼잣말을 흘렸다.

"그 이상으로 피아는 아주 위험한 인물인데. 네 이야기를 듣는다면 현재 피아와 흑룡은 동일하다고 볼 수 있는 거잖아. 그 녀석을 지금까지 그랬던 것처럼 풀어놔도 괜찮은 건지……."

"문제없다. 피아 님께서는 자애로운 분이시니."

"뭐?"

별안간 터무니없는 말을 하는 퀜틴에게 반사적으로 시선을 던졌다.

"인간의 감정은 이리저리 흔들리지. 한 언동에 대해 순간적으로 어마어마한 분노나 살의가 끓기도 하는 법이다. ……보통은. 물론 잠시 시간이 지나면 그 감정도 가라앉지만, 마물은 그런 감정의 움직임을 이해하지 못해. 왜냐하면 마물은 싫다고 느낀다면 참지 않고 그 자리에서 죽이니까."

"뭐, 그렇지. 마물에게는 자신의 감정과 힘이 전부니까."

무슨 이야기를 하려는 건지 파악하지 못하면서도 일단 퀜틴에게 맞장구를 쳤다.

"그러니 흑룡왕님께서 인간의 감정은 유동적임을 학습하실 때까지 피아 님께서 분노를 느낄 때마다 수많은 인간이 고깃덩어리가 되었어도 이상하지 않다는 거다. 하지만 지금까지 누구 한 명 흑룡왕님께 해를 당한 사람이 없지. ……아마 피아 님께서는 누군가를 몹시 미워하거나 원망하시지 않는 모양이다. 우리 기디온이 피아 님께 몹시 무례한 대응을 했을 때도 흑룡왕님께서는 어린아이 같은 놀림만 돌려주고 멈추셨다는군. 분명 피아 님의 감정이 그 수준의 분노였던 거겠지."

"……뭐, 확실히 피아는 남을 원망하거나 증오하는 타입으로는 안 보여."

"인간은 그리 쉽게 변하지 않아. 피아 님께서 지금 이대로라면 아무런 문제도 없을 거다. 게다가 힘 있는 자를 힘이 있다는 이유만으로 격리해야만 한다면 너도 나도, 총장님이나 시릴도 마찬가지야. 네가 마음만 먹는다면 기사 100명 정도는 섬멸할 수 있잖아?"

"……………."

"하지만 나는 네가 변모하면 기사를 몰살할지도 모른다는 이유로 너를 위험인물로 다루겠다고 생각하진 않아."

"그래, 고맙다."

퀜틴의 설명에 수긍하며 맞장구를 쳤다.

그러자 이번에는 피아의 가족이 신경 쓰였다.

"……그 녀석, 막내였지? 가족들이 어지간히 애지중지하면서 키운 거 아니야? 모두에게 사랑받으면서 자랐기 때문에 악의를 모르고 의심하거나 미워하지 않는 거겠지."

떠오른 것을 입에 담자 퀜틴도 동의했다.

"그럴 가능성이 크지. 피아 님께서는 천진난만하시다. 분명 가족만이 아니라 영지 내의 모든 사람에게 사랑받으며 부족함 없이 자라셨겠지."

나는 등을 맡기고 있던 나무에서 몸을 일으킨 뒤 퀜틴을 데리고 기사들에게 돌아갔다.

걸으면서 결심을 굳혔다.

……이번 정보는 적극적으로 퍼트릴 이야기가 아니야.

대응 방침을 정한 나는 즉시 각 소대를 돌았다.

소대별로 청취를 마치고 사정을 정리한 다음 각 소대 내에서만 정보를 담아두도록 지시했다.

그 후 나는 퀜틴과 기디온을 데리고 총장님에게 갔다.

지극히 피상적인 보고를 하기 위해.

총장님께는 흑룡과 조우했으나 도저히 예속시킬 수 있을 만큼 어리지 않았다는 것, 영봉흑악의 돌을 던지자 흑룡이 둥지로 돌아갔다는 것만을 보고했다.

시기가 오면 추가로 보고를 올리겠다고 덧붙이자 총장님은 무언가를 느끼신 건지 '수고했다'라는 격려의 말과 함께 우리를 해방해주었다.

……그래. 뭐든 우직하게 전부 보고하는 게 총장님을 위한 건 아니지.

보고를 받음으로써 흑룡이 총장님을 노릴지도 모른다는 위험부담이 발생한다면, 정보를 취사 선택해서 보고하는 게 내 책무다.

위험부담은…… 혈기왕성한 시릴 제1기사단장님과, 모든 것을 알아야 하는 입장인 데즈먼드 헌병사령관님이 짊어지라고 해야지.

이 두 사람에게 모든 정보를 제공한 뒤 잠시 기다려봐서 흑룡이 손을 대지 않는다면 흑룡이 공개를 허락한 정보라고 간주할 수 있으리라.

그렇게 된 뒤에야 비로소 총장님에게 보고하면 된다.

나는 퀜틴, 기디온과 함께 시릴과 데즈먼드를 부른 회의실로 향했다.

【막간】 쁘띠 기사단장 회의

"일주일은 숲에 틀어박힐 거라고 들었는데, 어마어마하게 일찍 돌아왔군요. 무슨 일이 있었습니까?"

회의실의 문이 열리고 새커리 제6기사단장이 퀜틴 제4마물기사단장과 기디온 제4마물기사단 부단장을 거느리며 입실하자마자 시릴 제1기사단장이 입을 열었다.

그들이 착석하는 것도 기다리지 않고 질문한다는 건 평소 예의 바른 시릴에게서는 상상도 할 수 없는 모습이었기 때문에 재커리는 말없이 한쪽 눈썹을 꿈틀거렸다.

조금 전에 호출했는데도 시릴과 데즈먼드 제2기사단장은 먼저 도착해 있었다.

아니, 정확하게는 시릴과 데즈먼드는 명백하게 짜증 섞인 모습으로 의자에 앉아 지금 막 입실한 세 사람을 노려보고 있다.

"순서대로 하나씩 해결하지. 오늘 임무는 완수했다. 그리고 출동한 기사는 전원 무사해."

각 잡힌 동작으로 자리에 앉은 재커리는 원탁 위에 놓여있는 물체를 힐긋 본 뒤 전원이 착석한 것을 확인하고 차분하게 말문을 열었다.

발언 내용을 확인한 데즈먼드가 놀란 목소리를 냈다.

"뭐? 임무를 완수했다고? ……검은 왕 송환이 고작 반나절 만에 끝났다는 거야? 그럴 리 없잖아!"

옆에 앉은 시릴도 의심스러워하는 시선을 재커리에게 보냈다.

"데즈먼드의 말이 맞습니다. 당신들이 출발한 것은 오늘 아침인걸요. '별내림 숲'까지 왕복 시간을 감안하면 숲 입구 부근에서 머무르는 시간 정도밖에 없었을 겁니다. 이번 임무가 그렇게 쉽다는 생각은 도저히 들지 않는데요."

지극히 타당한 의견을 입에 담는 두 사람을 앞에 두고 재커리는 무겁게 입을 열었다.

"너희 의견은 지당해. 같은 입장이었다면 나도 똑같이 생각했을 거야. ……답답하게 느껴질지도 모르지만 먼저 이 회의의 취지부터 설명하는 게 너희들이 이해하기 빠를 거다."

알겠다는 뜻으로 가볍게 고개를 끄덕인 시릴과 데즈먼드를 확인한 후, 재커리는 이야기를 계속했다.

"이번 임무 수행 중 처음부터 제1급 비밀정보가 섞여 있었어. 너무 중대한 사안이기 때문에 사비스 총장님에게조차 일부 내용밖에 보고하지 못했지. 현장의 기사들에게도 함구령을 내렸고."

재커리는 거기서 일단 말을 끊은 후 아직 망설임이 남은 듯 표정을 일그러트렸다.

"사비스 총장님께 보고 내용을 축약한 것은 내 판단이다. 그리고 마찬가지로 너희에게 이야기하는 것도 내 판단이지. 시릴, 너는 필두 기사단장으로서 기사단을 총괄하는 입장이야. 데즈먼드, 너는 헌병시령권으로시 모든 정보를 장악해야 하는 입장이지. 너희 두 사람은 앞으로 이야기하는 내용을 알아둘 필요가 있다고 판단했기 때문에 소집한 거지만, ……이 이야기를 들은 순간부터 너희들에게 위험부담이 발생한다. 목숨이 달렸어. 의무로 받아들여."

무겁게 마무리 지은 재커리와 달리 시릴은 아무렇지도 않은 양 대답했다.

"확인할 필요도 없는 사항이군요. 이 목숨은 본래 기사로서 나라에 바쳤습니다. 직무를 위해서 목숨을 거는 건 오래전에 각오한 바입니다."

데즈먼드도 평소와 같은 목소리로 대답했다.

"시릴의 말이 맞아. 여기서 목숨을 아까워할 거였다면 처음부터 기사단장이 되지 않았지."

단호하고 주저하는 기색이 없는 두 사람의 대답에 재커리는 조금 놀란 표정을 지었다.

"그러냐. 너희를 모욕하는 발언이 되었다면 미안해. 하지만 기사단장이 되는 것에 목숨을 건다는 조건은 없고, 그런 위험부담을 짊어져야 한다고 했을 때 이렇게까지 동요하지 않고 받아들인다는 건 보통이 아니라고 보는데. 너희들은 자신을 자랑스럽게 여겨도 돼."

마지막엔 혼잣말처럼 중얼거리더니 재커리는 기디온을 향해 몸을 틀었다.

"기디온, 너에게는 퇴장할 자유를 주마. 지금 들은 대로 앞으로 나올 이야기를 안다는 건 목숨을 걸어야 해. 내용이 사역마와 관련된 것이니 퀜틴에게 무슨 일이 생기면 네가 알고 있는 게 좋지만, 들을지 말지는 네가 판단해. 검은 왕 수색에 동행했다고는 해도 네 소대는 따로 행동했기 때문에 핵심은 모르니까 여기서 이탈하는 건 네 자유다."

"제, 제가 선택할 수 있는 일이라면 듣고 싶습니다! 저도 마물기사단의 일원입니다! 힘이 되게 해 주십시오."

기디온은 망설임 없이 회의실에 남기로 했다.

재커리는 고개를 살짝 끄덕인 후 만족스러운 듯 살짝 입꼬리를 끌어올렸다.

"대단한 녀석들이군. 한 명도 빠지지 않다니."

그 후 재커리는 가볍게 팔짱을 낀 뒤 전원을 한 바퀴 둘러보았다.

"그럼 본론으로 들어가지. 처음으로 돌아가서, 검은 왕 송환 임무는 완수했다. 너희가 의문으로 생각하듯 그런 넓은 숲에서 딱 한 마리의 마물을 찾아내고, 더군다나 그 전설급으로 강력한 마물을 영봉흑악으로 돌려보낸다는 걸 반나절 만에 완수하는 건 보통은 불가능한 일이지."

그 후 재커리는 힐끗 시릴을 쳐다보고는 이상한 어조로 질문했다.

"시릴, 피아에게 사역마가 있다는 건 알고 있었어?"

"당신의 이야기는 참 갑작스럽군요. 네, 압니다. 실제로 소개도 받았으니까요. 파랑새형 마물인 블루 도브로, 피아를 아주 잘 따르더군요. 사역마의 증표도 확인했는데 통상적으로는 상상할 수 없을 만큼 가느다란 선이었습니다. 그 마물은 피아에게 무척 동조적이었던 거겠죠."

그게 뭐 어떻냐는 듯 고개를 기울이고 재커리를 보는 시릴에게 재커리는 진지한 얼굴로 입을 열었다.

"피아의 사역마는 블루 도브가 아니야. ……흑룡이다."

"……네?"

시릴은 눈을 크게 깜빡이면서 조금도 이해하지 못한다는 얼굴로 재커리를 쳐다봤다.

데즈먼드도 눈썹을 찡그리고 무의식인 양 끼어들었다.

"재커리, 미안하지만 지금은 네 농담에 어울려줄 기분이 아니야. 심지어 이런 말을 하고 싶지는 않지만, 네 농담은 좀 그래. 단적으로 말하자면 재미없어."

시릴이든 데즈먼드든 서둘러 결론을 듣고 싶은 것을 참고 침묵을 지키고 있던 와중에 나온 발언이다.

특히 데즈먼드는 짜증을 숨기려 하지도 않고 깍지를 끼고 있던 손가락을 뚝뚝 꺾었다.

"데즈먼드, 진정해라."

그때까지 침묵을 고수하던 퀜틴이 입을 열었다.

"재커리의 말은 사실이다. 피아 님의 사역마는 흑룡왕님이시다."

"퀜틴, 너도냐! 둘 다 작작 해! 마물을 사역하려면 계약자가 마물보다 몇 배는 더 강력할 필요가 있다는 것 정도는 나도 안다고! 이번엔 뭔데? 피아의 검 실력이 흑룡보다 뛰어나다고 하게?!"

연이은 농담에 무시당하고 있다고 생각한 건지 데즈먼드는 기어이 노성을 질렀다.

시릴과 기디온도 데즈먼드에게 동의한다는 표정으로 재커리와 퀜틴을 보고 있다.

재커리를 한 번 더 시험해볼 생각으로 입을 열었다.

"뭐, 강함 운운도 그렇지만 마물이 동조적이라면 예속되기도 한다잖아. 피아가 흑룡에게 몹시 매력적이었다는 생각은 안 들어?"

"피아가 매력적⋯⋯. 그렇네요. 만약 흑룡이 그 기나긴 삶에 질렸다면 피아라는 자극에 매력을 느낄지도 모르죠. 적어도 피아와 함께 있으면 지루하지 않을 테니까요."

농담이라고 여기고 있으면서도 시릴은 성실하게 대답했다.

하지만 그 대답 내용에는 피아의 사역마가 흑룡이라니 믿을 수 없다는 뜻이 담겨있었다.

"아니, 아니지. 말이 안 돼! 흑룡은 영봉흑악에 틀어박혀 있었다고 하잖아. 즉 조용히 살고 싶었다는 거 아니야? 그런 흑룡이 왜 굳이 재앙의 씨앗을 품으려고 하는 건데?"

데즈먼드는 있을 수 없다며 부정했다.

발언 내용은 달라도 피아의 사역마가 흑룡임을 믿으려 하지 않는 두 사람의 반응에 재커리는 이 이상 말로 설득하는 건 포기했다.

재커리는 말없이 원탁 위의 천으로 손을 뻗었다.

원탁 위에는 성인 한 명이 누워있는 듯한 크기의 무언가가 놓여있고, 그 위를 천이 덮고 있었다.

재커리가 주저 없이 그 천을 치우자 천 아래에서 무엇인지 바로는 판별할 수 없는 물체가 나타났다.

그것은 성인 남성만 한 크기에 아름다운 유선형을 띠고 있으며, 한눈에 봐도 재질을 판명할 수 없는 것으로 이루어져 있었다.

하얀색인지 검은색인지 은색인지, 보는 각도에 따라서 변화하기 때문에 색상조차 판단할 수 없다.

"이 형태는…… 뿔인가요? 하지만 저는 이토록 크고 아름다운 뿔을 지닌 생물을 모르는데요……."

시릴이 당혹스러운 듯 말했다.

데즈먼드는 말없이 원탁 위의 물체에 손을 뻗은 뒤 한 손으로 붙잡았다.

"……대단한데. 마력을 주입했더니 깔끔하게, 남김없이 빨아들였어. 나는 이런 종류에 해박하지 않지만 이렇게 마력흡수율이 좋은 물체는 처음 봐. 이게 뭐야?"

"흑룡왕님의 뿔이다. 흑룡왕님께서 피아 님을 수호하는 대가로 이 뿔을 나와 재커리에게 내려주셨다."

퀜틴이 대답하면서 이 뿔은 자신이 받았음을 강조한 것은 애교로 봐주자.

"………."

"………."

"………."

시릴, 데즈먼드, 기디온은 삼인삼색의 표정으로 침묵했다.

피아의 사역마가 흑룡이라는, 헛소리와도 같은 말은 좀처럼 믿기 어려웠으나 그렇다면 이 처음 보는 멋진 뿔의 정체를 무엇으로 판단해야 하는지 생각이 정리되지 않는 기색이었다.

"너희가 바로 믿지 못하는 것도 이해할 수 있어. 나도 아직 악몽을 꾸는 게 아닌지 의심하고 싶을 정도니까. 하지만 피아의 사역마가 흑룡이라는 건 사실이야. 우선 머리를 싹 비우고 모든 선입견을 날려버려. ……생각해봐. 내가 너희에게 한 번이라도 이런 악질적인 거짓말을 너희에게 한 적이 있어?"

"없긴 한데요……. 하지만, 재커리. 피아의 사역마가 흑룡이라는 건 너무나도 황당하게 들리는데요."

역시나 믿을 수 없다는 듯 얼굴로 입을 여는 시릴을 보고 재커리는 낮게 '그래' 하고 중얼거렸다.

"네 감각은 정상이야, 시릴. 피아의 힘은 평균적인 기사보다 떨어져. 지금 이 장소에 피아가 있다면 혼자만 압도적으로 약하겠지. 그러니 힘이 아니야. 힘이 아닌 무언가로 흑룡을 제어하는 거다."

"피아 님의 설명에 의하면 우연히 다친 흑룡왕님을 만나셨다고 했다. 크게 다쳐서 유체화한 흑룡왕님께 회복약을 먹여 치유했다고 설명하셨지만, 자기치유능력이 최대한으로 높은 흑룡왕님께서 치유할 수 없는 상처를 회복약 따위로 치유할 수 있을 리 없어. 결국 어떤 방법으로 흑룡왕님을 구하셨는지는 불명이지만, 피아 님께서는 유체화 상태였던 흑룡왕님을 구했고 그 결과 흑룡왕님께서는 피아 님께 예속된 모양이다."

퀜틴의 설명에 시릴은 눈을 살짝 찌푸리며 깊이 생각하기 시작했다.

"……당신들이 저희에게 이 정도로 집요하게 무언가를 위증한 적은 없으니 선택지는 두 개로군요. 하나는 정말로 피아의 사역마가 흑룡이다. 또 하나는 당신들의 오인 혹은 착란으로 피아의 사역마가 흑룡이라 믿고 있다. 둘 중 하나겠죠."

"그래, 밀두 기사단장님은 디없이 신중하군. 하지만 두 개까지 좁혀줘서 고맙다."

비아냥인 건지 진심으로 고마워하는 건지 불분명한 말을 한 재커리는 원탁을 쾅 두드렸다.

"좋아, 마시자! 오늘은 좋은 마물을 잡았으니 밤에는 연회가 열릴 거야. 그때까지 시간이 있으니까 장소를 옮겨서 술을 마시며 기다리자고."

"재커리, 뭘 갑자기……. 이야기하던 도중이잖아요. 아직 무엇 하나 끝나지 않았습니다."

"어, 그거 말인데. 우리는 이 이상 확정적인 증거를 제시할 수 없어. 그리고 증거가 없는 이상 이런 황당한 이야기를 믿을 수 없다는 너희의 마음도 이해해. 이대로는 평행선을 유지한 채 대화를 진행할 수 없으니까. 기분을 전환하면 진실이 너희의 가슴에 와 닿게 될지도 모르지."

그렇게 말하며 일어나는 재커리를 보고 시릴은 우습다는 듯 작게 미소를 흘렸다.

"후후후. 알겠습니다, 재커리. 당신은 평소와 똑같군요. 착란한 것으로도, 무언가를 오인하고 있는 것으로도 보이지 않네요."

그 후 시릴은 진지한 표정을 지은 뒤 재커리와 퀜틴을 번갈아 바라보았다.

"정말로, 피아의 사역마는 흑룡인 거군요?"

재커리는 한 손을 들고 진지하게 대답했다.

"그래, 맞아. ……오늘 밤 연회에는 청룡 고기가 나올 거야. 시간이 있다면 조리실에 가서 청룡의 시체를 보고 와. 검상이 아니라 짐승의 이빨에 당했다는 걸 알 수 있는 치명상이 남아있으니까. 흑룡이 청룡을 쓰러트렸어. 마물끼리 싸운 거 아니냐고 할지도 모르지만, 실제로는 청룡의 공격을 받게 된 기사들을 피아가 흑룡을 시켜서 지킨 거야. ……피아는 흑룡을 완전히 사역하고 있었어."

"내 소대에 배치된 열다섯 명의 기사는 그 광경을 목격했으니, 물어본다면 흑룡왕님께서 피아 님을 완전히 따르고 계셨다고 증언할 거다. 기사들이 전원 착란 상태에 빠진 것이라 주장한다면 그 이상 증명할 방도가 없지만."

퀜틴도 재커리의 발언을 지지했다.

"그렇습니까. ……재커리, 당신의 술을 마시고 회의하자는 엉뚱한 제안이 이번만큼은 적절한 것 같은 느낌이 드는군요. 이런 이야기는 술이라도 들어가지 않으면 못 해 먹겠어요."

시릴은 머리를 내저은 후 피곤함에 젖은 듯 천장을 우러러보았다.

"후후후후후, 전설 속 고대종인 흑룡을 사역한다고요? ……아아, 피아는 제게 주어진 시련일지도 모르겠군요."

"아니, 시련이라기보다는. 그게 진짜라면 피아 이퀄 흑룡이라는 거 아니야? 앞으로 피아를 어떻게 대해야 하는 건데? 아니, 잠깐. 너희는 임무를 완수했다고 했지? 흑룡은 둥지로 돌아간 거야? 계약자를 두고서? 그렇다면 피아가 흑룡의 제어에 실패해서 흑룡에게 피해를 받을 걱정은 안 해도 되는 거지?"

여러 개의 질문을 연달아 쏘아대는 데즈먼드에게 재커리는 감탄한 듯 고개를 끄덕였다.

"좋은 질문이군, 데즈먼드. 여기서 처음 말한 위험부담 이야기로 돌아가거든. 피아의 사역마의 증표는 매끄러운 선의 형태야. 즉 사역마를 완전 복종시켰다는 건데, 그렇기 때문에 피아와 흑룡은 완전히 이어져 있어."

".................."

"완전히 이어진 흑룡은 피아가 생각한 것, 느낀 것을 수신할 수 있다고 해. 그건 피아와 거리가 떨어져 있어도, ……예를 들어 왕성과 영봉흑악만큼 거리가 벌어져 있어도 가능하대. 무시무시한 건, 흑룡은 최상위의 마물이라 스스로 생각하고 판단한다는 거지. 즉 피아가 화낼지도 모른다, 피아의 뜻에 어긋날지도 모른다고 흑룡이 판단하면 그 원인을 배제하러 올 가능성이 있다는 거다."

"어, 어이. 그건……."

이야기의 내용을 이해하기 시작한 데즈먼드가 초조한 듯 언성을 높였다.

"정말 무섭지. 피아의 지시 같은 게 없어도 흑룡의 생각만으로 흑룡이 움직인다는 거니까. 좋아, 무서운 김에 여기서 최악의 사실을 세 개 알려주마. 하나, 흑룡은 무지막지하게 강하다. 둘, 흑룡은 피아에게 어마어마하게 집착하고 있기 때문에 판단기준은 말도 안 될 만큼 피아에게 무를 것이다. 셋, 피아의 사역마가 흑룡이라는 걸 피아는 인정하지 않고 있다. 따라서 이 사실을 알게 되면 흑룡의 숙청 리스트에 올라갈 가능성이 있어."

재커리는 과장된 듯 진지한 얼굴로 손가락을 하나씩 꼽았다.

"자, 잠깐, 잠깐, 잠깐, 잠깐……!"

데즈먼드가 질겁하며 재커리의 말을 가로막았다.

"나, 나는 분명 기사단장으로서 직무에 목숨을 걸었다고는 했지만 이런 식은 아니야! 흑룡과 피아의 친구 놀이에 목이 날아가는 건 내가 생각한 범위가 아니라고!!"

"말은 그렇게 해도 말이지. 삼대마수의 친구 놀이니까 목숨 정도는 걸게 되지 않겠어?"

새커리가 의도적으로 태평한 목소리를 내며 대답했다.

"피, 피, 피아에게 설교해야겠어. 그 녀석, 친구를 좀 골라 사귀라고! 왜 대륙 최강의 마수와 친구가 된 거야!!"

큰소리로 혼잣말을 하던 데즈먼드가 시릴의 모습을 보고는 화풀이하기 시작했다.

"시릴! 애초에 네가 방임하는 바람에 피아가 저렇게 되어버린 거잖아! 조금 더 제대로 교육시켜야지! 적어도 최상위 마물을 거느리겠다고 생각하기 전에 네게 상담할 정도로는 가르쳐놔! 애초에 사전에 상담도 없었다니, 네가 피아에게 믿음을 못 준 거 아니야?!"

흑룡을 사역한 것은 입단 전이었다는 걸 모르는 데즈먼드는 억지를 부렸다.

"……알겠습니다. 앞으로는 피아에게서 사전에 상담을 받을 수 있도록, 신뢰받는 인물이 되도록 노력하죠. 그것이 피아가 소속된 기사단의 단장인 제 직무이니까요."

완전한 무표정으로 데즈먼드를 정면에서 바라본 시릴이 또렷한 어조로 대답했다.

"어, 그래, 잘 아는……."

"그러니 당신도 당신의 직무를 완수해주시죠. 먼저 피아의 사역마의 상황 파악부터 부탁드립니다. 재커리와 퀜틴의 설명에는 추측의 영역을 넘지 못하는 부분이 많이 포함되어 있더군요. 이래서는 도저히 총장님께 보고를 드릴 수 있는 수준이 못됩니다. 그러니 당신이 그 불확정 부분을 직접 조사해서 확인하며 채워주세요. 아셨죠? 헌병사령관."

"시, 시릴……."

"걱정하지 마세요, 쉬운 일이니까요. 데즈먼드. 당신에게는 건강하고 훌륭한 몸뚱이가 있지 않습니까. 그 몸을 이용해서 확인하면 그만입니다."

싸늘한 미소를 지은 시릴이 조용한 분노를 머금고 있다는 것은 데즈먼드에게도 제대로 전해졌다.

"시, 시릴! 미, 미안해! 지금 그건 옆에 있던 네게 화풀이한 거야! 어른스럽지 못한 걸 사과하마!!"

필사적으로 수습하는 데즈먼드와 냉소를 지으며 바라보는 시릴.

그런 두 사람 앞에서 그때까지 침묵을 지키고 있던 기디온이 일어났다.

의아해하며 기디온을 바라보는 시릴 앞에서 기디온은 덜덜 떨리는 손으로 기사복 안쪽에서 곱게 접힌 서류 같은 것을 꺼냈다.

"시, 시, 시릴 단장님. 저, 저는 제4마물기사단 부단장 자리에서 물러나고 싶습니다."

기디온이 내민 서류의 표지를 보면 '사임 신청서'라고 적혀있었다.

"무슨, 잠깐. 기디온! 너는 뭘 제출하는 거냐! 애초에 그건 나에게 줘야 하는 것 아닌가?!"

옆에서 들여다본 퀜틴이 기디온을 질책했다.

"본래는 퀜틴 단장님께 제출하는 게 맞지만, 묵살당할 우려가 있기에 필두 기사단장님께 제출합니다. 저, 저는 피아 씨와 흑룡왕님께 몹시 불경한 행동을 했습니다. 설마, 설마, 설마, 그 작고 파란 마물이 흑룡왕님인 줄도 모르고!!"

"……아니, 그야 보통은 모르지."

"그렇죠. 블루 도브치고는 목이 길고 이상하게 생겼다고는 생각했지만, 그렇다고 흑룡과 연관을 짓지는 못합니다."

데즈먼드와 시릴이 냉정하게 대답했다.

하지만 기디온은 그 목소리가 들리지 않은 것처럼 기세를 몰아 계속 말했다.

"저, 저는 틀림없이 흑룡왕님께 살해당할 만큼 무례하고 불경한 짓을 했습니다. 그런데 지금 목숨을 부지하고 있는 것은 피아 씨와 흑룡왕님의 온정입니다. 애초에 퀜틴 단장님께선 처음부터 피아 씨의 사역마가 흑룡왕님이라는 걸 눈치채셨는데, 저는 지금 막 이야기를 들을 때까지 그 사실을 전혀 알아차리지 못했습니다!"

기디온은 손에 들린 서류가 구겨질 정도로 힘을 주고는 매달리듯 시릴을 바라보았다.

"본래 피아 씨에게 기사로서 해서는 안 되는 무례한 행동을 보였기 때문에 부단장직에서 물러날 생각이긴 했지만, 그 마음이 더욱 확고해졌습니다. 흑룡왕님과 그 계약자에게 저지른 무례는 절대로 용서받을 수 있는 게 아닙니다! 또한 압도적인 힘을 지닌 흑룡왕님의 모습을 간파하지 못했다니, 마물기사단 부단장에 걸맞지 않습니다!!"

서류를 쥔 두 손을 앞으로 내민 채 바닥에 머리를 박을 기세로 허리를 숙인 기디온을 보고 시릴은 퀜틴을 향해 불신에 찬 시선을 던졌다.

"……그렇다고 하는데요, 퀜틴. 어떻게 할 겁니까?"

퀜틴이 부하를 소중히 여긴다는 걸 아는 시릴로서는 퀜틴에게 '사임 신청서'를 받아들이지 않겠다는 발언을 시켜서 이 자리를 수습할 의도로 한 말이었다.

하지만 퀜틴의 발언은 시릴의 희망 사항과는 정반대였다. 즉, 고개를 크게 끄덕이면서 기디온의 말을 긍정한 것이다.

"기디온의 마음도 모르는 건 아니야. 마물기사단 부단장은 마물에 관한 지식이 풍부해야 하지. 부족하다면 사임하는 것도 옳은 선택이다."

"……퀜틴?"

놀라서 이름을 부르는 시릴과 마주 본 퀜틴은 진지한 목소리로 말했다.

"갑작스러운 결정이기에 신청서는 마련하지 못했지만, 나도 기디온과 마찬가지다. 이번 일로 마물기사단장으로서 마물 지식이 부족함을 절실히 깨달았지. 그래서 나도 단장직에서 물러나 부단장부터 다시 할 생각이다."

"………………."

대충 이야기의 흐름이 보인 시릴이 험악한 표정을 지은 채 대답하지 않고 있었더니, 흐름을 덜 읽은 데즈먼드가 언성을 높였다.

"너 무슨 소릴 하는 거야? 퀜틴! 너보다 더 마물 지식이 풍부하고 너보다 더 강력한 마물을 사역한 녀석은 달리 없잖아! 네가 그만두면 단장직이 공석이 되어버린다고!!"

"이런……! 데즈먼드, 닥치세요!"

"제4마물기사단장에는 피아 님을 추천한다!"

시릴의 제지도 허무하게 퀜틴은 시릴이 예상한 이름을 당당히 입에 담았다.

"………………."

"………………뭐?"

"………………너, 무슨 소리 하는 거야?!"

말없이 퀜틴을 노려보는 시릴 앞에서 데즈먼드와 재커리가 진심으로 이해할 수 없다는 양 소리쳤다.

하지만 퀜틴은 지극히 냉정한 목소리로 설명하게 시작했다.

"기사단장이 두 명 이상 있는 앞에서 추천했으니, 이것은 정식 추천이 된다. 이번에 확실히 드러난 범위만으로 따져도 피아 님의 마물 지식은 나를 월등히 능가한다. 더군다나 피아 님의 사역마는 대륙 최강의 마물인 흑룡왕님이시지. 게다가 피아 님께서는 당신과 계약을 맺지 않은 다른 사역마도 통솔할 수 있다. ……마물기사단장으로서의 자질은 나보다 훨씬 탁월하시다."

"아니, 퀜틴! 기사단장이라는 건 그것만으로 할 수 있는 게 아니거든! 피아는 아직 신입이라고. 냉정해져! 그 녀석은 여러모로 부족한 게 많아!!"

무심코 끼어든 재커리에게도 퀜틴은 냉정하게 대답했다.

"그러니까 내가 부단장으로서 전력으로 보필할 거다. ……그렇게 되었다, 시릴. 다음 어전회의에서 이 건을 정식 의제로 넣어줘."

그 말을 들은 순간, 시릴은 눈을 아주 살짝 가늘게 뜨더니 기디온의 손에 들린 서류를 바라보며 입속에서 무언가를 작게 웅얼거렸다.

———찰나, 회의실 안에 갑작스러운 바람이 불어와 기디온이 들고 있던 서류를 순식간에 갈기갈기 찢어놓았다

"어? 어, 어어?!"

기디온이 놀라서 허둥대는 가운데, 분명 밀폐공간인 회의실 안에 상승기류가 발생하여 갈가리 찢어진 종잇조각을 실내에 흩뿌려버렸다.

그것들을 시야 한구석에 두면서 시릴은 아무 일도 없었다는 양 산뜻한 목소리로 말했다.

"……무슨 이야기를 하고 있었죠? 아, 그래요. 퀜틴과 기디온은 직책에 맞는 지식이 부족한 면이 있으니 더욱 연마하겠다는 이야기였죠. ……적극적인 자세가 참 바람직합니다."

"………………."

"………………."

"………………."

"………………."

우아하게 미소 짓는 시릴을 앞에 두고 퀜틴, 기디온, 그리고 데즈먼드와 재커리마저 아연해져서 말문이 막혔다.

"잠깐, 시릴. 너……, 너는 전투할 때 말고는 마법을 안 쓰는 거 아니었어?"

놀라서 물어보는 데즈먼드에게 시릴은 지극히 당연하다는 표정으로 대답했다.

"물론이죠. 제가 전투할 때 말고 마법을 사용했다는 증거라도 있다면 보여주시겠어요?"

"즈……. 증거라니, 너, 지금, 바람 마법을……."

"네? 무슨 말씀이신지?"

완전히 시치미를 뗄 생각으로 아무 일도 없었다는 듯 웃는 시릴을 보고 데즈먼드는 침을 꿀꺽 삼켰다. 그러고는 이건 글렀다는 얼굴이 되어 퀜틴과 기디온 쪽으로 몸을 틀었다.

"퀜틴, 포기해. 이렇게 되면 시릴은 꿈쩍도 안 하니까. 신청서도 아무리 제출해봤자 없었던 일이 되어버릴 거야."

"아니, 하지만……."

"애초에 피아를 단장으로 추대한다는 네 추천은 너무 무모해. 너는 마물에 관련된 시점만 생각하고 적임자라고 생각하는 거겠지만, 그 녀석에게는 그 이전에 부족한 게 너무 많다고! 상식도, 분위기 파악력도, 문제를 불러오지 않는 체질 같은 것도 전부 다!"

그렇게 말한 뒤 데즈먼드는 큰 소리를 내며 의자에서 일어났다.

"좋아, 재커리! 네 제안을 받아들이겠어! 좀 이르지만 몇 잔 걸치자. 안 그러면 이런 이야기는 못 들어주겠다!"

입을 놀리면서도 손은 바쁘게 움직이며 대각선으로 걸고 있던 어깨띠를 떼더니 이어서 상의를 벗어 던졌다.

"하아, 오늘은 이미 하루 치 노동량을 채워버렸어. 나는 이제 폐점이야!"

거친 발소리를 내면서 회의실에서 나가는 데즈먼드의 뒤로 시릴이 따라갔다.

말없이 두 사람을 보고 있던 퀜틴과 기디온도 체념한 듯 뒤를 따라갔고, 마지막으로 재커리가 회의실의 문을 닫았다.

상급 오락실로 가는 도중에 지나가는 정원에서 다섯 명의 기사단 간부는 수상한 광경을 보게 되었다.

즉, 조금 전까지 화제의 중심에 있던 소녀 기사가 괴성을 지르면서 잔디밭 위를 좌로 우로 구르고 있는 광경 말이다.

"잠깐, 시릴. 저기서 이상한 놀이에 심취해 있는 녀석, 네 단원 아니야?"

재커리가 시릴에게 떠넘기기 위해 말을 걸었다.

"……맞긴 하지만, 오늘은 흑룡 송환 임무를 받았습니다. 즉 재커리, 해가 질 때까지는 당신의 지휘하에 있다고 보는데요."

"시릴 단장은 배포가 큰데! 유능한 기사를 빌려주려고 하다니, 아주 감사하긴 하지만 임무는 오전 중에 끝났거든. 특별편제는 이미 해산했어. 아, 아쉬워라. 피아는 내 관할에서 나가버렸네."

서로 상대방에게 떠넘기는 사이에 소녀 기사는 '끄어어어어억' 하면서 바닥에 웅크린 채로 한쪽 손을 허공으로 뻗었다.

"저기, 피아. 너 뭐 하는 거야?"

호기심에 패배한 데즈먼드가 말을 걸자 피아는 놀란 듯 얼굴을 치켜들었다.

"어, 어라, 여러분. 다들 무슨 일이십니끄아아아아아아아아악!"

"피, 피아? 어디가 아픈 건가요?"

이해할 수 없는 새로운 놀이를 하는 줄 알고 멀리서 지켜보던 다섯 명이었으나, 고통을 호소하는 듯한 피아의 목소리에 허둥지둥 다가왔다.

걱정하며 살펴보는 그들 앞으로 피아가 손등을 내밀었다.

"다쳤, ……다쳐서, 회복약을 마셨습니다. 그랬더니, 아픔이이이이이이이이."

보아하니 손등에 희미하게 할퀸 듯한 상처가 나 있었다.

그대로 내버려 둬도 며칠 지나면 나을 정도의 상처였다.

"……피아, 당신은 회복약이 맞지 않아서 지독한 회복통을 느끼는 체질이었잖아요. 왜 겨우 이 정도의 상처에 약을 마신 겁니까? 어딜 봐도 자연치유에 맡기는 게 편할 텐데요."

"……하, 한 번, 회복약을 실험해보고 싶었거든요. 그랬더니, 타이밍 좋게 손등을 다친 걸 알아채고, 좋은 기회인 것 같아서, 시도해봤죠. ……지난번에 회복약을 사용했을 때는, 너무 고통스러워서 중간에 멈춰버렸으니까, 오늘에야말로 열심히 참아보려고……."

"완치하기 전에 회복약 복용을 중단했다는 겁니까? 그런 것치고 지난번 상처는 빠르고 깨끗하게 나았던데요……. 어쨌거나 그 정도의 상처라면 한 번만 복용해도 나을 겁니다. 회복약을 마신 이상 그 아픔은 어떻게 할 수 없으니 견뎌주세요."

고개를 끄덕끄덕 움직이는 피아를 보고 목소리도 낼 수 없는 상태인 건지 걱정이 된 시릴은 다른 네 명에게 양해를 구한 뒤 피아를 의무실까지 데려갔다.

'아뇨, 괜찮습니다! 나았습니아아아아, 그아아아악' 하고 소리치면서 시릴에게 안겨 떠나가는 피아를 보고 데즈먼드가 지친 목소리를 냈다.

"봤냐, 퀜틴. 저게 우리와 대등한 기사단장이 된다니, 말도 안 되잖아."

"………아니, 부단장으로서 보좌해드리는 보람이 있다. 부단장에게 일을 남겨주시다니, 훌륭한 단장이잖아."

참으로 변함이 없는 퀜틴이었다.

【SIDE】제2기사단장 데즈먼드

그날의 나──데즈먼드 로난의 하루는 최악이라고 일컬을
수 있으리라.

드물지도 않은 이야기지만, 어제 아침에 출근한 뒤로 한 번도
퇴근하지 못한 채 계속 근무하고 있다는, 24시간 연속근무로 시
작한 날이었다.

그렇지 않아도 휴일이 잘 날아가는데 초과근무까지 짊어져야
한다니 죽을 맛이었다.

도저히 빼버릴 수 없는 일을 두셋 정리한 다음에 조퇴하겠다
고, 졸려서 조금 둔해진 머리로 생각했다.

필사적으로 처리한 보람이 있어 오전 중에 모든 업무를 마친 나
는 의기양양하게 퇴근할 준비를 시작했다.

말 그대로 집무실 문에서 한 걸음을 내디딘 순간, 이쪽을 향해
달려오는 기사와 눈이 마주쳤다.

……실패했다. 딱 1분만 서둘렀어도. 왜 나는 1분 더 일찍 돌아
가지 않았던 걸까.

귀중한 1분을 단축하지 못한 나의 실수에 내심 성대한 불평을
늘어놓았다.

달려온 기사가 알린 전령은 재커리가 쁘띠 기사단상 회의글 소

집했다는 내용이었다.

쁘띠 기사단장 회의라는 건 이름은 귀여워 보여도 실제로는 전혀 귀엽지 않다. 절대적으로 필요한 최소한의 기사단장이 모여서 정식 회의에는 올릴 수 없는 초특급 기밀 안건을 처리하는 회의이다.

대체로 소집한 기사단장이 비밀리에 처리하거나, 무덤까지 가져가야 하는 안건을 품게 되거나 둘 중 하나다.

그리고 이번에는 후자였다.

제1기사단의 신입 기사인 피아의 사역마가 흑룡이라는 보고와 앞으로 어떻게 대해야 하는지에 대한 회의였다.

하하하하하하하하하하하하.

웃을 수밖에 없었다. 건조한 웃음밖에 나오지 않는다.

피아 녀석, 그 녀석은 왜 이렇게 매번 성가신 일을 일으켜서 내 시간을 훔쳐 가는 건지. 이번 일은 여느 때보다 더 탁월하구나.

대륙 유일의 마물과 사역마 계약을 맺고 자유자재로 부리고 있다고?

재미있다. 너무 재미있어서 전신의 피가 부글부글 끓을 것 같다. 아아, 최상급의 분노를 느꼈을 때와 같은 감각이군.

회의 후 상급 오락실로 장소를 옮겨 이야기를 계속했지만, 화제가 너무 나빠서 조금도 취할 수 없었다.

하하. 흑룡은 아직 성체조차 아닌데 압도적인 힘으로 청룡을 쓰러트렸다고. ……확인 좀 해보자. 청룡은 S랭크였지? ……와, 그걸 두 마리나.

피아와 흑룡이 이어져 있고, 피아에게 무슨 일이 생기면 흑룡부터 죽는다고?! 영문을 모르겠지만, 즉 피아를 공격하면 흑룡도 감지한다는 건가? 흐응, 흑룡은 공간을 가르고 나타날 수 있다고? ……미친놈일세.

후우, 진정하자. 애초에 이건 제1급 기밀 사항인 건가? 일부를 아는 건 흑룡 수색에 참여한 기사들이고, 전부를 아는 건 여기에 있는 우리들뿐이고? 위험 관리를 위해 총장님께서도 모르시고? ……그렇구나.

흐응, 그래서 나한테는 중요한 역할이 있다고? 피아를 통하면 흑룡에게 다양한 정보가 전해지니까, 일부러 피아에게 내가 피아와 흑룡의 관계를 알고 있음을 슬쩍 드러내 보라고? 흠흠, 최악의 경우 어떻게 되냐면, 쓸데없는 일을 너무 많이 안다고 판단한 흑룡이 공간을 가르고 나타나서 나를 죽인단 말이지. ……좋아, 먼저 너부터 죽어라.

그 최강의 흑룡은 피아를 위해 더 높은 경지에 오르겠다며 용왕이 되기 위해 다른 용을 거느리러 갔다고? ……나는 앞으로 퀜틴을 따라 '피아 님'이라고 부르는 게 좋으려나?

───그 후 다음 날부터 피아는 다시 제1기사단으로 출근하도록 데려가겠다고 시릴이 재차 선언했고, 퀜틴과 기디온이 뭐라고 반론했지만 나는 더 이상 관여하지 않고 혼자 술을 마셨다.

됐다 그래. 피아 이야기는 이제 물렸어.

나는 카운터에서 술병을 통째로 들고 떨어진 자리에 앉아 혼자 잔을 기울였다.

하지만 같은 공간에 있기 때문에 다른 네 명의 대화가 들렸다.

"피아가……."

"피아의……."

"피아 님과……."

"피아 씨는……."

"시끄러워!!"

나는 네 명을 향해 힘껏 소리쳤다가 '네가 더 시끄러워!!'라고 혼났다.

연회까지 시간을 맞출 생각이었지만 오락실에서 너무 오래 있었던 건지 식당에 도착했을 때는 연회가 이미 절정에 이른 뒤였다.

찾을 필요도 없이 바깥 문에서 시릴과 함께 입실한 소녀 기사가 시야에 들어왔다.

소녀 기사는 웃으면서 시릴과 헤어진 뒤 떠들썩한 기사 집단 속에 섞여들었다.

무심하게 그쪽으로 시선을 던지고 있었더니 소녀 기사가 빨개진 얼굴로 기사들과 즐겁게 웃고 있는 게 보였다.

……참 평화롭구나.

기가 막히면서도 안심이 들었다.

피아는 충동적이고 생각이 부족한 면이 있지만, 근본은 나쁘지 않다.

저 녀석이 다치거나 우울해하는 걸 보는 건 유쾌하지 않다.

나는 잔을 들고 피아에게 다가간 뒤 말을 걸었다.

"여, 피아. 오늘은 청룡 고기가 나왔다면서. 벌써 먹었어?"

내 모습을 보자마자 주위 기사들이 자리를 비웠다.

나는 피아 옆에 앉은 후 피아의 얼굴을 들여다보았다.

뭐지? 시무룩한 얼굴인데.

청룡 고기라고 한 순간 피아는 쓸쓸해 하는 표정을 지었으나, 곧바로 생각을 털어낸 듯 도리질한 뒤 눈을 깜빡였다.

"물론 먹었죠. 모처럼 자빌리아가 사냥한 고기니까요."

"자빌리아? 그게 누군데?"

낯선 이름에 고개를 기울였다. 재커리나 퀜틴 쪽 기사인가?

"네? 어, 제 친구인데요. 오늘 영봉흑악으로 돌아갔지만요."

"……푸으읍! 자자자자자자잠깐!!"

갑작스러운 이야기에 마시던 술을 뿜어버렸다.

잠깐, 잠깐, 잠깐, 잠깐!

"피, 피아. 그건 서, 서, 설마……!! 아, 아니, 거짓말이지? 나 이름을 불러버렸는데!!"

나는 두 손으로 입을 누른 뒤 뱉어버린 말을 입속으로 되돌리는 방법이 없을지 고민했으나, 피아는 내 초조한 심정 따위는 모르는 듯 어리둥절한 눈으로 이쪽을 바라보았다.

"네? 자빌리아는 오랫동안 아무도 이름을 불러주지 않아서 이름을 불러주는 게 기쁘다고 했는데요? 데즈먼드 단장님이 불러줘서 기뻐하지 않을까요. ……응? 어라? 그러고 보면 퀜틴 단장님이 남들 앞에서는 자빌리아의 이름을 부르지 말라고 했던 것같은데?"

주정뱅이가 고개를 갸웃거리며 이상하다는 듯 생각에 잠겼다.

피아, 내가 할 수 있는 말은 하나뿐이다! 그런 소량의 알코올에 금기의 단어를 입 밖에 낼 거라면 너는 다시는 술을 마시지 마!!

"죽는다! 나 오늘 죽을 거야!! 누구 종이와 펜을 가져와! 유서를 써야 해."

피아 녀석, 홀랑홀랑 흑룡의 이름을 말해버리고! 사역마는 계약자가 아닌 사람이 이름을 부르는 걸 싫어한다는 건 유명한 이야기잖냐!

전설급의 마수, 흑룡이라고. 삼대마수의 한 축이라는 건 가만히 앉아있는 걸로 손에 넣을 수 있는 지위가 아니다.

그 지위를 노리는 마수를 계속 물리칠 필요가 있기 때문에 어마어마하게 호전적이고 강력한 마물이라는 건 어린아이도 아는 사실이다.

그런데 왜 피아는 가장 가까이 있는 계약자 주제에 이렇게 흑룡의 흉악함에 둔감할 수 있는 거야!

"후후, 데즈먼드 단장님, 이상해요. 자빌리아는 아주 귀엽고, 강하고, 착한 아이인걸요."

"..................!!"

흑룡왕이 얼마나 강한지 이해하지 못했다니 심각한 불감증이라며 퀜틴에게 실컷 욕을 들어먹었지만, 그건 피아라고! 이렇게 가까이 있었는데 눈치채지 못할 수 있는 거야?!

눈을 까뒤집고 피아를 응시하는 내 어깨에 누군가가 손을 올렸다.

"후후, 피아는 거물이군요. 피아가 검은 왕의 힘 정도는 개의치 않아 할 만큼 더 강력하거나, 혹은 검은 왕이 피아 앞에서는 내숭을 떨고 있거나. 둘 중 하나겠죠."

그렇게 말하며 시릴이 맵시 좋은 펜을 내밀었다.

"여기요. 이 펜은 국왕 폐하께서 하사하신 것이니 당신의 마지막 말을 담기에 적절한 물품이라고 생각합니다."

"시릴! 너는 동료의 위기에 너무 매정한 거 아니냐!! 너는 피아의 직속 상사니까 중재 좀 해 달라고!"

내 필사적인 항변을 이해하고 있을 텐데도 시릴은 천연덕스럽게 내 얼굴을 내려다보았다.

"하지만 저는 사역마에 대해 사전 상담을 받지 못할 만큼 피아에게서 신뢰받고 있지 못하니까요. 그런 제 말 따위는 피아에게 영향을 미치지 못하겠지요. ……게다가 당신은 지금 건강하고 훌륭한 육체를 이용해 다양한 것을 확인하고 있지 않습니까. 당신의 업무를 방해하는 좀스러운 짓은 하지 않는답니다."

"잠깐, 시릴! 그건 이미 사과했잖아! 너 얼마나……."

자연스럽게 욕이 튀어 나갈 뻔했다가, 시릴의 얼음과도 같은 미소를 보고 정신을 차렸다.

"……얼마나 기억력이 좋고 냉정하게 상황을 판단하는, 훌륭한 기사단장인 거냐!"

나는 완전한 아부를 입에 담은 뒤 시릴 옆으로 바싹 붙었다.

이 녀석에게는 이래저래 문제가 있지만 기사단에서 가장 강하다는 거 확실하다.

만약 흑룡과 대치해야만 하게 된다면 나에게는 시릴이 필요하다.

왜냐하면 결국 시릴은 동료를 못 본 체하고 버릴 수 있는 녀석이 아니니까.

내 속내를 모조리 꿰뚫어 보고 있을 시릴은 우습다는 표정으로 술이 가득 담긴 잔을 내밀었다.

"취하고 싶은 표정이네요, 헌병사령관님."

"……아주 정확한데. 필두 기사단장님."

……뭐, 됐다.

흑룡과 조우했는데도 기사들은 전원 무사하고, 나는 술이 맛있고, 이 녀석들과 있는 게 기분 좋다고 느낄 정도로는 이 자리를 즐기고 있다.

이 이상 바라는 건 사치겠지.

그렇게 생각하며 피아와 시릴과 나 셋이서 술을 마시고 있었더니 얼마 지나지 않아 재커리가 피아를 격려하러 왔다.

재커리는 피아와 두세 마디 말을 나눈 후 만족한 듯 조금 떨어진 자리에 앉아서 술을 마시며 다른 이들의 이야기를 들었다.

이어서 퀜틴과 기디온이 피아 주위로 모여들었다. 둘 다 필사적으로 마물기사단의 매력을 피아에게 설파하고 있다.

피아는 진지한 얼굴로 듣고 있나 싶더니, 갑자기 깔깔 웃기 시작했다.

……평화롭구나.

이렇게 많은 기사단장이 모여 앉아 잔을 기울이는 시간을 가질 수 있다니, 참으로 평화롭다.

나는 피아 주위에 모여 있는 기사단장들을 바라보면서 충만한 기분으로 내 잔을 기울였다.

　그러면서 머리 한구석으로는 설령 흑룡이 나타난다고 해도 이 인원이라면 어떻게든 될 거라고 생각하며 안도했다.

【SIDE】 제1기사단장 시릴

　나, 시릴 서덜랜드는 평소답지 않게 대응법을 정하지 못하고 있었다.

　세간에는 상식이라는 게 존재한다. 그리고 그 상식이 나를 지켜주고 있었다. 지금까지는.

　도저히 이해할 수 없는 사안, 상정하지 못한 사안이 존재한다는 걸 오늘의 나는 학습하게 되었으나, 인간적으로 퇴화한 기분이 밀려드는 이유는 어째서일까.

　식당에 도착했을 때, 이미 청룡 고기가 나와 연회도 절정을 맞고 있었다.

　나는 주위를 한 바퀴 둘러본 후 찾고 있던 소녀 기사가 웃는 모습을 발견한 뒤 안도했다.

　어제 어전회의에서 봤을 때와 달라진 게 없다.

　변함없이 표정이 풍부하고 구김살 없이 웃고 있다.

　과연 이 소녀의 가치를 이 자리에 있는 몇 명이 알고 있을까.

　회의실과 오락실에서는 일부러 아무도 언급하지 않았지만, 흑룡은 나브 왕국의 수호수다.

　그 아름다우면서도 강대한 마물을 거느릴 수 있다는 걸 밝힌다면 국민들은 열광할 것이다.

혹은 주변국에서 우리나라의 가치가 몇 배나 치솟을 것이다.

이제 저 소녀 기사의 가치는 가늠할 수 없을 만큼 커졌다.

내가 이 자리에 있는 누구보다 가치 있는 소녀 기사를 대체 어떻게 해야 할지 고민하는 줄도 모른 채, 피아는 연신 까르륵 웃어댔다.

즐거워하는 모습에 무심코 웃으면서 관찰하고 있었더니 피아가 자기를 에워싼 기사들 사이에서 빠져나왔다.

술을 새로 받으러 가는 줄 알았는데 혼자 문밖으로 나가는 게 보였다.

의아해하며 뒤를 따라가자 피아는 정원 벤치에 멍하니 앉아있었다.

……이 아이는 위기감이 부족하구나.

그렇게 되도록 노력하고는 있으나, 기사가 전부 고결한 건 아니다.

하물며 술이 들어간 오늘은 조금쯤 일탈을 시도하는 기사가 있어도 이상하지 않다.

이렇게 인적 없는 어둠 속에 홀로 앉아있다는 건 트러블을 부르는 것이나 마찬가지 아닌가.

"피아, 과음한 건가요?"

하지만 한마디 충고라도 하려고 벌린 입에서 나온 것은 그녀를 염려하는 말이었다.

"밤바람이 기분 좋을지도 모르지만, 적당히 하지 않으면 몸이 상할 겁니다."

피아는 멍하니 얼굴을 들더니 '시릴 단장님' 하고 중얼거렸다.

그러고는 취해서 그런 건지 조금 완만한 동작으로 일어나 기사의 예를 취했다.

"피아 루드, 흑룡 수색 임무에서 돌아왔습니다."

"잘 돌아왔습니다, 피아. 무사해서 다행이에요. 그리고 당신은 내일부터 제1기사단에서 근무하게 됩니다. 그것도 포함해서, 잘 돌아왔어요.

"……네? 어, 그래요? 하지만, ……어라? 저 애초에 왜 마물기사단에서 일하고 있었죠? 그쪽 일은 끝났던가요?"

피아는 의아한 듯 고개를 갸웃거리며 생각에 잠겼지만 답이 나오지 않는 모양이었다.

아무래도 알코올의 영향을 받아 마물기사단에 파견된 본래의 용건을 떠올리지 못하는 것 같았다.

"네, 당신의 일은 끝났습니다. 무척 잘해주신 것 같아 저는 자랑스럽답니다."

그렇게 말하며 나는 가까이 서 있는 피아를 내려다보았다.

피아는 내 가슴까지밖에 오지 않을 만큼 아담하고, 생각하는 게 훤히 보일 만큼 단순하다.

이런 소녀가 정말로 천 년 동안 아무도 사역하지 못했던 흑룡을 사역한 건가?

도저히 믿어지지 않는 마음에 피아를 응시하고 있던 나에게 소녀 기사가 드물게도 쓸쓸해하는 목소리를 냈다.

"……시릴 단장님. 단장님은 소중한 친구와 헤어진 적이 있으세요?"

"친구 말인가요?"

피아의 말을 따라 읊으며 그녀가 누구 이야기를 하는 건지 추측해봤다.

피아가 떠올리는 친구가 누구인지에 따라 그녀에게 해줄 말이 달라지는데…….

"저에게는 강하고 귀여운 친구가 있는데요. 오늘 먼 곳으로 가 버렸거든요. 왕이 되고 싶다면서 날아가 버렸어요. 아주 쓸쓸하지만 본인이 바라는 거니까 방해할 수 없다고 배웅했는데, 이제 와서 여러모로 걱정이 되는 거 있죠. 그 아이는 아직 어린데, 게다가 한 번은 죽을 뻔한 적도 있는데, 또 강한 마물에게 공격을 받으면 어떡하지."

"………………."

숨길 생각이 없는 건지, 아니면 이게 숨길 생각으로 하는 말인 건지는 불명이지만 피아가 이야기하는 대상은 흑룡으로 추정되었다.

……친구. 친구라……. 흑룡을 그렇게 부르는 건 전 세계를 통틀어 당신뿐이겠죠.

나는 기가 막히면서도 믿어지지 않는 기분으로 피아를 보았다.

자랑하는 것도 아니고, 하지만 전설급의 대륙 최강의 마물을 '거느리는' 게 아니라 '친구'라고 표현하는 피아의 비상식이 오히려 나에게 진실성을 느끼게 했다.

……아아. 피아는 정말로 흑룡을 사역하고 있는 건지도 몰라.

그제야 피아가 흑룡을 사역하고 있다는 게 사실로써 내 가슴속에 실감이 닿았다.

맙소사. 이 작은 기사는 정말 유일무이하게 강력하고 영향력이 큰 존재가 되고 만 것이다.

그렇게 생각하지만 내 시야 속에서 시무룩하게 고개를 숙이고 있는 피아는 무시무시한 인물로도, 주의해야 할 인물로도 보이지 않았다.

반대로 웬일로 슬퍼 보이는 모습에 어떻게든 위로해줘야겠다는 마음이 들었다.

"피아, 그렇다면 대신 저와 친구가 되는 건 어떻습니까?"

하다못해 피아의 외로움을 달랠 수 있길 바라며 말을 걸자 피아는 어리둥절한 얼굴로 마주 바라보았다. 그러더니 생각에 잠기듯 고개를 까딱 기울였다.

"시릴 단장님의 친구요?"

피아는 내 진의를 확인하는 것처럼 물끄러미 응시한 후, 확인하듯 질문을 던졌다.

"그렇다면, ……단장께서 제 소소한 이야기에 어울려주시는 거예요? 시간이 맞으면 같이 쇼핑하러 가거나, 그냥 둘이서 멍하니 시간을 보내주실 거예요? 같이 웃고 화내고, 때로는 제 배 위에서 잠들어주실 건가요?"

"……이래저래 가능한 것과 불가능한 게 섞여 있는 것 같군요. 특히 마지막의, 당신의 배 위에서 잠드는 건 실행했다간 틀림없이 당신이 납작해질 테니까 포기하는 게 좋습니다."

나는 지극히 타당한 말을 한 것뿐인데 내 말을 들은 피아는 풀이 죽어서 고개를 숙였다.

"……시릴 단장님의 말씀이 맞아요. 아무도 그 아이와 똑같은 일은 할 수 없어요. 그 아이의 자리는 그 아이 거예요."

그러더니 피아는 얼굴을 들고 나를 바라본 뒤 단호한 목소리로 대답했다.

"……제안 감사합니다. 하지만 그 아이의 자리는 그 아이를 위해 비워둘게요."

"저런, 저는 차여버린 건가요?"

확실하게 거절당한 순간 내 가슴에 씁쓸함이 퍼졌고, 그런 심경 변화에 내가 놀랐다.

……우습게도 나는 진심으로 이 어린 소녀와 친구가 되고 싶다고 생각한 걸까?

자신의 마음을 확실히 알지 못한 채 나는 말을 이었다.

"피아. 당신의 테이블에는 그 외에 한 자리도 비어있지 않은 건가요? 저를 위해 새 자리를 마련해주실 수는 없나요?"

피아는 내 말을 고려해보듯이 고개를 까딱 기울였다.

"……시릴 단장님은 자상하시네요. 하지만 부하 한 명이 우울해하고 있다고 일일이 친구가 되었다간 단장님의 친구 목록은 만석이 되어버릴 거예요. 그렇지 않아도 단장님은 인기가 많으시니까요! ……감사합니다, 단장님. 친절하게 대해주셔서 기운이 났어요."

피아는 생긋 웃은 뒤 나에게 인사했다.

"……인간관계는 친구부터 시작하라고 하는데, ㄱ 친구 관계를 거절당한 저는 어떻게 해야 할까요?"

내가 지은 미소는 의도치 않게 난처함이 섞인 미소가 되어버렸다.

그런 나를 위로하듯이 피아가 말했다.

"어음, 시릴 단장님은 정말로 저와 친구가 되고 싶으신 거예요? 애초에 친구라는 건 동등한 사람 사이에서 성립되잖아요. 단장님은 너무 훌륭하시고 너무 똑똑하시니까 저와는 좀 안 맞는 것 같아요."

"지금은 다양성의 시대랍니다. 다른 사람끼리 어울리지 않으면 새로운 것은 무엇 하나 생겨나지 않죠. 피아와 저는 딱 좋을 만큼 차이가 나서 친구로서 최적이라고 보는데요."

내 말을 들은 피아는 생각해 보듯이 눈썹을 찡그렸다.

"어려운 이야기를 하시네요. 으음, 그러니까, 무슨 말씀이신가요?"

"당신과 저는 친구가 되어야 한다는 겁니다."

"으으으으음."

호들갑스러울 정도로 고개를 갸웃거리며 생각에 잠긴 피아를 보고 조금만 더 밀어붙이면 넘어올 것 같다는 감이 왔다.

"피아, 당신이 말한 대로 저에게는 다양한 입장이 있지만 입장에는 책임이 동반됩니다. 보통은 저 혼자서 처리하지만, 때로는 제 결단에 자신감이 없을 때도 있죠. 그럴 때 당신이 친구로서 조언해준다면 무척 도움이 될 텐데요."

한번 입을 다문 후 이해하기 어려운 내용이었을까 보충하기 위해 다시 입을 열려고 했으나, 피아는 알겠다는 양 고개를 끄덕였다.

"아, 상급자의 고민이군요."

"……이해하셨습니까?"

그 입장에 서지 않고 이해할 수 있을 리 없다고 생각하면서도 무심코 물어보았다.

"네? 그러니까, 필두 기사단장의 의견 자체에 가치가 있다는 거잖아요? 시릴 단장님이 하는 말은 그게 어떤 것이든 거기에서 가치를 찾아내는 사람이 많고, 그러니까 생각하는 바를 쉽게 입 밖에 낼 수 없고 상담하지도 못한다는 거잖아요. ……예를 들어 총장님께선 감상을 말씀하지 않으시죠. '싫다'는 물론이고 '좋다'고 표명하시는 것조차 거의 본 적이 없던데요."

……놀랐다. 피아에게는 자꾸 놀라게 된다.

어리바리한 것 같으면서도 중요한 부분에서는 늘 날카롭다.

"뭐, 즉 그런 거죠. 총장님의 개인 에로 정보가 누설되지 않았다면 재커리 단장님도 포팩이라고 한탄하지도 않으셨을 테니, 상급자가 고민을 털어놓는 상담 상대는 아주 중요하다는 거예요."

하지만 피아가 중얼거리는 말은 이해할 수 없었다. 취한 모양이다.

"시릴 단장님, 저 취한 걸까요? 왠지 단장님과 친구가 되고 싶어졌어요."

"왜 저와 친구가 되고 싶은 게 취했다는 증명이 되는 건지 불명이군요. 하지만 이유를 듣는 건 제 정신 건강상 좋지 않을 것 같은 느낌이 듭니다."

"으음, 저와 친구가 되고 싶다는 시릴 단장님 쪽이 취하신 건지도 모르죠. 알겠습니다, 단장님. 만약 내일 술에서 깬 뒤에도 단장님이 저와 친구가 되고 싶으시다면 저를 친구로 삼아주세요."

"……허락한 거죠? 알겠습니다."

진지한 얼굴로 고개를 끄덕이는 나에게 피아가 생긋 웃었다.

"시릴 단장님, 저는 제1기사단에 배속되어서 행운이었다고 생각해요. 시릴 단장님은 훌륭한 기사고, 그런 단장님 아래에서 일할 수 있다는 게 자랑스러워요."

"피아……."

갑작스러운 피아의 칭찬에 내가 말문이 막히거나 말거나, 피아는 즐거워하는 웃음을 흘렸다.

"후후후, 단장님. 가슴이 따땃해져서 기분이 아주 좋아요. 아, 저 이런 기분을 뭐라고 표현하는지 알아요. 지난번에 책에서 읽었거든요. '달이 아름답네요'라고 해요."

"………………."

붉게 달아오른 뺨으로 생글생글 웃는 피아의 머리 위로 달이 빛나고 있었다.

──전혀 근거는 없지만, 피아가 말을 잘못 사용했다는 걸 알아차릴 수 있었다.

저명한 문호가 사랑을 고백하는 말을 달을 찬미하는 말로 치환했다는, 유명한 이야기다.

……하지만 피아는 틀림없이 그런 감정으로 말하는 게 아니라는 게 보였다.

"당신은 확실히 기뻐해야 할 겁니다. 아무런 맥락도 없이 갑자기 말을 오용하는 당신의 진의를 파악할 수 있을 만큼 당신을 이해하고 있는 사람은 달리 잘 없을 테니까요."

"네……?"

"……그래서 당신은 지금 어떤 기분인 건가요?"

"반짝반짝 빛나는 달님의 빛을 받아 나쁜 사람은 없어졌어요. 이제 다들 행복해요."

환하게 웃으며 말하는 피아를 보고 내 입에서도 무심코 작은 웃음이 흘러나왔다.

"……후후, 당신은 늘 행복해 보이네요."

"단장님 덕분입니다."

"네, 감사합니다. 당신의 말 덕분에 저도 행복해졌어요."

느끼는 감정이 전부 평온한 것은 아니지만, 피아와 함께 있으면 밝고 즐거운 것으로 바뀌어간다.

밤바람은 기분이 좋고, 멀리서 기사들이 웃고 떠드는 목소리가 들린다.

내 시야 안에는 피아가 즐겁게 웃고 있으며, 확실히 머리 위에서는 아름다운 달이 빛나고 있다.

"피아, 달이 아름답네요."

나는 무의식중에 그렇게 중얼거렸다.

　명백하게 말해서, 아르테아가 제국 황실은 궁지에 몰린 상태였다.

　그날도 아침 일찍부터 황제(皇弟) 전하의 집무실에 비난의 목소리가 울려 퍼졌다.

　"전하! 어젯밤 만찬회에 대해 한마디 말씀을 드려도 되겠습니까!! 영애들께……. 전하! 듣고 계십니까!!"

　이제 막 대화가 시작되었음에도 관심 없다는 양 눈을 감은 녹색 머리카락과 파란색 머리카락의 두 전하에게 시종장이 언성을 높였다.

　"물론 듣고 있지. 어젯밤 만찬회에서 영애들이 '어쩜 저렇게 교양이 없는 건지. 상대도 하고 싶지 않다'며 미리 짜고 우리를 소외시켰던 이야기 말이잖아. 참 대단하던데? 두 시간이나 되는 만찬회에서 누구 한 명 말을 걸지 않다니, 우리도 놀랐다니까!"

　녹색 머리카락을 지닌 황위계승권 제1위의 전하는 놀랐다는 양 눈동자를 굴렸다.

　"전하!! 장난도 적당히 하십시오!! 그 만찬회 자리를 확보하기 위해 영애들이 얼마나 치열한 경쟁을 치렀는지 사전에 귀에 딱지가 앉도록 설명해 드렸지 않습니까! 더군다나 만찬회에서 최상위자는 두 분 전하이시니 두 분께서 말씀을 걸지 않는 한 누구 한 명 입을 열 수 없습니다! 귀족의 예법상 윗사람이 말을 걸 때까지 아랫사람은 입을 열지 못하니까요!!"

"아, 그래. 그랬지."

녹색 머리카락의 전하는 팔짱을 낀 후 동의하듯 고개를 크게 끄덕였다. 그 옆에서는 파란 머리카락의 전하도 마찬가지로 고개를 주억거렸다.

반면 시종장은 두 전하를 번갈아 노려본 후 이마에 핏줄을 세우며 말을 이었다.

"귀족의 예법을 모르시는 것도 아닐 텐데, 왜 두 분 다 두 시간 동안 누구 한 명에게 말을 걸지 않으신 겁니까! 그 자리에는 제국 내에서 엄선해 모은 영애가 열 명이나 있었는데 말입니다!! 현장의 시녀들이 놀라더군요! 처음부터 끝까지, 누구 한 명 한마디도 하지 않는 만찬회는 처음이었다고!!"

"확실히 그건 신선했지. 두 시간 동안 아무도 말을 하지 않다니, 장례식보다 더 엄숙했어. 하지만 좋잖아. 참가자 전원 예법을 완벽하게 지키는, 훌륭한 영애들이라는 게 증명되었으니."

"에메랄드 전하!!"

목이 찢어질세라 소리친 시종장에게 녹색 머리카락의 전하가 한쪽 손을 들었다.

"애초에 그거 말인데. 내 이름은 에메랄드가 아니야. 그린 에메랄드다."

그린 에메랄드 제1황제(皇弟) 전하의 말을 들은 시종장은 입술을 꽉 깨물었다.

……그렇다. 이게 문제였다.

전 황제의 정비에게서 태어난 황자들이 저주에 걸려 차기 황제 자리에서 멀어지고 말았다는 건 다들 아는 사실이었다.

그리고 그 저주를 풀기 위해 세 황자들이 먼 땅에 있는 강력한 마물을 쓰러트리러 갔다는 것도 다들 아는 사실이다.

하지만 가장 유명한 것은, 그 타지에서 세 황자가 '창생의 여신'을 만나 저주가 풀렸다는 이야기일 것이다. 얼굴에서 늘 피를 흘리던 황자들이, 피로 더럽혀지지 않은 깨끗한 얼굴로 귀국했을 때는 전 국민이 경악했다.

애초에 핏줄로도 능력으로도 가장 뛰어난 황자들이었다.

저주만 풀린다면 차기 황제에 가장 가까운 자라고, 국민 모두가 그렇게 생각했다.

하지만 태어났을 때 걸린 저주가 10년, 20년씩 이어지면서 국민들은 포기했다.

또 국정의 중추에 자리하는, 정보 파악능력이 우수한 귀족들은 황자들의 저주를 푸는 것은 불가능하다고 생각했다.

———왜냐하면 황자들에게 저주를 건 사람은 이미 죽어버렸기 때문이다.

황위 쟁탈전에서 최대의 적이 될 것을 이해하고 있던 전 황제의 측비(側妃)가 황자들에게 강력한 저주를 걸게 한 뒤 그 주술사를 죽여버렸다.

기본적으로 저주는 저주를 건 본인만 풀 수 있다.

본인이 아닌 다른 주술사의 힘을 빌릴 경우, 저주를 건 사람보다 몇 배는 더 뛰어난 능력이 필요하다.

그리고 주술사가 저주를 건 채로 죽어버리면 그 저주는 기존보다 몇 배는 더 강화된다. 그것을 알고 있었기 때문에 전 황제의 측비는 황자들에게 저주를 건 주술사를 죽였다.

그로 인해 황자들에게 걸린 저주는 아무도 해제할 수 없을 만큼 강해졌다.

그래서 제국의 모든 이가 황자들의 우수함을 알면서도 황제가 되는 것은 불가능하다고 포기했다. 하지만 무슨 기적이 일어난 건지, 황자들은 저주를 풀고 건강한 육체를 손에 넣어 돌아왔다.

──국민들은 열광했다.

루비 황자, 에메랄드 황자, 사파이어 황자.

……보석의 이름을 받은 이 세 황자는 몹시 아름다웠다.

아름답고, 강하고, 용감하고, 국민들에게 사랑받는 모든 미덕을 갖추고 있었다.

그 황자들이 절대로 해제할 수 없다고 여겨온 저주를 풀고──정확하게는, 저주를 해제한 사람은 위의 두 황자들 뿐이었으나──, 새로운 힘을 얻어 돌아왔다.

국민은 역전극을 좋아한다. 그것이 어렵고 불가능해 보일 수록 열광한다.

정당하고 바른 것이 비틀려있을수록 회복되기를 강하게 바란다.

이런 국민의 바람을 그야말로 현실 속 역전극으로서 쉽고 적나라하게 실현한 이가 세 황자들이었다.

세 황자는 멀리서 돌아온 뒤 바로 비틀려있던 황가의 질서를 바로잡는 것과 동시에 그 원인이었던 전 황제의 측비와 그 자식들을 추방했다.

그 후 태어난 뒤로 한 번도 눈을 뜬 적이 없는, 섬세하고 아름답고 더러움을 모르는 동생의 잠을 깨웠다.

그것은 누구나 탄복할 만큼 인상적인 솜씨였기 때문에 국민들은 황자들의 유능함에 숨을 삼켰다. 그리고 다들 새 황제의 즉위와 새로운 시대의 도래를 손꼽아 기다렸다.

그렇기에 루비 황자의 황제 즉위와 에메랄드 황자, 사파이어 황자의 상위 황위계승권 지정은 광기를 낳을 만큼 어마어마한 열광과 함께 받아들여졌다.

———거기까지는 좋았다.

시종장 역시 그것을 바란 사람 중 한 명이다.

문제는 루비 황제가 즉위하고 잠시 시간이 지나 황권이 안정되었는데도 세 황자 전원이 혼인에 관심이 없다는 점이었다.

아니, 이건 너무 부드러운 표현이다. 정확하게 표현하자면 세 황자 전원이 여성에게 일절 관심을 드러내지 않았다.

황가의 미래를 생각하면 이것은 중대하며 심각한 문제였다.

따라서 틈만 나면 진언을 드리고 있는데도 셋 다 싸늘한 눈으로 '창생의 여신'께 역할을 부여받았다. 혼인에 신경을 쏟을 여유는 없다' 하고 문제를 치워버렸다.

심지어 '창생의 여신'께 가명을 말씀드리고 말았다'면서 혼인 문제는 미뤄두고 그것부터 고민한 세 사람은 그 문제를 해결하기 위해 개명하고 말았다.

루비 황제 폐하는 레드 루비 황제 폐하로. 에메랄드 황제(皇弟) 전하는 그린 에메랄드 황제 전하로. 사파이어 황제(皇弟) 전하는 블루 사파이어 황제 전하로.

셋 다 본래의 이름 **앞**에, 이쪽을 우선시한다는 뜻으로 가명을 추가했다.

……세 사람의 이야기를 정리하면 '창생의 여신'은 성녀의 힘과 미지의 힘(신체 강화)을 겸비하고 있었다고 한다.

정말로 '창생의 여신'이 나타난 건지, 기적적인 일이 일어난 건지는 모른다.

하지만 세 사람은 여신을 만났다고 믿고 있으며, 결코 풀 수 없을 저주를 풀었다는 사실로 미루어봐도 그들이 만난 소녀가 여신일 가능성이 컸다.

그렇기 때문에 같은 기적이 한 번 더 일어나지 않으리라는 건 다들 알고 있다.

왜냐하면 세 사람이 체험한 기적은 다른 누구도 체험해본 적 없고, 다른 누구도 들어본 적 없는 일이기 때문이다.

무척이나 귀중하고 희귀한 일인 것이다.

제국의 혈통에 관련된 중요한 시기——— 그렇기에 여신이 '딱 한 번' 현현해주신 것이다.

그것을 올바르게 이해하고, 다시는 일어나지 않을 일이라고, 끝난 일이라고 미래로 눈을 돌려야 하는데…….

"'창생의 여신'께서는 당신의 이름을 피아라고 말씀하셨어. 좋은 이름이야. 피아라니. 단정하게 정돈된 느낌이 들면서도 다성

함과 자비심이 겸비된 근사한 이름이지."

그린 에메랄드는 꿈을 꾸는 듯한 표정으로 흔한 이름을 칭찬하기 시작했다.

블루 사파이어도 눈을 반짝반짝 빛내면서 흥분한 듯 덧붙였다.

"형님. 이름도 좋지만, 그 이상으로 그 모습이 얼마나 고귀했는지 칭송해야 하지 않겠습니까? 전설 속 대성녀님을 방불케 할 정도로 훌륭한 심홍색 머리카락이었죠. 아직 성인이 아니었기에 작고 가녀린 몸이었지만, 그런 몸으로 저희와 같은 거리를 걸을 정도로 체력이 좋았습니다."

"그래. 피아는 정말 대단했어. 조금 멍한 면은 있지만 똑똑하고, 친절하고, 배려심이 대단하고……."

두 사람 사이에서 대화가 영원히 이어졌다.

어젯밤 만찬회에서 보인 과묵한 모습이 거짓말 같을 지경이다.

……그렇다. 문제는 이것이다.

아무래도 두 황제는 '창생의 여신'에게 매료된 건지 다른 여성은 일절 눈에 들어오지 않았다.

25살의 그린 에메랄드와 21살의 블루 사파이어는 수려한 외모에 대인 관계도 좋아서 황족이라는 신분도 더해져 귀족 영애들에게 어마어마한 인기를 떨치고 있었다.

그런데도 이 두 사람은 그런 것엔 일절 관심이 없다.

종일 업무와 훈련으로 하루를 보내고, 가끔 여성 이야기가 나온다 싶으면 '창생의 여신' 이야기뿐이었다.

문제다. 심각한 문제다.

하지만 정말로 문제인 것은……

"그린, 블루. 이런 곳에 있었구나!"

노크도 없이 문을 열고 들어온 사람은 레드 루비 황제 폐하였다.

시종장은 허둥지둥 바닥에 무릎을 꿇어 신하의 예를 갖췄다.

황제는 시종장에게는 눈길 한 번 주지 않고 성큼성큼 집무실 중앙까지 걸어오더니 두 동생을 보았다.

"봐라! 피아가 피를 닦아주었던 천이야. 조금씩 세심하게 피를 뺐더니 천이 망가지지 않고 흰색으로 돌아왔다!!"

승리를 자랑하듯 싸구려 천 조각을 들어 올린 황제를 향해 그린 에메랄드가 부럽다는 양 두 팔을 벌렸다.

"오오, 대단한데 형!! 피아에게 받은 것이니까 다른 사람의 손을 빌리는 건 영 아닌 것 같아서 나도 직접 관리하고 있지만, 좀처럼 잘 안 되더라고."

"저주를 받아 피를 흘렸던 형님들이 부럽구나. 나는 조금도 다치지 않아서 피아에게 지혈용 천을 받지 못했는데."

블루 사파이어가 진심으로 아쉬워하며 고개를 푹 숙였다.

삼인삼색으로 '창생의 여신'에게 경애를 표현하는 황제와 형제들의 모습을 본 시종장은 속으로 한숨을 쉬었다.

그렇다. 진정한 문제는 이것이다.

29살의 황제마저 '창생의 여신'에 심취해서는 일하는 틈틈이 시간을 내어 동생들과 여신에 관한 이야기에 열을 올리러 온다.

제국의 정점이 이러한 꼬락서니이기 때문에 두 황제(皇弟)가 여성에게 무관심하다는 걸 지적해도 계란으로 바위 치기 상태다.

아마 이것은, 그것이다.

새끼 새의 임프린팅과 비슷한 현상이다.

새끼 새가 알에서 깨어나 처음 본 상태를 어미로 각인하고 그 뒤를 졸졸 따라다니는 것처럼, ……참으로 무엄하지만 여성과 접촉한 적이 거의 없었던 세 사람이 성인이 된 뒤 처음으로 제대로 대화를 나눈 여성에게 강렬한 인상을 받아 거기에서 벗어나지 못하는 상황이리라.

심지어 골치 아프게도 그 처음 접한 여성이 여신이기 때문에 다른 여성은 비교 대상조차 되지 않아 일절 눈에 들어오지 않는 상태다.

이대로는 황실의 혈통을 존속시키는 것조차 위험하다고 시종장은 판단했다.

그 때문에 시종장은 조심스럽게 입을 열었다.

"폐, 폐하. 만약 허락하신다면 폐하께서 '창생의 여신'을 만나신 나브 왕국에서 여신의 족적을 더듬어보아도 괜찮겠습니까?"

상대는 여신이다.

아무리 조사해봤자 여신의 족적은 무엇 하나 잡지 못할 게 분명하다.

그렇기 때문에 아무리 조사해도 여신과 관련된 것을 하나도 알아낼 수 없다는 결과를 똑똑히 직시함으로써 비로소 현실에 눈을 뜰 수 있게 되는 것이 아닐까.

여신은 여신이다. 우리와 엮이는 일 자체가 드문 일이고, 그렇게 여러 번 나타나 주지 않는다고.

그렇게 인식이 바뀌면 현실의 영애에게 눈을 돌려주시지 않을까 생각했으나…….

"너너너너, 너는 무슨 말을 하는 거냐! 피, 피아의 족적을 더 듣는다고?! 그, 그런 파렴치한 짓을, 무, 무슨 제안을 하는 거냐!!"

무슨 상상을 한 건지는 불명이지만, 29살씩이나 먹은 지고의 남성이 얼굴을 새빨갛게 물들이며 동요하는 모습은 참으로 우스꽝스러웠다.

요즘 세상에는 어지간한 아동조차 황제보다는 여성에 면역이 있을 것이다.

시종장이 뒷말을 이을 마음이 완전히 꺾여버려 침묵을 유지하자, 그린 에메랄드가 황제와 마찬가지로 동요한 목소리를 냈다.

"시, 시종장. 너 정말 엄청난 소릴 하는구나! 피아의 평소 동향이나 피아가 좋아하는 음식이나 피아의 복장 같은 걸 조사하겠다니, 너무 대담하다고!!"

여신의 선호 음식이나 복장을 조사하겠다는 말은 일절 하지 않았다고 생각했지만, 시종장은 현명하게도 침묵을 지켰다.

"피아가 좋아하는 음식이라. 하하하, 그거라면 조사할 필요 없이 알고 있지. 고기다! 고기와 고기와 고기다!! 피아는 어떤 마물의 고기든 맛있게 먹었으니까. 고기를 좋아한다니, 나, 나와 취향이 맞는군?"

황제는 득의양양하게 가슴을 펴고는 흥분해서 말하기 시작했다.

"혀, 형님! 그 정도는 저도 알고 있습니다. 뭐니 뭐니 해도 피아의 입에 직접 고기를 나르고 식사를 보조하며 눈앞에서 열심히 씹어 삼키는 모습을 보았으니까요! 제가 입에 넣은 고기를 맛있다면서 받아먹었잖습니까!!"

비교적 멀쩡한 블루 사파이어조차 이런 몰골이다.

……아아아, 이 모습을 영애들에게 보여주고 싶구나. 시종장은 한탄했다.

영애들에게는 늘 무표정하고 무관심하기 때문에 뒤에서는 '얼음덩어리 황제(皇帝)', '얼음 기둥 황제(皇弟)' 등으로 불리는 세 사람의 이런 모습을 보여주고 싶었다.

아무리 가련한 영애가 촉촉한 눈빛으로 바라본다고 한들, 아무리 선정적인 부인이 은근히 밀착해온들 안색 하나 바꾸지 않고 말없이 상대방을 노려보기 때문에 여성들은 터덜터덜 물러날 수밖에 없었다.

그 결과, 세 사람에게는 '여성 기피증'이라는 그럴싸한 소문마저 붙게 되었다.

소문은 소문일 뿐이다.

진실은 여성들이 상상하는 것보다 더 면역력이 없고 연애 초보인 데다 한 여신에게만 마음이 움직인다는 것이다.

……이것을 어떻게 수습해야 할까.

해결방법이 보이지 않아 생각에 잠기는 시종장 앞에서 블루 사파이어가 뺨을 붉히며 입을 열었다.

"알겠습니다! 그럼 제가 나브 왕국으로 조사하러 가겠습니다! 이러한 중대한 일을 다른 자에게 맡겨둘 수 없으니, 제가 직접 이 눈으로 샅샅이 조사해오겠습니다!!"

"무슨! 너 비겁하게!! 네가 간다면 나도!!"

그린 에메랄드도 즉시 소리 높여 주장했다.

"뭣! 너희들!! 셋이서 제국을 다스리자고 맹세한 지 얼마나 되었다고!! 너희가 간다면 나도!!"

레드 루비 황제가 외유 의사를 표명하는 것까지 보자 더는 참을 수 없었던 시종장이 제지에 들어갔다.

"그만하십시오!! 황제 폐하도 황제(皇弟) 전하들도, 황자 전하였던 시절과는 상황이 달라지셨으니 그렇게 쉽게 타국에 나가실 수 없다는 것쯤은 익히 알고 계실 텐데요!"

시종장의 타당한 발언에 세 사람은 입을 다물고는 원통한 듯 얼굴을 일그러트렸다.

"알았다. 그렇다면 피아를 조사하는 건 체자레를 보내마. 그러면 되는 거지?"

레드 루비 황제는 그렇게 명령하며 시종장을 힐긋 쳐다봤지만……
전혀 괜찮지 않았다.

체자레는 제국이 자랑하는 용맹한 기사단의 총장으로, 제국의 중추다.

황제의 기밀 사항에 직접 대응하게 할 법한 가벼운 입장이 아니다.

하지만 여신과 관련된 일을 최고 중요사안이라고 여기는 황제와 그 동생들의 엄숙한 표정에서는 이 이상 양보할 마음이 일절 없어 보였다.

상식적으로 생각해서 이 정도의 일로 체자레 총상을 움직인다는 건 말도 안 된다.

그러나 황제의 명령은 절대적이다. 그것을 충분히 이해하면서 레드 루비 황제는 체자레 총장을 지명한 것이다.

시종장은 욱신욱신 쑤시기 시작하는 머리를 누르면서 체념한 듯한 목소리를 냈다.

"……알겠습니다. 체자레 기사단 총장에게 전달하겠습니다."

이렇게 제국의 중추인 기사단 총장이 황제의 사적 용건에 가까운 볼일로 나브 왕국을 비밀리에 방문하게 되었다.

……체자레 총장이 출발하는 이른 아침, 비밀 임무임에도 불구하고 황제가 직접 배웅하러 나오는 바람에 사람들의 이목을 끌게 되는 소란이 일어났다.

더군다나 체자레 총장과 동행하는 기사 중에 블루 사파이어 황제가 섞여 있다는 게 판명되어 극도의 아수라장이 되었다.

———아르테아가 제국의 우울은 앞으로도 한참은 계속될 모양이었다.

피아, 흑룡 자빌리아와
'자빌리아 숙청 리스트'를 확인하다

자빌리아는 여러모로 능력이 좋다.

특히 용의 앞발은 인간의 손과는 전혀 다른 데도 펜을 들고 글자를 쓸 수 있다니, 정말로 대단하다.

그날은 휴일이었기 때문에 창문을 열어놓고 살랑살랑 불어오는 바람을 받으며 늦은 시간까지 침대에서 꾸벅꾸벅 졸았다.

기분 좋다. 게으르다고 설교를 들을 만한 행동은 왜 이렇게 기분 좋은 걸까.

하지만 배가 출출해진 정도를 봐서 점심 먹을 때가 가까워진 것 같으니 슬슬 일어나야겠다며 눈꺼풀을 희미하게 들어 올렸다.

그러자 무언가를 적은 종이를 열심히 들여다보는 자빌리아의 모습이 시야에 들어왔다.

어라? 자빌리아가 저렇게 진지한 표정이라니. 뭘 하는 거지?

궁금해져서 물어보았다.

"자빌리아, 뭐 하는 거야?"

"안녕, 피아. 잘 자더라. '잘 자는 아이가 잘 큰다'고 하니 한 2m쯤 되게 커졌을지도 몰라. 일어나볼래?"

"그럴 리가 없잖아! 자빌리아도 차……암."

이어지던 말이 중간에 끊어졌다.

왜냐하면 일어나서 가까이 다가가 보자 자빌리아가 평소보다 명백하게 작았기 때문이다.

"어? 어? 뭐야? 정말 커졌어?! 나, 나 하룻밤에 키가 쑥 자라버린 건지도 몰라!!"

신이 나서 한껏 들떠 소리치자 자빌리아는 고개를 주억거리며 동의하듯 대답했다.

"잘됐네, 피아. 분명 2m쯤 자랐을 거야."

"2m!!"

시릴 단장님이나 재커리 단장님보다 키가 커진 자신을 상상하고 히죽거렸다.

크흐흐흐. 재커리 단장님이 나에게 '피아, 내 키로는 안 닿으니까 저 선반 위에 있는 짐을 내려줄래?'라고 부탁하는 거야. 정말 짜릿하겠다!

흥에 겨워 큭큭큭 웃다가 천장 높이가 평소와 다르지 않다는 걸 깨닫고 이상해하며 눈을 깜빡거렸다.

어라? 2m가 되었다면 천장이 조금 더 가깝게 보이지 않나?

내 몸을 돌아보자 어젯밤엔 무릎까지 내려가던 잠옷이 오늘도 마찬가지로 무릎까지 내려갔다.

어라? 2m가 될 때 종아리만 길어진 건가? 하지만 종아리도 그렇게 확 길어진 것처럼 보이진 않는데?

그렇게 생각하며 고개를 갸웃거리고 있었더니 자빌리아가 천연덕스러운 목소리로 **'어라? 의외로 바로 눈치챘네'**라고 중얼거렸다.

그 목소리를 놓치지 않고 눈을 굴려서 노려보자 자빌리아는 순식간에 평소와 같은 크기가 되었다.

"어?"

"후후후, 피아를 놀라게 해주려고 평소보다 몸을 줄여놨었어."

"자, 자빌리아———!!"

나는 반사적으로 자빌리아의 이름을 크게 소리쳤다.

그, 그랬지. 자빌리아는 원하는 크기로 몸을 바꿀 수 있었는데!

부들부들 떠는 나를 싱글싱글 웃으며 바라보던 자빌리아가 자신의 옆을 탁탁 두드렸다.

"내가 뭘 하고 있는지 물어봤지? 숙청 리스트를 보고 있었어."

"수, 숙청 리스트———?!"

무시무시한 단어에 놀라서 허둥지둥 자빌리아 옆으로 간 다음 자빌리아가 보던 종이를 살펴봤다.

거기에는 내가 익히 아는 이름이 빼곡하게 적혀있었다.

숙청 리스트

1위 기디온 제4마물기사단 부단장

2위 재커리 제6기사단장

3위 시릴 제1기사단장

⋮

위험하다. 정확하게 이해하진 못했지만, 이건 위험한 리스트라고 직감이 호소했다.

"자, 자빌리아. 이건 뭐야? 숙청이라니 흉흉하게 들리는데?"

쭈뼛거리며 물어보자 자빌리아는 퍽 당연하다는 양 고개를 끄덕였다.

"나는 유능해서 뭐든 앞서서 처리하는 사역마니까. 피아에게 해가 될 법한 인물을 뽑아둔 뒤에, 뭣하면 무슨 일이 일어나기 전에 전부 배제해두려고."

"자, 자, 잠깐! 배제라는 건 구체적으로 뭘 하는 건데? 잠깐, 자빌리아. 진정해! 이 리스트에 있는 사람은 누구 한 명 위험인물이 아니야! 1위인 기디온 부단장님은 소인배 오브 소인배잖아. 조금도 위협이 되지 않아!"

"음, 그런가? 그 낮은 지능과 둔감함은 무시무시한 수준이었는 걸. 그렇게 상식으로는 가늠할 수 없을 만큼 수준이 떨어지는 인물은 상상도 못한 짓을 저지를 때가 있어. 예상하지 못하는 행동이기 때문에 어떤 대미지를 줄지도 역시 예상하지 못해. 예상할 수 없다는 것만으로도 위험한 거야. 사전에 배제해야 한다고 보는데."

"기각! 기각합니다! ……저기, 이 2위에 있는 재커리 단장님은 뭐가 문제인 거야? 든든하고 멋진 기사단장님이라고 보는데."

나는 허둥지둥 자빌리아의 공격적인 생각을 부정한 뒤 다른 사람의 이름을 꼽아 자빌리아의 관심을 돌리려고 했다.

"멋지다고? 아무리 술이 들어갔다고 해도 여성 기사가 사람들 앞에서 윗옷을 벗어 던지는 건 좀? 심지어 피아가 복근이 몇 개로 갈라졌는지 세게 하기도 했잖아?"

"뭐? 아니야. 그런 적 없어."

"……아, 그래. 피아는 술이 들어가면 기억이 사라지지. 응, 그래. 기억에도 남아 있지 않다면 없었던 것과 마찬가지인 건지도 몰라. 피아에게 너무 친한 척하는 것 같은 느낌은 들지만 이렇게까지 기억에 남지 못했다는 건 동정심이 드네. 좋아, 그는 보류할게."

자빌리아는 영문을 알 수 없는 소리를 중얼거렸지만, 결과적으로 보류하겠다는 판단을 내렸으니 안심해도 될 것이다. 마음속으로 '좋아, 잘했어' 하고 다독였다.

"으음, 그럼 제3위에 있는 시릴 단장님 말인데. 시릴 단장님이야말로 아무런 문제도 없지 않아? 신사적이고, 친절하고, 기사단장으로서도 유능해."

"응, 피아의 입에서 칭찬이 세 개나 술술 나왔다는 게 문제야. 나는 순종적인 사역마지만 이 자리를 다른 사람에게 양보할 마음은 없어. 하지만 그렇게 다른 사람의 칭찬이 술술 나올 정도라면 내 자리도 위험하잖아."

"자빌리아는 귀여워! 강해! 똑똑해! 배려심이 좋아! 나를 최우선으로 생각해줘! 봐, 순식간에 다섯 개나 떠올랐잖아!! 시릴 단장님보다 훨씬 많아!!"

"……그렇구나. 그렇다면 괜찮겠지. 보류."

내심 흡족해하는 얼굴로 고개를 기울이는 자빌리아 옆에서 나는 헉헉 거친 숨을 몰아쉬며 리스트를 힐끗 곁눈질했다.

……히, 히익. 제20위까지 이름이 적혀있잖아!

고작 세 명만으로도 녹초가 되었는데, 그보다 몇 배는 더 많아!!

나는 침을 꼴깍 삼킨 뒤 간드러진 목소리로 말했다.

"자, 자빌리아. 목욕하러 가지 않을래? 내가 씻겨줄게. 수건으로 닦아주기도 할게."

스킨십을 좋아하는 자빌리아의 특징을 이용한 유혹이다.

아니나 다를까, 자빌리아는 쉽게 넘어왔다.

"어? 그래도 돼? 갈래. ……그럼 리스트는 목욕한 뒤에 봐야겠다."

크흡. 뒤로 미루는 효과밖에 없었다.

하, 하지만 목욕하고 나서 기분이 좋아진 자빌리아가 잠들어버리거나 마음이 바뀔 수도 있으니까.

그렇게 스스로를 타이른 뒤 나는 자빌리아의 변덕을 기대하면서 배 앞에 자빌리아를 넣고 욕실로 향했다.

피아, 자빌리아의 비늘을
퀜틴 단장에게 주다

"으음, 이건 역시 기뻐할 법한 사람에게 줘야겠지."

나는 어른의 머리보다 더 큰 자빌리아의 비늘을 보면서 혼잣말을 흘렸다.

자빌리아는 때때로 비늘을 떨어트린다.

그리고 그 비늘은 자빌리아의 몸에서 벗겨진 직후 자빌리아의 축소화 대상에서 벗어나는 건지, 자빌리아의 원래 몸집에 맞는 크기로 돌아가 버린다.

자빌리아가 흘린 비늘을 발견할 때마다 주워서 모아두었는데, 두 자릿수를 넘어가자 비늘을 둘 곳이 마땅치 않았다.

……솔직히 말해서 거추장스럽단 말이지. 그래, 이 비늘을 기꺼이 받아줄 법한 사람이 있잖아.

그렇게 생각하며 자빌리아의 비늘을 적당한 자루에 넣은 뒤 퀜틴 단장님의 집무실로 향했다.

"아아, 피아 님! 일부러 발걸음을 옮겨주시다니 생각지도 못한 기쁨입니다! 말씀해주셨다면 제 쪽에서 찾아갔을 텐데!"

문을 열고 들어온 나를 본 순간, 퀜틴 단장님은 환한 얼굴로 의자에서 일어났다.

퀜틴 단장님 옆에 있던 기디온 부단장님도 부리나케 나에게 다가왔다.

변함없이 자중하지 않는 두 사람의 행동에 나는 작게 한숨을 쉬었다.

……언제쯤이면 이 두 사람은 기사단장과 기사단 부단장이라는 지위를 이해해줄까?

기사단장을 불러내는 신입 기사라니 말도 안 되거든요!

"……갑자기 방해해서 죄송합니다. 퀜틴 단장님, 시간 괜찮으세요?"

그렇게 말하면서도 전력으로 환대하는 퀜틴 단장님과 기디온 부단장님의 반응에 난감해졌다.

퀜틴 단장님이 자리를 비웠다면 다른 기사에게 자빌리아의 비늘을 주고 돌아가겠다는 가벼운 마음으로 방문한 거였는데…….
그런 생각을 하면서 한 걸음 물러난 위치에 섰다.

하지만 퀜틴 단장님은 그런 내 마음 따위는 아랑곳하지 않고 환하게 웃으면서 거리를 좁혀왔다.

"피아 님보다 더 우선해야 할 일은 하나도 없습니다. 자, 앉으십시오."

퀜틴 단장님이 권한 소파 앞에는 과거 시릴 단장님이 발차기로 쪼개버린 로우 테이블이 여전히 두 동강 난 모습으로 놓여있었다. 아니, 잘 보면 다리 부분을 보수해둔 건지 둘로 갈라졌음에도 불구하고 각각 따로 훌륭히 서 있었다.

"……이 테이블은 쪼개진 채로 각각 독립된 테이블처럼 놓을 수 있도록 수리하신 건가요? 재미있는 발상이네요."

신기해하면서 물어보자 기디온 부단장님이 득의양양하게 말하기 시작했다.

"제가 수리했습니다. 피아 씨를 모욕한 경고로 시릴 단장님이 부숴놓은 테이블이니까요. 저 자신에게 경고와 훈계로서 절대 잊어버리지 않도록 이러한 형태로 남겨두기로 했습니다."

"그렇군요……."

기디온 부단장님은 그래도 괜찮을지도 모르지만, 이 집무실의 주인인 퀜틴 단장님은 수용하고 있는 건지 힐끗 단장님을 보았다.

하지만 퀜틴 단장님은 갈라진 테이블에는 전혀 관심이 없는 건지 그저 흥미롭게 나를 바라볼 뿐이었다.

"그래서 오늘은 어떤 용건으로 방문하신 겁니까? 물론 용건이 없어도 방문해주셨으면 합니다만."

그 말에 본래의 용건을 떠올렸다.

"그게, 좀 남는 게 있어서요. 괜찮으시다면 받아주실 수 없을까 하고……."

나는 말하면서 자빌리아의 비늘을 담은 자루를 내밀었다.

"오, 상당한 양이로군요. 들고 오시느라 힘드시지 않으셨습니까? 하하, 피아 님께서 텃밭이라도 만드셔서 야채……."

퀜틴 단장님은 자루의 주둥이를 벌리고 안을 들여다본 순간 갑자기 굳어버렸다.

신기할 정도로 전신이 뚝 멈추더니 입도 벌린 채 쌍꽝 일어있다.

"퀘, 퀜틴 단장님?!"

놀라서 이름을 부르자 퀜틴 단장님은 시선만 움직여서 나를 보았다. 보았지만, 입은 여전히 벌린 채 한 마디도 뱉지 않았다.

"저기, 퀜틴 단장님……."

난처해하며 한 번 더 이름을 부르자 퀜틴 단장님은 굳었던 몸을 풀고 눈을 깜빡깜빡 움직였다.

그러고는 떨리는 손으로 머리를 쓸어올린 후 조심스럽게 입을 열었다.

"피아 님, 이것은 비늘로 보입니다."

"네, 맞습니다."

"흑룡왕님의 비늘로, 보입니다."

"네, 맞습니다."

"……제 욕망이 눈을 가려서 저 좋을 대로 해석하고 있다고 봅니다만, 피아 님께서는 이 비늘의 일부를 제게 주신다고, 그렇게 말씀하시는 겁니까?"

"앗, 아뇨. 그게 아니라……."

"아아! 그렇죠!! 흑룡왕님의 비늘이라는 귀중한 것을 그렇게 쉽게 받을 수 있을 리가 없습니다! 감상하게 해주시는 것만으로도……."

"그런 게 아니라요! 괜찮다면 전부 받아주실 수 없을까 해서 가져온 건데요. 그, 괜찮다면 말이지만요."

너무 떠넘기는 느낌이 들지 않도록 강조하며 말하자 퀜틴 단장님은 얼떨떨한 얼굴로 바라보았다.

"전부? 흑룡왕님의 비늘을 전부?"

"네, 넵. 만약 퀜틴 단장님께서 귀찮지 않으시다면⋯⋯."

내 말은 중간에 멈추고 말았다.

왜냐하면 앉아있던 소파에서 뛰어내려 바닥에 무릎을 꿇은 퀜틴 단장님이 내 손을 두 손으로 꽈아악 붙잡았기 때문이다.

"퀘, 퀜틴 단장님?! 아, 아파요, 아파요, 아파요⋯⋯!!"

"감사합니다, 피아 님!! 앞으로 제 월급은 모조리 흑룡왕님의 비늘 값으로 피아 님께 드리겠습니다!!"

"흐어억?!"

나도 모르게 괴상한 소리가 튀어 나갔다.

"피, 필요 없어요! 남는 걸 나눠드린 것뿐인데 돈 같은 건 필요 없어요!!"

나는 거듭 돈은 필요하지 않다고 주장했지만, 자빌리아의 비늘을 껴안고 황홀한 표정을 짓는 퀜틴 단장님에게 얼마나 전해진 건지는 의문이었다.

그리고 역시나 조금도 전해지지 않았던 건지 다음 달 월급일에 월급으로 채워 넣은 자루를 주러 온 퀜틴 단장님과 나의 기나긴 실랑이가 많은 사람의 눈에 띄고 말았다.

덕분에 퀜틴 단장님과 내가 돈주머니를 들고 싸우던 모습은 여태까지 그랬던 것처럼 온갖 과장이 들어간 처참한 소문이 되었다.

그 소문을 들은 시릴 단장님에게 호출을 받아 설교를 들으면서, 나는 그저 이 나쁜 소문이 언니에게는 전해지지 않기를 진심으로 기도했다.

피아, 재커리 단장과
성장에 대해 의논하다

선반 위에 있는 짐을 내리지 못해서 난감해하던 차에 우연히 지나가던 재커리 단장님이 도와주었다.

"이거야? 피아."

그렇게 말하더니 재커리 단장님은 발돋움도 하지 않고 짐을 한 손으로 훌쩍 들었다.

재커리 단장님에게 받은 짐을 두 팔로 껴안으며 나는 반짝반짝한 눈으로 단장님을 바라보았다.

"재커리 단장님은 키가 참 크시잖아요. 후후, 저도 앞으로 5년이 지나면 그만큼 커질까요?"

"……뭐라고?"

잘 안 들렸던 건지 재커리 단장님이 의문 섞인 목소리로 되물었다.

"제 아버지는 재커리 단장님보다 키가 조금 작지만, 아이는 부모의 키를 추월한다고 하잖아요. 분명 저는 아버지보다 더 커질 거예요."

생글생글 웃으며 대답하자 재커리 단장님은 무표정한 얼굴로 재차 질문했다.

"……피아, 너 몇 살이었지?"

"15살입니다! 올해는 아직 자라지 않았지만, 작년에는 5cm나 자랐어요!"

"그래. 올해도 벌써 다섯 달이 지났는데 아직 전혀 자라지 않았구나. 그건, 즉……."

"네, 그렇습니다! 식물이 싹을 틔우는 계절에 단숨에 자라듯이 저도 특정 달에 단숨에 자라는 거예요!!"

"……피아, 진정하고 들어. 네 두 오빠는 돌프보다 키가 크지만, 네 언니는 돌프의 귀까지밖에…… 아니, 네 언니도 키가 크구나. 어……, 그러니까. 별로 좋은 예시는 아니었지만, 너도 언니처럼 돌프보다 키가 커지지 못할 수 있다는 거야."

지극히 상식적인 말을 하는 재커리 단장님에게 나는 비밀을 털어놓는 것처럼 작은 목소리로 소곤거렸다.

"실은 말이죠, 우유를 마시면 키가 커지거든요. 오빠들은 우유를 마셨으니까 키가 커졌지만, 언니는 우유를 싫어해서 별로 안 마셨어요. 그리고 말이죠………. 짜자잔!! 놀랍게도 저는 오빠들보다 더 많은 우유를 매일 마시고 있답니다!! 지금도 월급으로 매일 우유를 사서 마시고 있어요!!"

"저기, 피아………."

"그러니까! 제가 아버지보다 키가 커지는 건 확정된 미래인 거죠!!"

"………………."

재커리 단장님은 순간 눈을 부릅뜨고는 무언가 말하고 싶은 듯 입을 열었다가 아무런 말도 하지 않은 채 입술을 꾹 다물었다.

그러더니 몇 초 동안 무언가 생각에 잠겨 말없이 눈썹을 찡그렸다가 별안간 떠올랐다는 양 '아!' 하고 탄성을 질렀다.

"그래! 그렇지! 단원을 돌보는 건 소속 기사단장의 역할이잖아! 그런데 다른 기사단의 단원을 돌보려 하다니, 완전히 월권행위지. 그래. 나는 분별력 있는, 선을 넘지 않는 기사단장이야. 좋아, 진실을 알려주는 역할은 시릴에게 맡기자."

재커리 단장님은 씩 웃고는 내 등을 철썩 두드렸다.

"하하, 네가 나보다 키가 커질지도 모른다는 거지? 그렇다면 높은 곳에 있는 물건을 네게 꺼내 달라고 하게 되는 건가."

2m 정도 되는 장신이 되어서 재커리 단장님을 내려다보는 광경을 떠올리자 얼굴이 싱글벙글 풀렸다.

"후후후, 그렇죠. 그렇게 되면 재커리 단장님을 내려다보게 되는…… 아! 하지만 그러면 재커리 단장님이 꼭꼭 숨기고 있는 정수리 탈모가 보이겠다!!"

"……뭐? 잠깐, 피아! 너 지금 뭐라고 했냐?!"

갑자기 표정을 바꿔서 질문하는 재커리 단장님을 보고 실수했음을 깨달았다.

"앗, 시, 실수입니다! 이건 헌병사령부에서도 손에 꼽히는 극비 정보였는데! 재, 재커리 단장님, 이 건은 아무에게도 말하지 말아 주세요!!"

"아니, 너는 무슨 소릴 하는 거야? 내가 정수리 탈모를 숨기고 있다면 그걸 남에게 말할 리가 없잖아! 나를 입막음할 의미가 없어! 아니, 그보다 데즈먼드냐? 이런 하찮은 거짓 소문을 퍼트리는 녀석, 데즈먼드지?!"

"마, 말 못 합니다!"

'이건 엄청난 극비 정보야. 너니까 믿고 말하는 거다'라고 말했을 때의 진지한, 하지만 무언가를 터트리기 직전과도 같은 데즈먼드 단장님의 표정을 떠올리고 신뢰를 배신할 수는 없다고 버텼다.

그래서 들고 있던 짐을 바닥에 내려놓은 후 긍정도 부정도 하지 못하도록 두 손으로 입을 가렸다.

더해서 '눈은 입보다 솔직하다'는 속담을 떠올리고 눈에서 정보가 새어 나가지 않도록 꾹 감았다.

그때 운이 나쁘게도, 혹은 운이 좋게도 데즈먼드 단장님이 지나가다 눈을 감고 입을 틀어막은 나와 그런 나의 멱살을 잡을 기세인 재커리 단장님을 보고는 재미있는 걸 발견했다는 양 다가왔다.

"뭐야, 무슨 일이야? 피아. 재커리가 덤볐어? 하하, 재커리. 너는 피아 같은 녀석이⋯⋯⋯ 허억!"

하지만 데즈먼드 단장님이 말하는 도중 재커리 단장님이 굵은 팔뚝 사이에 데즈먼드 단장님의 머리를 끼우고 꽉꽉 조였다.

"여어, 데즈먼드. 네 눈에는 내 정수리의 탈모가 보인다면서?! 어디쯤에 있는 건지 가르쳐주지 않겠어?"

"끅⋯⋯! 피, 피아. 너 하필이면 본인에게 말하는 멍청이가 어디 있냐!!"

"아니에요! 저는 데즈먼드 단장님의 이름은 한 번도 꺼낸 적이 없어요!!"

누명을 쓴 나는 눈을 부릅뜬 뒤 두 팔을 들고 항의했다.

내 말을 확인한 재커리 단장님은 빈정거리듯 한쪽 입꼬리를 끌어올렸다.

"하하. 걸렸구나, 데즈먼드! 역시 너였냐!!"

"재, 재커리 너! 헌병사령관을 상대로 함정을 파다니, 배짱도 좋지!"

"너야말로 헌병사령관이 헛소문을 퍼트리지 말란 말이다!"

"농담이야! 네게 탈모가 없으니까 할 수 있는 농담이라고! 예를 들어 시릴처럼 정말 탈모가 있는 녀석에게는 못 하잖아?"

분위기를 풀기 위해서 데즈먼드 단장님이 이 자리에 없는 시릴 단장님을 끌어들인 순간…….

"제가 뭐라고요?"

얼음의 마왕과도 같은 냉기를 머금은 시릴 단장님이 등장했다.

시릴 단장님은 웃고 있었지만, 그 미소는 지금까지 봤던 것 중에서 가장 박력이 넘쳤고, 가장 소름이 돋았다.

이 절대적인 마왕 같은 표정을 보는 한 시릴 단장님은 데즈먼드 단장님의 탈모 발언을 들은 게 분명하다.

삼인삼색의 감정으로 폭주하는 단장님들을 보고 나는 냉정하게 여기에서 도망치기로 결심했다.

……무리야! 이 기사단장 삼인방 앞에서 버티는 건 불가능해!

죄송합니다, 단장님들. 나중에 반드시 무덤을 만들러 올게요!

나는 마음속으로 세 사람에게 사과한 뒤 한마디도 하지 않은 채 냅다 도망쳤다.

그 후에 어떻게 되었는지는 모른다. 왜냐하면, 속으로 무덤을 만들어드리겠다고 약속했는데도 너무 무서워서 그곳에 돌아가지 못했기 때문이다.

하지만 다음 날, 한쪽 다리를 살짝 끄는 재커리 단장님과 얼굴에 멍 자국이 난 데즈먼드 단장님을 보고 무슨 일이 일어난 건지 어렴풋하게 알아챌 수 있었다.

그리고 여느 때와 같은 말끔한 얼굴로 총총 걸어가는 시릴 단장님을 보고, 다음 기회에는 시릴 단장님의 편을 들기로 했다.

그날 저녁, 무언가 하고 싶은 말이 있는 듯 나를 찾아온 시릴 단장님은 내가 들고 있던 우유 잔을 보고는 침묵했다.

나는 고개를 갸웃거리면서도 다음에야말로 단장님 파에 들겠다고 약속했다.

"시릴 단장님, 저 빨리 2m가 되어서 시릴 단장님의 도움이 되겠습니다!"

시릴 단장님은 여전한 미소로, 여전한 침묵을 유지하며 조용히 문을 닫은 뒤 한마디도 하지 않고 가버렸다.

무슨 용건이었던 건지 의아해하면서도 나는 오늘도 열심히 우유를 마셨다.

후기

안녕하세요, 토야입니다.

감사하게도 1권을 읽어주신 분들과 다시 만날 수 있게 되었습니다. 읽어주셔서 감사합니다.

이번에는 흑룡 자빌리아의 이야기를 전해드렸습니다.

그리고 퀜틴 단장과 재커리 단장 이야기도요.

이 한 마리와 두 명의 이야기를 소개할 수 있어서 대단히 기쁩니다.

이 책을 특정 서점에서 구입하시면 SS(숏 스토리)가 딸려갑니다.

그 SS를 기대해주시는 분이 계시는데, 지역 상황 때문에 그 특정 서점이 집 주위에 한 군데도 없다는 이야기를 들었습니다.

그렇다면 아예 책에다 넣자! 하고 본문용 SS를 써 보았습니다.

이번 권에서 활약한 흑룡 자빌리아, 퀜틴 단장, 재커리 단장의 이야기를 실었습니다.

게재원고가 확정된 뒤에 하고 싶다…… 하는 마음이 솟아나 만약 가능하다면 부탁드린다고 담당자님께 상담했더니 흔쾌히 실현해주셨습니다.

다른 부분은 전부 다음 단계로 넘어갔는데 이 SS 부분만 별도 스케줄로 움직이게 되었죠.

몹시 번거로우셨을 텐데 대단히 감사합니다.

이번에도 일러스트는 chibi님이 그려주셨습니다.

보셨다시피 여전히 아름답고 근사한 일러스트입니다.

아주 바쁘셨을 텐데 너무 감사드립니다.

심지어 바쁘신 와중에도 담당 편집자님의 수완으로 1권 때와 비교해 컬러 일러스트를 한 장 더 늘려주셨습니다. 저는 정말 기뻤습니다.

또 자빌리아의 컬러 일러스트는 본편에 없는 장면입니다.

'실제로 이런 장면이 있으면 좋겠다' 하는 일러스트인데, 언젠가 실현되면 좋겠네요.

개인적인 이야기로는, 난생처음으로 시력이 떨어졌습니다.

수험생 때도 게임에 빠져있을 때도 블랙 회사에서 야근하며 굴려질 때도 1.5를 유지하던 시력이 훅 나빠지더라고요.

그만큼 열중해서 소설을 썼다고 생각합니다.

마지막 줄과도 이어지지만, 즐거웠던 거겠죠.

끝으로 여기까지 읽어주셔서 감사합니다.

이 작품이 책으로 엮이게 되기까지 힘을 보태주신 여러분, 읽어주신 여러분, 정말로 감사합니다.

이번 2권의 작업은 지난 1권 때보다 더 즐거웠습니다.

어스 스타 노벨 여러분, 일러스트를 담당해주신 chibi님, 그 외 수많은 힘을 보태주신 여러분, 그리고 이 작품을 읽어주신 여러분께 감사의 인사를 드립니다.

무척 근사한 책이 만들어졌습니다. 감사합니다.

전생한 대성녀는
성녀임을 숨긴다

전생한 대성녀는 성녀임을 숨긴다 2

2021년 10월 14일 1판 1쇄 발행

저   자 토야
일 러 스 트 chibi
옮 긴 이 현노을
발 행 인 유재옥
본 부 장 조병권
담당편집 정영길
편 집 1 팀 이준환 박소연
편 집 2 팀 정영길 조찬희 박치우 조현진
편 집 3 팀 오준영 곽혜민 이해빈
편 집 4 팀 성명신
미   술 김보라 서정원
라이츠담당 한주원 이다정
디 지 털 박상섭 이성호 최서윤
발 행 처 ㈜소미미디어
인쇄제작처 코리아피앤피
등   록 제2015-000008호
주   소 서울 마포구 토정로 222, 403호(신수동, 한국출판콘텐츠센터)
판   매 ㈜소미미디어
마 케 팅 한민지
물   류 허석용
전   화 편집부 (070)4164-3962, 3963 기획실 (02)567-3388
　　　　　　 판매 및 마케팅 (070)4165-6888, Fax (02)322-7665

ISBN 979-11-384-0310-8 04830
ISBN 979-11-384-0200-2 (세트)